馳 星周

神《カムイ》の涙

実業之日本社

実業之日本社文庫

1

春の雨が続いていた。緩やかな風に乗って湿った木材の匂いが流れてきている。匂いは敬蔵《けいぞう》のアトリエから流れてくる。いつもそうなのだ。床一杯に飛び散った削りくずは冬の間にからからに乾く。だが、この時期になると湿気を含んで匂いの成分を辺りにばらまくのだ。

嗅ぎ慣れた匂い。鼻についてうんざりする匂い。

悠《ゆう》はスーツケースに荷物を詰めていた手をとめた。雨音に混じって、車が近づいてくる音がする。

人の訪れることの滅多にない家だった。たまに車の音が聞こえると思えば、敬蔵の作品を運び出しに来る業者と相場が決まっていた。

今日、業者が来るとは聞いていない。

悠は立ち上がり雨に濡《ぬ》れた窓の外に目をやった。

ぬかるんだ砂利《じゃり》道を白い四駆がこちらに向かってくる。札幌《さっぽろ》のナンバープレートだった。

「札幌？」

　ときおり、札幌ナンバーのレンタカーが道に迷ってやってくることはある。だが、四駆はレンタカーではなかった。

　四駆は家の前で停《と》まった。ドアが開き、若い男が降りてくる。男は雨に濡れるのを気にする様子もなく、悠の家をじっと見つめていた。

　スーツケースを閉じ、ベッドの下に押し込んで、悠は玄関に向かった。歩くたびに床が軋《きし》む。それを耳にすると溜息《ためいき》が漏れそうになる。

　削りくずの匂いも、床が軋む音にもうんざりだ。

　クロックスのサンダルを履いて玄関の扉を開けた。

「あの、なにかご用でしょうか？　それとも道に迷ったとか？」

「ここは平野《ひらの》敬蔵さんのご自宅でしょうか」

　男の声は硬かった。悠の姿を見ても表情に変化はない。ならば、敬蔵がアイヌの木彫り作家だということはわかっている。

「祖父になんのご用でしょう」

「直《じか》に会ってお話ししたいんですが。何度も電話をかけたんですが、繋《つな》がらなくて」

　電話は敬蔵のアトリエにしかないし、敬蔵は滅多に電話に出なかった。地元の人間は敬蔵に用があるときは悠のスマホに電話をかけてくる。

それもまた、憂鬱の元だった。

「すみません。祖父は今、山にこもっていて、いつ帰ってくるかわからないんです」

「山にこもる？」

男の眉が吊《つ》り上がった。雨に濡れた髪の毛が額にかかっている。身長は百八十センチに少し足りないというところだろうか。面長で瘦《や》せていた。アイヌには見えないから、きっと和人《わじん》なのだろう。年齢は二十代半ばに見えた。

「ええ。作品用の材木を手に入れるために、しょっちゅう山にこもるんです」

国有林だろうが私有林だろうが敬蔵には関係ない。気に入った木を見つけるまで山中をうろつきまわり、勝手に木を切り倒す。私有林の木を勝手に伐採された地主と揉《も》めることもしょっちゅうだった。

「この辺りの山は昔はみんなアイヌのものだったんだ」

それが敬蔵の言い分だった。

「なるほど。それで、いつ戻るかはわからない？」

「ええ」

「尾崎雅比古《おざきまさひこ》と申します。よかったら、平野さんが山から戻ったら連絡いただけませんか」

男はジーンズのポケットから革の小さなケースを取りだし、中から名刺を一枚抜いた。

尾崎雅比古という名前とスマホの番号とメールアドレスが記されているだけだった。

「失礼だけど、君の名は？」

「悠。平野悠です」

「平野敬蔵さんのお孫さん？」

「はい」

「じゃあ、申し訳ないけど、平野さんが山から戻ったら必ず連絡してください」

「どういうご用件か教えてもらえませんか。祖父が戻ってきても、尾崎さんと会うというかどうかわからないんです。祖父は変わり者なんで」

「平野さんに直接話したいんだ」

尾崎の口調がいつの間にか変わっていた。

「あ、はい。わかりました」

尾崎の語気に押されて、悠は一歩後ずさった。

「それじゃ、よろしく」

尾崎は一礼すると踵《きびす》を返し、車に乗り込んだ。

悠は煙に包まれたような気分で遠ざかっていく四駆の後ろ姿を見送った。

＊　＊　＊

雨は翌日になるとあがった。四月の北海道特有の乾いた空気が雨によって溜《た》まった湿気を薙《な》ぎ払っていく。青空が清々《すがすが》しかった。

敬蔵が山から下りてきた気配はない。

「そろそろ下りてきてよ、お爺《じい》ちゃん」

悠は南方に広がる山並みに恨めしげな視線を向けた。敬蔵がいないときは、雨の日でも自転車で通学しなければならないのだ。雨天の自転車通学は辛《つら》い。今朝も晴れているとはいえ、道はぬかるんでいる。気をつけて自転車を漕《こ》いでも制服やソックスに泥跳ねがついてしまう。

お天気とは裏腹に憂鬱な気分のまま自転車に跨《また》り、憂鬱な気分のままペダルを漕ぐ。

二十分近くすると、人里が見えてきた。屈斜路《くっしゃろ》湖畔の川湯《かわゆ》温泉の町並みだ。かつてはそれなりに栄えていたらしいが、今ではゴールデンウィークと夏休みを除けば、観光客の姿もまばらだった。

悠の母はこの町で生まれ育った。別の町の高校に進学し、札幌の大学へ行き、それっきり、この町には戻らなかった。

その理由はよくわかる。

父母が交通事故で亡くなり、敬蔵に引き取られてからは毎日が退屈で憂鬱だった。それに、札幌のような大都市では自分の生まれなどそれほど気にせずに生きていくことができたが、小さな田舎町《いなかまち》では否応《いやおう》なしに自分がアイヌの娘だということを自覚させられる。

それもうんざりだった。

せめて弟子屈《てしかが》ぐらいの町ならば、クラスメートにもアイヌの子たちが大勢いて肩身の狭い思いをせずに済むのに。

始業時間ぎりぎりに教室に入り、終業時間が来ると、とっとと教室を出て帰途に着く。

あと一年——呪文のようにそう唱える。あと一年したら、別の町の高校に進学し、都会の大学に入る。母と同じように。重苦しい田舎町とはそれっきり決別するのだ。

＊　＊　＊

耐えられない寒さに目が覚めた。

雅比古は車のエンジンをかけた。送風口から吐き出される空気が暖まるのを待ち、手をかざした。

吐く息が白い。四月の半ばだというのに気温は氷点下に近い。目の前の屈斜路湖は淡い闇の底に沈んでいた。

駐車場から車を出し、コンビニを目指した。コンビニのトイレで用を足し、ホットコーヒーとサンドイッチで早めの朝食を取った。

日が昇った。

昨日までは陰鬱な曇り空だったが、今朝は雲ひとつない快晴。

再び湖畔の駐車場に戻り、ストレッチをして車中泊で強張《こわば》っていた身体《からだ》をほぐした。一息つくと車のボンネットに寄りかかり、屈斜路湖を眺めた。朝日を受けた湖面が煌《きら》めいている。

「さて、どうする」

ひとりごち、うなずく。

「確かめなきゃな」

車に乗り込み、平野敬蔵の家に向かった。途中の路地に車を停め、エンジンをかけたまま待った。

平野敬蔵が留守なら、孫娘は自転車かなにかで学校へ通うのだろう。ここからなら平野敬蔵の家へ通じる砂利道を見張ることができる。

三十分もしないうちに、自転車を漕ぐ少女が現れた。泥跳ねを気にしながらペダルを踏んでいる。

少女の姿が見えなくなるのを待って、雅比古は車を発進させた。平野敬蔵の家の手前で車を降りた。

家の玄関には鍵がかかっていたが、離れのような建物はドアが開いた。湿った木くずの匂いが鼻につく。持参した懐中電灯で部屋の中を照らした。床一杯に木くずが散らばっている。万力が備え付けられた作業台、いくつもの鑿《のみ》のような工具。チェーンソウ。

この離れは平野敬蔵のアトリエのようだった。部屋の奥の棚に作品とおぼしき木彫りの像が並べてあった。

ほとんどが羆《ひぐま》をモチーフにしたものだった。鮭《さけ》を食べる羆。遊ぶ子羆たちとそれを見守る母羆。エゾシカを狩る羆の親子。草原でくつろぐ羆。

どの羆も毛の質感が生々しい。じっと見つめていると今にも息をして動き出しそうだった。

羆の像の中に、狼《おおかみ》のものも混じっていた。姿形からしてニホンオオカミではなく、欧米に生息するハイイロオオカミのようだった。

「間違いない……」

雅比古は羆と狼の像を交互に見ながら呟《つぶや》いた。身体の震えが止まらない。目頭が熱い。

「母さん……」

平野敬蔵の彫り上げた作品を前にして、雅比古は泣いた。

＊　＊　＊

「あれ？」

玄関の鍵を開けようとして、悠は敬蔵のアトリエのドアがわずかに開いているのに気づいた。

「変だな」

アトリエに足を向けた。ほんの数ミリといったところだが、ドアが閉まりきっていない。敬蔵はドアの開け閉めには神経質だった。こんな中途半端な閉め方は絶対にしない。

ドアを開けて中を覗《のぞ》いた。いつもと変わらぬ乱雑なアトリエだった。変わったところはなにもない。

ドアを閉めようとした手をとめた。なにかが気にかかる。中に入り、明かりをつけた。

やはり変わったことはない。敬蔵の木彫りの作品は時に数十万円の値がついて買われることがある。だが、このアトリエに泥棒が入ったことはない。

「あれ？」

床に散らばった削りくずの一部にまだ湿った泥がついていた。屈《かが》んで確認する。間違いない。泥だ。

だれかがこのアトリエの中に入ったのだ。

「やだ」

悠は立ち上がり、左右に視線を走らせた。だれもいない。羆や狼の像がこちらを見ているだけだ。

敬蔵の木彫りは凄《すご》いと思う。だが、好きにはなれない。本当に生きているようなのだ。今にも動き出しそうなのだ。

この家に来た当初は、木彫りの像たちが夜中に動き回っている悪夢をよく見た。漠然とした恐怖に耐えながら、盗まれた像がないか確認した。何体並べられているのかは知らないが、盗まれたものがあるとしたらスペースが空いているはずだ。だが、そんなスペースはなかった。木彫り用の工具もきちんと揃《そろ》っているように思えた。

「なんなのよ、いったい」

明かりを消し、アトリエを出てドアをしっかりと閉めた。

突然、尾崎雅比古と名乗った男のことを思い出した。

あの男が来たのだ。敬蔵のアトリエに無断で入り、出ていった。

「嘘《うそ》……」

悠は家のまわりを見渡した。あの四駆の姿はどこにもない。唇を嚙《か》み、玄関の鍵を開けて家の中に飛び込んだ。しっかりと鍵をかけ直し、自分の部屋に向かった。

「お爺ちゃん、早く山から下りてきてよ」

ベッドに腰掛けて、呟いた。

2

敬蔵が山から下りてきたのはそれから三日後だった。

丸太を積んだ軽トラが砂利道をよたよたと走ってきて家の前で停まった。軽トラから降りた敬蔵はいつにもまして毛むくじゃらだ。髪の毛も髭《ひげ》もぼさぼさで、おまけに何日も風呂に入らないから体臭が酷《ひど》い。大柄な体軀《たいく》と相まって、まるで羆そのものだ。

悠は普段は敬蔵が風呂に入るまで近づかないし、言葉も交わさない。

「お爺ちゃん、アトリエにだれか入ったみたいなの」

外に出て、軽トラから丸太を下ろしている敬蔵に声をかけた。

「アトリエに？」

「なにも盗まれたものはないと思うんだけど……それからね、尾崎雅比古っていう人がお爺ちゃんに会いに来た」

「尾崎……そんなやつ、知らんな」

「アトリエに勝手に入ったのもその人だと思う」

敬蔵は抱えていた丸太を無造作に足もとに置き、アトリエに向かった。中に入り、数分もしないうちに外に出てきた。

「なにも盗まれてないな」

敬蔵はそう言って頭を掻《か》いた。大量のふけが落ちてくる。悠は顔をしかめた。

「本当に尾崎って人のこと知らないの？　凄くお爺ちゃんに会いたがってたんだけど」

「知らん」

敬蔵は素っ気なく首を振り、また、軽トラの荷台から丸太を下ろしはじめた。

「お爺ちゃんが戻ったら連絡してくれって」

「余計なことはせんでいい」

「怖かったんだから」

悠は叫ぶように言った。敬蔵が動きを止めた。

「知らない人が突然やって来て、次の日になったらだれかがアトリエに無断で入ってて、なのにお爺ちゃんとは連絡も取れなくて、怖かったんだから」

「すまん」

敬蔵は真《ま》っ直《す》ぐに悠を見つめていた。

「その尾崎というのはどんな男だ」

「若い男の人。二十代半ばぐらい」

「思い当たらんな。風呂に入ったら飯だ。腹が減ってたまらん」

敬蔵が丸太を担ぐ。服の上からでも筋肉が盛りあがっているのがよくわかる。七十歳にはとても見えない。

よく働いてよく寝て、森や田畑で採れるものだけを食っていれば病気にはならん――それが敬蔵の口癖だ。

悠は敬蔵に背を向け、家の中に戻った。味噌汁《みそしる》はすでに作ってある。あとは炊飯器にセットした米が炊きあがるのを待ち、メインの料理を作るだけだ。

昨夜のうちに冷凍庫から出して自然解凍しておいたエゾシカの肉を薄くスライスする。

敬蔵が獲《と》ったエゾシカだ。敬蔵は六十歳までは現役のハンターだったそうだ。ひとりで山に入り、何日も、時には何週間も羆を追い求めてきた。今でも山にこもるときは必ず猟銃を携えていく。そして、ときおりエゾシカの肉を大量に持ってくるのだ。

この家に来た当時は、エゾシカの生肉に触れるのも嫌だった。今ではなんとも思わない。

敬蔵が無言で家に入ってきて、そのまま風呂場へ向かった。

悠は野菜を刻んだ。

この家に来るまで料理なんてしたこともなかった。敬蔵に飯を作れと言われて台所で立ち尽くしたことをよく覚えている。やりたくもないことをやらされる腹いせに、冷蔵庫の中にあった野菜を適当に切ってフライパンで炒《いた》め、塩胡椒《こしょう》で適当に味付けしたものを出してやった。味は最悪だった。悠はほとんどを残した。だが、敬蔵はすべてを平らげた。

「飯作るの、上手になってくれんとわやだな」

食後のお茶を飲みながら、敬蔵はぼそりと言った。

なんだかおかしくて、悠は腹を抱えて笑った。

あれが二年前。

今では和洋中、大抵の料理はレシピを参考にしなくても作ることができる。

フライパンでニンニクを炒め、香りが出てきたところで肉を入れた。肉が色づいてきたらタマネギ、キャベツ、ピーマンを加えて炒め合わせ、味噌を味醂《みりん》と日本酒で溶いた調味料で味付けする。

調理を終えたときには米も炊きあがっていた。皿に盛りつけ、ご飯をよそい、味噌汁を椀《わん》に注《つ》ぐ。あとは漬け物と納豆を出せば終わりだ。

タイミングを見計らっていたと言わんばかりに敬蔵が風呂場から出てきた。

いつもと同じグレーのスエットの上下。

敬蔵は冷蔵庫から缶ビールを取りだし、テーブルについた。そのまま飲みはじめる。

食事の間は缶ビール一本だけ。食後は焼酎。酔うと寝る。

「いただきます」

敬蔵はエゾシカの味噌炒めに箸を伸ばした。いつもそうなのだ。最初はおかずしか食べない。おかずはビールの肴《さかな》だ。おかずを食べ終え、ビールを飲み終えると、味噌汁と漬け物でお米を食べる。

「こないだ、町でおまえの担任に会ったべや」

敬蔵が口を開いた。

「ふぅん」

悠は生返事をした。

「釧路《くしろ》か帯広《おびひろ》の高校に行きたいんだって？」

悠は答えなかった。

「寮か下宿を借りなきゃならんべや。そったら金、どこにある」

「バイトする」

「はんかくさい。高校生がバイトで生活費稼いで、勉強はどうする」

「勉強もちゃんとやるから」

敬蔵は缶ビールを思いきり傾けて飲んだ。冷蔵庫からもう一本取りだして栓を開ける。食事中に新しいビールを開けるのを見るのは久しぶりだった。

「どうしてもこの家から出ていきたいか」

悠はうなずいた。

「出てったら、もう二度と戻らんつもりか」

悠はまたうなずいた。

「わかった。したら、木彫りを何体か売ろう。百万ぐらいにはなるべ。爺ちゃんにしてやれることはそれぐらいだ」

「ありがとう。お爺ちゃん」

授業料は奨学金でまかなえる。それ以外の生活費をどうすべきか思い悩んでいたのだ。敬蔵に金がないことはわかっていた。

敬蔵はそれっきり黙りこくり、いつものように食事が終わると焼酎を飲みはじめ、酔いが回ってくると自分の寝室に消えていった。

＊　＊　＊

羅臼《らうす》町の港からは国後島《くなしり》がはっきりと見えた。オホーツクの海は荒れていた。冷たい海風が吹きつけてくる。

雅比古はその風を思いきり吸い込んだ。薄手の上着一枚では震えがくる寒さだが、気にならない。いや、かえって清々しいぐらいだった。

故郷の町が津波に飲みこまれて以来、海岸線に近づくことを避けてきた。謂《い》われのない恐怖が胸の奥に巣くっている。

だが、ここ、知床《しれとこ》半島ではあまりの寒さ、空気の清浄さにそんな恐怖も吹き飛ばされてしまう。人の営みの矮小《わいしょう》さが体感できるのだ。

同じ海岸線でも気仙沼《けせんぬま》のそれとここではなにもかもが違いすぎた。

自分のルーツが北海道にあることは知っていたが、北海道を訪れようと思ったことはなかった。

都会に憧れ、都会に出、大学の授業などそっちのけで遊び歩いているうちにあの大地震と津波がやってきて、故郷を完膚無きまでに破壊した。

母と連絡が取れず、どれだけ心かき乱されたことか。一週間後、避難所で母の姿を見つけた時、どれだけ安堵《あんど》し、己の人生を悔やんだことか。

母は仮設住宅で暮らすことになり、一緒に住むという雅比古の提案を頑《かたく》なに拒んだ。

福島の原発からはまだ放射線が漏れ続けている。ここにだってどんな影響があるかしれたもんじゃない。そんなとこに、ひとり息子をいさせられるもんか。

母は芯の強い女だった。一度こうと決めたら、だれにもその決意を覆すことはできない。

雅比古は東京へ戻り、真面目《まじめ》に勉強をはじめた。

一年が経《た》ち、二年が過ぎ、あの大災害や福島の原発事故が風化していくことに苛《いら》立《だ》ちを感じながら大学を卒業し、就職した。

週に一度は必ず母に電話をかけ、盆と正月には必ず帰省した。震災前には顧《かえり》みなかったことに心を尽くした。

掌《てのひら》に痛みを感じて雅比古は我に返った。

いつの間にか、拳を固く握っていた。爪が掌の肉に食い込んでいる。

「さむっ」

港に佇《たたず》んで三十分近くが経っている。さすがに限界が近づいていた。

車に戻り、エンジンをかけた。スマホを取り出す。平野敬蔵が山から戻ったという連絡はない。

あれから五日が経っていた。

「ちょっと様子を見にいくか」

ひとりごち、ギアをドライブに入れる。胃が派手な音を立て、空腹であることに気づいた。

昨日の昼にざる蕎麦《そば》を食べたっきり、胃には水分しか入れていない。財布の中に残っているのは一万円札が二枚と小銭だけだ。給油のことを考えると、無駄な出費はできるだけ控えなければならない。

「さすがにこのままじゃまずいよな」

顔をしかめながらパーキングブレーキを解除する。ゆっくり車を旋回させ、屈斜路湖を目指してアクセルを踏んだ。

平野敬蔵に会えば、なにもかもが劇的に変わるはずだ。

そのために、北海道へ来たのだ。母の声が雅比古をこの地に誘《いざな》ったのだ。

「銀の滴《しずく》降《ふ》る降るまわりに、金の滴降る降るまわりに――」

雅比古は母がよく口にしていた言葉を口ずさんだ。

道路は地平線の向こうへと真っ直ぐ延びている。スピードが出すぎないように気をつけながら、雅比古は車を操った。

3

「本当にいいのかい、敬蔵さん」

大声を出しながら車から降りてきたのは浦野辰夫《うらのたつお》だった。阿寒湖《あかんこ》の高級ホテルの社長だ。

浦野は勝手に家に上がってきた。

「はんかくさい。電話したの、ついさっきだべや」

敬蔵は顔をしかめていた。

「したっけ、敬蔵さんが作品売ってくれることなんか滅多にないべさ。大急ぎで飛んできたんだあ」

語尾が伸びるのは道産子《どさんこ》特有の喋《しゃべ》り方だ。悠は浦野のためにお茶を淹《い》れた。

「おお、悠ちゃん、ありがとう。相変わらずめんこいなあ」

「そんなこと言われて喜ぶ年じゃありませんよ」

悠は浦野が好きだった。和人だが、アイヌに対する偏見が一切ない。それどころか、敬蔵のようなアイヌの木彫り作家の作品を溺愛《できあい》していた。気に入った作品を買い付けては、自分のホテルのロビーに飾るのだ。

「ああ、そうだ。こないだ、東京行ってきたんだあ。これ、お土産《みやげ》」

悠は浦野が左手にぶら下げていた紙袋を受け取った。すぐに包装を解く。東京で有名な店のラスクのセットだった。

「浦野さん、ありがとう」

「なんもないさあ」

浦野は嬉《うれ》しそうに微笑《ほほえ》んだ。

「孫の機嫌をとったところで値引きはせんからな」

「そんなこと思ってもないさあ。さ、敬蔵さん、アトリエへ行こう。どの作品もらっていくか決めなきゃ」

浦野に促され、敬蔵は腰を上げた。悠もふたりについていく。アトリエに入るなり、浦野は部屋の奥の床に置かれた木彫りに向かっていった。

「それはだめだ」

敬蔵が怒鳴るように言った。

「敬蔵さん、頼むよ。これな、三百万出すからさあ」

浦野は生まれたての孫を見るような視線を木彫りの作品に向けた。

狼の群れと対峙《たいじ》する母羆。小羆が二頭、母の背後に隠れている。高さ七十センチ、幅が五十センチほどの大きな木彫りだ。母羆は狼たちを威嚇するように立ち上がり、両腕を振り上げている。狼たちは身を屈め、母羆の背後の子供を狙っている。羆も狼も毛を逆立てており、まるで一本一本の毛を丸太から彫り出したかのような生々しい質感があった。

悠もこの作品は好きだった。

「それは一千万積まれても売らん」

「敬蔵さん……」

「他のを選べ」

「もうつれないなあ」

浦野はべそをかきそうな表情を浮かべながら羆と狼の群れから離れた。

三十分近い時間をかけて、浦野は購入する三体の作品を選んだ。羆、狼、そしてオジロワシ。三体とも敬蔵が気に入って手放そうとしなかったものだった。

「お爺ちゃん……」

悠は敬蔵の袖を引いた。自分の我《わ》が儘《まま》のために、敬蔵が命の次に大切なものを売ろうとしている。良心が疼《うず》いてしかたがなかった。

「いいんだ。おまえは黙ってろ」

「じゃあ、明日にでも社員に引き取らせるから。代金はすぐに振り込む。それでいいっしょ?」

敬蔵は浦野の言葉にうなずいた。三人揃ってアトリエを出る。

車が近づいてくる音がした。あの四駆だった。

「お爺ちゃん、あの車、前に話した尾崎っていう人」

四駆が浦野の車の後ろに停まった。浦野が乗っているのはメルセデスのワゴンだ。

尾崎が車から降りてきた。前に会ったときには見られなかった無精髭が生えている。精悍《せいかん》な感じがした。

「悠ちゃん、だれ、あの若者?」

浦野が耳元で囁《ささや》いた。悠は首を横に振った。尾崎は真っ直ぐこちらに向かってくる。

「平野敬蔵さんですか?」

敬蔵の前に立ち、尾崎は口を開いた。

「そうだが、あんたは? どこかで会ったことがあるかね?」

「尾崎雅比古と申します。初対面です」

「その初対面の尾崎雅比古君がこんな年寄りになんの用だ」

「弟子にしてください」

そう言って、尾崎は深々と頭を下げた。

敬蔵が目を丸くした。悠は口をぽかんと開けて浦野と顔を見合わせた。

＊　＊　＊

「たまたま先生の作品を見る機会に恵まれて、心の底から感動したんです」

尾崎は悠の出したお茶に手をつけることもなく話しはじめた。

「自分もいつかこんな作品を作ってみたい。本当にそう思いました。それぐらい先生の作品は凄かったんです」

「先生なんて呼ぶな」

敬蔵が言った。敬蔵は不機嫌そうに顔をしかめていた。敬蔵の手作りになるダイニングテーブルは四人掛けだ。敬蔵と並んで悠が腰掛け、その向かいに尾崎と浦野が並んでいる。浦野は好奇心剝《む》き出《だ》しの視線を尾崎に向けていた。

「ぼくを弟子にしてください、先生」

尾崎は敬蔵の言葉が聞こえなかったというように立ち上がり、その場で土下座した。

「やめないか」

敬蔵が言った。静かな声だった。怒れば怒るほど敬蔵の声は低く静かになっていく。

「どうしても先生の弟子になりたくて、会社も辞めてここまで来たんです。どうかお願いします、先生」

「弟子をとったことはないし、とるつもりもない。帰れ」

「先生――」

「おれはおまえの先生なんかじゃない。帰れ。帰らんか」

「まあまあ、敬蔵さん、そんなに冷たくしなくてもいいっしょ」

浦野がふたりの会話に割って入った。

「敬蔵さんは独学で木彫り作家になった。師匠もおらんけりゃ、兄弟弟子もおらん。道内でも三本の指に入る名匠なのに、敬蔵さんが死んだら、だれもその技を受け継ぐ者がおらんというのは大問題でないかい」

敬蔵は啞然《あぜん》とした顔を浦野に向けた。

「だいたい、他の作家も息子がおっても後を継いでもらえんことが多いっしょ。そんな時にわざわざ弟子になりたいと直談判《じかだんぱん》しに来るなんて、見所あると思うんだけどな」

「あ、ありがとうございます」

尾崎が浦野に頭を下げた。

「ものになるかどうかはわからんけど、試してみるのもわるくないっしょ、敬蔵さん」

「ありがとうございます。よろしくお願いします、先生」

「おれはなにも言っておらんぞ」

「できれば、住み込みの弟子というわけにはいかないでしょうか」

尾崎の言葉に、敬蔵が絶句した。悠はテーブルを叩《たた》いた。

「だめ、だめ。そんなの絶対にだめ」

見ず知らずの若い男と一つ屋根の下で暮らすなど、絶対に許容できない。

「尾崎君、それはいくらなんでもはんかくさいっしょ」

浦野も呆《あき》れていた。

「無理は承知なんですけど、ぼくの全財産はあの車と積んでいる荷物だけなんです。部屋を借りる金もなくて……」

「いやあ、わやな男だなあ、君は」

「すみません。アルバイトしながら木彫りを教わって、ある程度金が貯《た》まったら近所にアパートでも借りてと思っていたんですが……」

「帰れ、帰れ。話にならん」

敬蔵が言った。

「それならこういうのはどうかなあ。うちのホテルで住み込みで働く。休みの日だけこっちに来て、木彫りを習う」

「本当ですか？」

尾崎の目が輝いた。

「浦野さん、あんた、なにはんかくさいこと言ってるんだ」

敬蔵が浦野に食ってかかった。

「敬蔵さん、おれ、見てみたいんだわあ。あんたがどうやってこの若者を仕込んでいくのか。それに、うまくいったら、敬蔵さんが死んだ後も、いい作品に恵まれるかもしれないっしょ」

浦野は悪びれることなく言ってのけた。

「まったくもう……好きにしろ」

敬蔵は腕を組み、そっぽを向いた。

いつもそうなのだ。浦野は敬蔵の扱い方を心得ている。

「先生、ありがとうございます。一生懸命頑張ります」

尾崎はまた土下座した。

4

翌週の火曜、学校に行こうと玄関で支度をしているといきなりドアが開いた。

「おはようございます」

尾崎だった。本当に浦野のホテルで住み込みで働きはじめ、今日が最初の休日なのだ。

「おはよう、悠ちゃん。先生は？」

「アトリエ。これから学校まで送ってもらうの」

「ぼくが送っていってあげるよ。ちょっと先生に断ってくる」

尾崎が踵を返した。

「尾崎さん、そんなこといいから」

「いいっていいって。これも弟子の仕事の内だよ」

尾崎は聞く耳を持たず、アトリエに向かっていく。悠はその後を追いかけた。

「それから、先生は絶対にやめた方がいいと思う」

尾崎が足を止めた。

「どうして?」

「尾崎さんが先生って言うたびに、お爺ちゃんの目が濁っていった。あれ、本気で怒ってる印なの」

「でも、先生は先生だし……」

「先生って言い続けてたら本当に追い出されちゃうと思う」

「わかった。じゃあ、敬蔵さんと呼ぼう。ありがとう」

尾崎はまた歩き出した。アトリエのドアをノックする。

「敬蔵さん、これから毎週火曜日はぼくが悠ちゃんを送り迎えします」

「好きにしろ」

敬蔵の声が返ってきた。姿は見えないが、不機嫌なのがよくわかる声だった。

「それじゃ行ってきます」

尾崎は勢いよくドアを閉めるとこちらへ戻ってきた。

「行こう」

悠を促し、車に乗り込む。悠は助手席へ回った。

席へ着くなり驚いた。外見はいくらかましだが、内装が相当傷んでいる。

「格安の中古だからさ、文句は言えないんだ」

悠の視線に気づいた尾崎が言った。エンジンをかけ、ギアをバックに入れる。方向転換をするのに時間がかかった。車の運転は得意ではなさそうだった。

「尾崎さんって道産子？」

悠は訊《き》いた。尾崎が首を横に振った。

「生まれたのは宮城」

「へえ。てっきり道産子だと思ってた。北海道へはしょっちゅう来るの？」

「実は、これが初めて」

悠は首を傾《かし》げた。道内なら、敬蔵の木彫り像が展示されている場所がいくつかある。尾崎はそこで敬蔵の作品を見たのだろうと勝手に思い込んでいた。内地では個展でもない限り、滅多に敬蔵の作品が披露されることはない。

「どこでお爺ちゃんの木彫りを見たの？」

「ある人の家で」

「その人、お爺ちゃんの木彫りのファンなのかな」

「多分ね。とても大切にしていたから」

悠は口を閉じた。尾崎の口調に戸惑ったのだ。そのことには触れてほしくないようだった。

「そんなことよりさ、悠ちゃん。敬蔵さんが戻ったら連絡してくれってお願いしてたのに、見事にスルーしてくれたよね」

「お爺ちゃんが余計なことしなくていいって……」

悠はうつむいた。

「敬蔵さんってどんな人？」

「どんなって……頑固者で酔っぱらい」

「酔っぱらいか。相当飲むんだ」

「昔は毎晩大酒を飲んで、しょっちゅう人と殴り合いの喧嘩《けんか》してたって聞いたけど、今はそうでもない」

悠ちゃんと一緒に暮らすようになってから、敬蔵さん、ほんと酒の量が減ったもんねえ――浦野がそう呟くのを耳にしたことがあった。

「悠ちゃんの他に家族はいないの？」

「わたしのお母さんは一人娘だったの」

「お婆《ばあ》ちゃんや、敬蔵さんの兄弟とかは？」

悠は首を横に振った。敬蔵はそうしたことを話したがらない。母が高校に入学すると同時に家を出、死ぬまで戻らなかったように、アイヌゆえの問題が絡んでいるのだろうと想像するだけだ。

「悠ちゃんのお母さんは亡くなったの？」

「お父さんと一緒に、交通事故で」

学校で授業を受けていた。休み時間になる直前に息を切らした教頭先生が教室の扉を開け、叫んだのだ。

「後藤《ごとう》さん、すぐに職員室に来なさい」

なにごとかと思った。職員室へ行くと、体育の先生が悠の手を取った。

「とりあえず、後藤と一緒に病院へ行きます」

体育教師の車に乗り、病院に向かった。その車中で両親が交通事故に巻き込まれたと聞かされた。

信号待ちをしていた父の運転する軽自動車に、居眠り運転のトラックが突っ込んできたのだという。

即死だった。

「ああ、ごめん。余計なこと訊いちゃったね」

尾崎がすまなそうな口調で言った。

「いいんです」

「さあ、着いたよ。帰りは何時ごろ迎えに来ればいい」

尾崎は校門のそばに車を停めた。

「三時で」

「了解。迷惑だと思ってるだろうけど、これからよろしく」

車を降りようとする悠に、尾崎は右手を差し出してきた。悠は戸惑いながらその手を握った。その手は冷たかった。

悠がドアを閉めると車が走り去った。

敬蔵には尾崎を弟子にするつもりはこれっぽっちもない。

そのうち諦めて姿を見せなくなるのだろう。

悠は遠ざかる車を一瞥《いちべつ》してから、校門をくぐった。

＊＊＊

平野敬蔵は黙々と木を彫っていた。削られた木の表面に、羆らしき姿がかすかに浮かび上がっている。

「なにをすればいいですか？」

雅比古は訊いた。返事はない。仕方がないので入口近くにあった箒《ほうき》とちりとりで床に散らばった削りくずを掃いた。掃いても掃いても掃いたそばから削りくずが飛んでくる。

嫌がらせかと思ったが、平野敬蔵は木を彫ることに没頭していた。

手元に置いた何本もの彫刻刀を持ち替えては彫り、彫っては持ち替える。刃先を見つめる目自体が刃物のようだった。

雅比古はときおり床を掃きながら敬蔵の作業を見守った。

おそらく敬蔵には木彫りを教えるつもりなどさらさらないだろう。雅比古にしても、本気で木彫り作家になるつもりはなかった。

それでも、なにかに没頭している人間の姿は見ていて飽きることがない。

敬蔵が太い息を吐き出して彫刻刀を置いたのは一時間ほどが経ってからだった。まだ日が射《さ》し込まないアトリエは寒いほどだったが、敬蔵の額には汗の粒が浮かんでいた。

「なにか飲みますか」

雅比古は訊いた。

「まだいたのか」

敬蔵は不機嫌な顔つきで不機嫌な声を出した。

「お茶でも淹れてきましょうか」

「余計なことはするな」

敬蔵は立ち上がるとアトリエを出て家の中に消えていった。雅比古は作りかけの木彫りに触れた。彫られたばかりの木は表面がざらついている。形を成しはじめたばかりの羆はそれこそただの彫り物だった。作業が進む内に、このごつごつとした羆に生々しい質感が生まれるのだ。

その瞬間を見てみたい——雅比古はそう思った。

彫刻刀を手に取った。年季の入った柄《え》は黒ずみ、あちこちがくぼんでいた。敬蔵の指が当たる部分がすり減っていくのだろう。太さや長さが違う彫刻刀は形状が雑だった。もしかすると、敬蔵が自分で作ったものなのかもしれない。

「勝手に触るな」

背後で怒声が響いた。雅比古は首をすくめ、彫刻刀を元に戻した。

「すみません」

「今度仕事道具に勝手に触ったら、叩き出すからな」

顔を見るまでもなく敬蔵が本気で怒っていることは伝わってきた。

「申し訳ありません」

雅比古は頭を下げた。

「家の裏に物置がある。そこの掃除でもしてろ」

「はい」

雅比古は顔を上げた。敬蔵は手にミネラルウォーターのペットボトルを持っていた。

「昼飯はどうしますか？　よかったら、ぼく、作ります」

敬蔵は返事をせず、作業台の彫りかけの木と向かい合った。

「どれぐらいで完成するものなんですか」

「さあな。一ヶ月で終わるときもあれば、半年かかることもある」

敬蔵は水を一口飲むと、一本の彫刻刀を握った。黒い瞳が熱に浮かされたように輝きはじめる。

雅比古はアトリエを後にした。作業に没頭しはじめたらなにを訊いても答えてはくれないだろう。

家に入り、勝手に冷蔵庫の中身を確かめた。男ふたり分の昼飯を作るには充分な食材が入っている。

居間に移動し、家の中を見渡した。古い平屋の木造家屋だ。冬の間はさぞかし寒いだろう。台所と居間の他に部屋が三つ、風呂場が一つ。

敬蔵の部屋を覗いてみたいという衝動が襲ってきたが、雅比古はそれを抑えこんだ。

焦る必要はない。ゆっくり時間をかけて平野敬蔵の人となりを知っていけばいいのだ。

家を出て裏手に回った。確かに倉庫というよりは物置と呼んだ方がしっくりくる古い木造の建物があった。物置全体が斜めにかしいでいる。扉はたてつけが悪く、開けるのにも一苦労だった。

　なんとか扉を開け、雅比古は絶句した。埃《ほこり》が舞って視界を奪い、黴《かび》の匂いが鼻一杯に広がった。

　もう何年も使っていないに違いない。

　それを掃除しろとは、端《はな》から追い出すつもりなのだ。

「これぐらいじゃめげませんよ」

　雅比古は車にとって返した。レインウェアの上下に、軍手、サングラス――手ぬぐいをマスク代わりに顔に巻きつける。

　サイドミラーに映る自分の姿は、まるで福島原発周辺で除染作業に従事する労働者のようだった。

　放射線に比べれば埃や黴などどうということもない。

　バケツに水を汲《く》み、台所で見つけた雑巾を数枚拝借して、雅比古は物置との戦いを開始した。

＊　＊　＊

　尾崎は三十分遅れてやって来た。

「ごめん、ごめん。遅刻しちゃった」

尾崎の髪の毛が濡れていた。シャワーを浴びたばかりらしい。

「敬蔵さんに、物置の掃除しろって言われてさ」

「物置？　掃除したの？」

悠はあの物置には近づいたこともない。長年放置され、柱が腐って傾き、中に収納されているものがどうなっているのか、想像するだにおぞましい。

「師匠にそうしろって言われたらそうするのが弟子でしょ」尾崎は苦笑した。「でも、身体中埃まみれだし、黴臭いし、我慢できなくて日帰り温泉に行っちゃった。それで遅刻」

尾崎は軽快にステアリングを操りながら明るい声で言った。

「どうしてそうまでして木彫り作家になりたいの？」

「敬蔵さんの作品を見て感動したから」

「今時、アイヌの木彫り作家なんて食べてくのも大変なんだよ」

敬蔵の他にも評判のいい木彫り作家は何人かいる。浦野のような好事家《こうずか》が高い値段で引き取ってくれるが、そうたびたびあることではない。大抵の木彫り作家は阿寒湖畔にあるアイヌコタンと呼ばれる一画に土産物屋のような店を出し、そこに自分の作品を置いて売れるのを待つ。それすらもできない作家たちは木彫りをやめ、エゾシカの角に彫刻を施したアクセサリを作って生計を立てている。

悠が生まれるはるか以前には、北海道に来る観光客が手当たり次第にアイヌの木彫りを買っていた時代があったそうだ。木彫りの出来不出来に関係なく、アイヌの彫った羆の木彫りなら飛ぶように売れた。多くのアイヌがこぞって木彫りに手を出したらしい。

だが、今とは時代が違う。アイヌコタンの土産物屋でも、売れるのは中国製の安くてお手軽なアクセサリばかりだ。

「だろうね」

尾崎が気のなさそうな返事をした。なんだか癪《しゃく》に障る。

「お爺ちゃんだって、木彫りだけで食べてるわけじゃないんだから。なんだってできる和人のくせに、どうしてわざわざアイヌのところに来て木彫りなんかやりたがるのよ」

悠はむきになっていく自分を抑えられなかった。

「和人、か……」

尾崎が呟くように言った。

「そう、和人」

「和人はアイヌに木彫りを教わっちゃいけない?」

「そんなことはないけど……」

尾崎の穏やかな声に拍子抜けしながら悠は答えた。

「悠ちゃんも敬蔵さんの木彫り、凄いと思うだろう。羆や狼に鷲《わし》、フクロウ。どれもこれも毛や羽の質感が生々しくて、今にも動き出しそうだ」

うなずくしかなかった。

「ああいう木彫りを作ってみたい。純粋にそう思ってるだけだよ。和人だとかアイヌだとかは考えたこともなかった」

「和人だからそういうことが言えるのよ」

言葉に刺《とげ》がある。わかっていても、棘《とげ》を消し去ることはできなかった。

「そうかもな……でもとにかく、敬蔵さんに木彫りを学びたいんだよ。敬蔵さんじゃなきゃだめなんだ」

穏やかな声には断固とした響きがあった。

「好きにすれば」

悠はふて腐れたように言った。

「敬蔵さんって、いつごろ木彫りをはじめたんだろう？」

「よくは知らない。でも、昔は猟師だったたって」

「猟師？」

「羆撃ち。ひとりで山に入って羆を猟銃で撃って獲ってくるの。年取ってしんどくなったからやめたって。それまでも猟の合間に木彫りもやってたらしいけど、本格的に彫りはじめたのは猟師を引退してからって言ってた」

「そうか。敬蔵さんは山の動物たちと対峙してたんだ」

尾崎は右手でステアリングを叩いた。

「動物のことをよくわかってるんだ。だから、あんなに生々しい木彫りができるんだ」

子供のようにはしゃいだ声が車内に響き渡った。

「敬蔵さんは猟師だったんだ……じゃあ、冷凍庫にある大量の肉は？」

「鹿肉。今でも時々鹿は撃つの。数が増えすぎてわやなことになってるから、獲って減らしてくれって地元の人にも頼まれるし」

「そうか。そうだったんだ……」

尾崎の口調は夢でも見ているかのようだった。

「お爺ちゃんが猟師だとなにがそんなに嬉しいわけ？」

悠の言葉に尾崎は瞬《まばた》きを繰り返した。

「いや、なんとなく凄いなって思って。ねえ、悠ちゃん、前にも訊いたけど、親戚ってどうなってるの？　まさか、祖父ひとり、孫ひとりってやつ？」

「知らない」

悠は言った。母からなにかを聞かされたことはないし、敬蔵もその手の話は一切しないのだ。

「そうなの？」

「別に知りたくもないし」

そう。来年の春にはここを出て二度と戻っては来ない。親戚がいようがいまいが知ったことではなかった。

「尾崎さんは親戚と付き合いがたくさんあるの？」

悠は訊いた。

「母ひとり、子ひとりだったんだ」尾崎が言った。「母は死んだ。ぼくは文字通り天涯孤独なんだよ」

尾崎は微笑んだ。悠はこれほど寂しそうな微笑みを見たことがなかった。

「お母さんのこと、好きだったの？」

悠は自分の言葉に驚いた。本当はどうして死んだのかと訊きたかったのだ。だが、出てきた言葉はまったく別のものだった。

「好きだった。だけど、大事にしてやらなかった」

尾崎は微笑んだままだった。だが、悠の目には尾崎が泣いているように見えた。

5

敬蔵は一心不乱に木を彫っている。老眼鏡の奥の目は瞬きすることも忘れていて、足もとには大量の削りくずが積もっている。

フクロウだ――まだ輪郭すらあらわになってはいない。だが、敬蔵が彫っているのは間違いなくフクロウだ。

敬蔵のもとに来たばかりの頃は、敬蔵が彫っている木が羆になるのかオオカミになるのかフクロウになるのか、あるいは人間になるのか、皆目見当もつかなかった。今は、ある程度彫り進んでいれば敬蔵の目指す形がわかるようになってきた。

「シマフクロウ?」

敬蔵が息をついたところで訊いた。敬蔵が目だけを動かして悠を見た。

「なんだ。お茶を持ってくるなんて珍しい。小遣いが足りなくなったか?」

敬蔵は彫刻刀を作業台に戻し、自分が彫ったばかりの木の表面を右の親指の腹で撫《な》ではじめた。そうすると、木がここはこうしろ、そこはああしろと教えてくれるのだという。

「別にそういうわけじゃないよ」

「まあいい。ちょうど喉が渇いたところだ」

敬蔵は木から手を離した。節くれ立った手のあちこちに細かい削りくずが付着している。

悠は急須と湯飲みを載せたトレイを作業台に置いた。湯飲みに茶を注ぐ。お茶請けに用意したのはとらやの羊羹《ようかん》だ。茶葉も羊羹も浦野からもらったものだった。

「お婆ちゃんってどんな人だったの？」

羊羹を頬張りながらお茶を啜《すす》る敬蔵に訊いた。祖母はもう何十年も前に乳癌《にゅうがん》で亡くなったということしか知らなかった。

「やぶからぼうになんだ」

「なんとなく気になって」

「口うるさい女だったな。人のすることに口を出さなきゃ気が済まない。嫌な女だ」

敬蔵が顔をしかめた。

「なんでそんな女の人と結婚なんかしたのよ」

「昔は結婚相手を自分で決めるなんてできなかった。わやな話だ」

「お母さんはお婆ちゃんに似てた？」

「顔は母親似だった。性格はおれに似た。頑固で無口でなにを考えているかよくわからん」

確かに母は寡黙だった。こうと決めたことは最後までやり通した。

「お爺ちゃん、親戚とかいないの」

先日、尾崎と話してからなにかにつけ敬蔵の親族のことが気になっていた。ずっとどうでもいいと思ってきた。だが、敬蔵の親族ということは、自分にとっても親族なのだ。なにも知らないというのも問題ではないか。

「この辺りで暮らしていたんじゃ食えんといって、みんなどこかに行ってしまった。叔父《おじ》も叔母《おば》も、大昔はよく手紙をくれたが、今じゃ音信不通。生きてるのか死んでるのかもわからん」

敬蔵の言葉に刺《とげ》があった。食べられないからではなく、アイヌとしての暮らしを嫌って出ていった親族がいたのかもしれない。

母のように。そして、自分のように。

「お爺ちゃんはひとりっ子？」

敬蔵が首を振った。

「妹がいた。家出して、札幌に行って、それっきりだ」

「なんていう名前？」

「聡子だったかな」

「だったかなって、自分の妹でしょ」

「もう五十年近く顔も見てないんだ。名前も忘れるべ。さ、お喋りはこれぐらいだ。仕事をせんとな」

敬蔵が彫刻刀を手に取った。木彫りに集中しはじめると、悠の言葉は敬蔵の耳を素通りしてしまうようになる。

悠は空になったトレイを脇に抱え、敬蔵のアトリエを後にした。

＊　＊　＊

ゴールデンウィークは目の回るような忙しさだった。次から次へと団体客がやって来て、日中は文字通り休む暇もないほどだった。オンシーズンは休日返上で働くという約束になっていた。だから、敬蔵を訪れることもできず、雅比古は働きに働いた。

ゴールデンウィークが終わると、客足はぱたりと落ちた。夏休みの季節になるまでは、週末以外はのんびりと過ごせるらしい。

二週間ぶりに休みをもらい、雅比古は敬蔵の家に向かった。

阿寒湖から弟子屈まで国道二四一号を東に向かい、そこから国道二四三号を北上する。敬蔵の家へ向かうには途中で国道三九一号に乗り入れるのだが、そのまま二四三号を進んだ。

屈斜路湖畔を南から時計回りに進み、湖に突き出た和琴《わこと》半島の付け根にあるキャンプ場の駐車場に車を停めた。

車を降りて湖畔に出る。湖から吹きつけてくる風は冷たく、乾いている。

阿寒湖は観光地化が進み、湖畔のどこに立っても人工物が目に入る。摩周湖《ましゅうこ》も観光客が多い。しかし、そのふたつの湖に比べると屈斜路湖は手つかずといってもいいほどだった。

海と見まがうほどに雄大な湖面、その真ん中に浮かぶ中島。他にはなにもない。見事なまでになにもないのだ。

「これぞ北海道だろう」

雅比古は呟きながら手すりを乗り越え、湖岸に進んだ。湖に手を差し入れる。水は氷のように冷たかった。

「お婆ちゃんもここから屈斜路湖を眺めてたのかな？　母さんは見たことないだろう？　見たかった？」

水に手をつけたままだれにともなく語りかける。限界はすぐに来た。冷たさは痛みを伴うようになり、やがて指の感覚がなくなっていく。

そういえば、阿寒湖の北側はまだ氷が張っている。

濡れた手を太股《ふともも》に押しつけ、感覚が戻るのを待った。

「さすが北海道、舐《な》めたらあかんね」

雅比古は車に戻り、エンジンをかけた。来た道を戻り、途中で左折して湖畔沿いの道を北に登っていく。森の中に切り拓《ひら》かれた道道だ。湖の南岸にはアイヌ資料館とコタン温泉が立ち並んでいる。しばらく進むと池ノ湯《いけのゆ》温泉、さらに北上して砂湯《すなゆ》。砂湯には展望台と土産物屋、キャンプ場があり、湖岸からは湯気が立ちのぼっている。冬場にはオオハクチョウもやって来るらしい。

自分は冬までここにいるのだろうか――雅比古は自問した。できれば冬の屈斜路湖を体感してみたい。

無慈悲な寒気に覆われたこの地で自分がなにを見、なにを感じるのかを知りたかった。自分に流れる血がなにを訴えるのかを知りたかった。

道道は途中から屈斜路湖を離れ、川湯温泉へ向かって東へ折れていく。ダッシュボードのデジタル時計はもうすぐ八時を示そうとしていた。悠はもう登校している。和琴半島に寄り道しなければ車で送ってやれたのに。

案の定、いつもの場所に悠の自転車はなかった。雅比古は車を停め、敬蔵の家のドアをノックした。

だれも出ない。敬蔵はアトリエにいるらしい。勝手に家に上がり、ヤカンをガスコンロにかけた。湯が沸くまでの間、車に戻り、持参したコーヒーを淹れるための道具を運び込む。

敬蔵の家には緑茶かティーバッグの紅茶しかないのだ。コーヒー中毒を自認する雅比古にはコーヒーの飲めない時間は拷問に等しかった。

手動のミルで豆を挽《ひ》き、ペーパーフィルターでコーヒーを淹れた。サーバーに溜《た》まったコーヒーを保温容器に入れ、これも持参したマグカップ二つとともにアトリエに向かった。

「おはようございます」

声をかけてからアトリエに入る。木を彫るリズミカルな音が聞こえてきた。雅比古はアトリエに入ると同時に足を止め、目を瞠《みは》った。

二週間前はただの丸太だった。その丸太がフクロウに生まれ変わろうとしていた。

敬蔵は脇目もふらずに木を彫っている。手がけているのは大きく広げた翼だ。羽の一枚一枚を繊細に、時に大胆に彫り上げている。

地上にいる獲物目がけて降下していくフクロウ。

フクロウが狩りをするところはおろか、実物すら見たことはない。

だが、雅比古の脳裏にはフクロウの狩りの光景がはっきりと浮かんだ。フクロウの羽が風を切る音さえ聞こえてくるような気がする。

見たい。

耐えがたい衝動に襲われた。

敬蔵が彫っているフクロウは生々しい。だが、まだ途中経過でしかない。敬蔵が完成させた作品はどれもこれも、その内部で命を燃焼させているかのようなリアルさを持って見る者に迫ってくる。

見たい。

敬蔵がフクロウに命を吹き込む瞬間をこの目で見たい。

「寒い。ドアを閉めれや」

敬蔵の声に我に返った。

「すみません」

後ろ手でドアを閉め、遠慮がちに敬蔵に近づいた。

「先生、コーヒー淹れたんだけど、飲みますか？」

敬蔵の返事はなかった。ただ黙々と木を彫っている。

「せんせ――」

もう一度声をかけようとして雅比古は口を閉じた。

「敬蔵さん、コーヒー飲みます？」

敬蔵の手が止まった。

「さっきからいい香りがすると思ってたんだ。自分で淹れたのか？」

雅比古は苦笑を押し殺した。先生という言葉には絶対に反応すまいと決めているのだろう。

「ええ。コーヒーがないと生きていけない体質なんです」

雅比古は木彫りの道具が雑然と並んだテーブルの上にマグカップを置き、コーヒーを注いだ。

マグカップを手渡すと、敬蔵は飲む前に香りを嗅いだ。

「ちゃんとしたコーヒーを飲むのは何ヶ月ぶりかな。悠はコーヒーは苦いだけで美《お》味《い》しくないといってな、淹れてくれないんだ」

「自分で淹れればいいじゃないですか」

「木を彫るので手一杯だ」

敬蔵はコーヒーを啜った。味が気に入ったのか、目尻が下がった。

「美味《うま》い。特別な豆なのか？」

雅比古は首を横に振った。

「懐が寂しいんで、スーパーで買った豆です。粉じゃなくて豆で買って、飲むたびに挽いて丁寧に淹れればそれなりに美味くなるんですよ」

敬蔵がうなずいた。

「しばらく顔を出さなかったから諦めたんだろうと思っていた」

「ゴールデンウィークに入ったんで、休むに休めなかったんです。あんなに忙しいなんて聞いてなかったですよ」

「おれはゴールデンウィークや夏休みの間は阿寒湖には近寄らん。この辺りだってげっぷが出るほど観光客がやって来る。向こうはその何十倍だ」

「連休中も彫り続けてたんですね。悠ちゃんをどこかに連れていってやったりはしないんですか？」

「悠は勉強だ」

敬蔵が顔をしかめた。

「あれは、ここから出て行きたがっている。そのための唯一の方法は、勉強して街の高校に行くことだからな」

雅比古はコーヒーに口をつけた。敬蔵は美味いといってくれたが、酸味が勝ちすぎている。豆で買ったものの、やはり酸化が進んでいるのだ。できれば生の豆を買い自分で焙煎《ばいせん》したいが、それができるほどの余裕が生まれるとは思えない。

「悠ちゃんの気持ちもわからなくはないけど、いいところだと思うけどな、ここ」

「アイヌだという自分のルーツを断ち切りたいのさ」

敬蔵は平然と言った。苦悩を滲《にじ》ませるものは言葉にも表情にもうかがえなかった。

「ルーツですか……」

「アイヌはアイヌだ。なにをどうしてもそれは変えられん。だが、あれはまだ若いからわからないんだ」

敬蔵はマグカップを脇に置き、彫刻刀を手に取った。

「いつごろ完成予定ですか？」

雅比古は訊いた。

「さあな……十日後か、二週間後か、それとも一ヶ月後か。ある時気がついたらもうこれ以上彫る必要がないと気づく。それがいつになるのかは、自分でもよくわからん」

「なんていうフクロウなんですか？」

「シマフクロウだ」

「完成しそうになったら、絶対に教えてください」

「どうして？」

「完成する瞬間をこの目で見たいんです」

敬蔵がうなずいた。

「約束はできんが、気には留めておこう」

「お願いします。このまま見てていいですか？」

「コーヒーの礼だ、かまわん」

「ありがとうございます」

雅比古は深々と頭を下げた。

＊　＊　＊

家に近づくと、カレーの香りが漂ってきた。敬蔵が料理をするわけがない。敷地内に尾崎の車が停まっていた。

家に入ると、尾崎が台所にいた。

「お帰りなさい。今夜は鹿肉カレーだよ」

「もう来ないのかと思ってた」

笑顔を向けてくる尾崎に素っ気なく答え、悠は自分の部屋に直行した。いつもならすぐに制服から私服に着替えるのに、その気になれなかった。

安普請の家に、赤の他人がいる。別に覗かれるわけでもないのに気になってしまうのは自意識が強すぎるからだろうか。

溜息を押し殺し、ベッドの下に押し込んであるスーツケースを引っ張り出した。いつものように衣類や身の回りのものを丁寧に詰め込んでいく。なにもかもが嫌になってひとり声を殺して泣いた夜、いつかこの家を、この町を出ていくのだと自分に誓った。その予行演習にとスーツケースに必要と思うものを詰め込んでみたのがそもそもの始まりだった。

下着や服を丁寧に折り畳み、配置を考えながらスーツケースに入れていく。洗面道具や化粧用具が入ったポーチがふたつ、お気に入りのスニーカー、両親の形見が入った木箱。無作為に詰めたのではスーツケースの蓋が閉まらない。

考えながら荷造りする、その行為が悠の気持ちを穏やかにさせてくれるのだ。今では日に一度は荷造りに没頭するようになっていた。

満足のいくパッキングができたら、詰めたものを元に戻し、空になったスーツケースをベッドの下に押し込む。

気分がすっきりしていた。

私服に着替え、部屋を出る。台所に尾崎の姿はなかった。鍋はコンロにかけたままだが、火は消えていた。尾崎の車はまだ停まっている。敬蔵のアトリエに行ったのだろう。

蓋を開けて鍋の中を覗く。具材にちょうどいい塩梅《あんばい》で火が通っているのが見てとれた。カレーの香りを嗅ぐと空腹を覚えた。

炊飯器の釜に研《と》いで水を張った白米が入っていた。尾崎は炊飯器のスイッチを押すのを忘れたままアトリエに向かったらしい。

時刻は午後四時半を回ったところだった。悠は炊飯器のスイッチを入れ、食器棚からビール用のコップを取りだした。

五時前後に木彫りの作業を終え、軽くシャワーを浴びてからビールを飲みながら夕飯を食べるのが敬蔵の日課だった。食後は焼酎のお湯割り。

昔の敬蔵はとんでもない酒乱だったらしい。酔うと人に絡み、すぐに喧嘩沙汰《けんかざた》になる。

悠ちゃんが来てから、敬蔵さんの飲み方も穏やかになったべさ。あんな人でも孫娘にはんかくさいとこみられたくないんだべな。悠ちゃん様々だ——この辺りの人間に何度もそう言われたものだった。

母は酔った敬蔵に罵詈雑言《ばりぞうごん》を浴びせかけられたり殴られたりしたことがあったのだろうか。だから、実家のことをほとんど口にしなかったのだろうか。

酔っていく敬蔵を見ながら、悠はいつも母に思いを馳《は》せた。

母が恋しかった。父に会いたかった。家族三人で幸せに暮らしていた頃に戻りたかった。

「せっかくパッキングを終えたばかりなのに」

悠は頭《かぶり》を振った。もう一度スーツケースにパッキングして気持ちを切り替えている時間はない。余計なことは頭から閉め出し、今しなければならないことに集中するのだ。

冷蔵庫を開ける。一番下の段に敬蔵の好きなサッポロビールの缶が綺麗《きれい》に並んでいた。昨夜は二本しかなく、明日にでも敬蔵に車を出してもらって買い足しにいかなければと思っていたのだ。台所の隅に、スーパーのポリ袋が置いてあった。中には焼酎のボトルが入っている。敬蔵がいつも飲む銘柄だった。

尾崎が気を利かせて買ってきたのか、敬蔵に買ってこいと命じられたのか。後者に決まっている。

敬蔵は木彫りと猟と酒を飲むこと以外に興味がない。家の中の酒が切れると凄《すさ》まじい剣幕で怒り出すのだ。この家に来た頃は夜中に自転車で片道三十分はかかるコンビニまで買いに行かされた。

表が騒がしくなった。尾崎の声だ。

どうやら敬蔵はいつもより早めに作業を切り上げたらしい。尾崎が煩わしいのかもしれない。

悠は浴室に足を向け、敬蔵の着替えとバスタオルを用意した。

「まるで昭和の主婦だよね」

なにかで見たテレビドラマを思い出す。昭和の主婦たちは横暴な夫に文句一つ言わず尽くすのだ。

ありえない。だが、今は敬蔵に養ってもらっている身だった。敬蔵がひとりでいるのを好むことはもうわかっている。いくら孫とはいえ、悠と暮らすのは敬蔵にとっても苦痛なのだ。

「我慢、我慢。あとちょっとの辛抱なんだから」

悠は歌うように言って台所に戻った。

6

自転車のペダルに体重をかけようとしたところでクラクションが聞こえた。尾崎の車がこちらに向かってくる。

悠は自転車を降りた。

「おはよう、悠ちゃん。学校まで送っていくよ。乗って」

尾崎は窓から顔を出した。

ありがたい——心ではそう思いながら、仏頂面で車に乗る。昼過ぎから雨が降るという予報なのだ。朝から雨なら敬蔵が送ってくれるのだが、そうでなければ天気予報は外れるものだと言い張って送ってはくれない。

どうせ雨になれば敬蔵が学校まで迎えに来ることになるのだ。翌日晴れたとしても、自転車は学校に置いたままだから、結局、敬蔵が送ることになる。だったら最初から送ってくれればよさそうなものだが、当たり前の理屈が敬蔵には通じない。

「おはようございます」

他人行儀に挨拶してシートベルトを締めた。

「休みは明日じゃなかった?」

「昨日、敬蔵さんから電話があったんだ。シマフクロウの木彫り、今日完成させるって。それで、浦野さんに無理をいって休みを繰り上げてもらったんだ」

悠は目を丸くした。敬蔵が他人にそんな気を使うのは見たことがない。

「敬蔵さんがあの木彫りを完成させるところが見たくて、しつこいぐらいに頼んだんだ。口ではわかったって言っても、いざその時になったら無視するってタイプでしょ、敬蔵さん」

「うん。そういうタイプ」

「だからさ、必死でお願いしたんだよ」

尾崎は朗らかに言って、車を方向転換させた。

「珍しい」

「そうなのかい？」

「珍しいっていうか、弟子なんか取ったことないし、たまに浦野さんが木彫りの作業の様子見せてくれって言うけど、いつもけんもほろろ。尾崎さんにアトリエで作業見せるなんてあり得ない」

「ぼくも、すぐに追い出されるのかなって思ってた」

「こないだのカレー、凄く気に入ったみたい。次の日もその次の日も、ひとりであのカレー食べてた。また作らせようって」

「渾身《こんしん》のカレーだったからなあ。ルーはいたって普通の市販のやつなんだけど」

市販のルーとは思えなかった。一口食べると最初に甘みが口の中に広がる。その後でスパイスが効いてきて、奥深い味わいのカレーだったのだ。

「ほんとにただの市販のルーなの？」

「具材を炒めるときに、カレー粉と一緒に炒めるんだ。そうすると香りが引き立つ。それから、ルーを入れるときに、板チョコも一緒にいれるのがコツ」

「板チョコ？」

「甘みが出て、カカオの香りがまたいい感じになるんだよ」

「へえ。尾崎さん、カレー屋さんとかで働いてたの？」

尾崎が首を振った。

「母が作るのを見て覚えた」

尾崎の声が寂しさを帯びた。母親の話は禁句なのだ。悠も同じだ。両親のことは聞かれたくない、話したくない。だから、口を閉じた。

「敬蔵さんの酒、買い足さなくても大丈夫かな」

尾崎が口を開いた。わざと明るく振る舞おうとしているように見えた。

「ビールはあるけど、焼酎、足りなくなるかも。作品を仕上げたあとは、いつもよりたくさん飲むから」

「そっか。祝杯だもんね。ぼくも付き合うかな……」

「酔っぱらったら帰れないじゃない」

「泊まらせてもらうよ」

「そんなのだめ」

「嫌われたなあ……そうだ、晩ご飯、食べたいものある？　ぼくにできる料理なら作ってあげるよ」

「肉じゃが」

思わず口をついて出た。

「肉じゃがぐらい自分で作れるんじゃないの」

「だれかが作ってくれたやつが食べたいの」

尾崎が羨ましかった。尾崎は自分の母が作ってくれたカレーの味を再現できる。悠の母は悠が料理を教わる前に逝ってしまった。

「了解。肉じゃがね」

尾崎が言い終わるのと同時に雨粒がフロントグラスを打った。

「予報より早く降ってきたなあ」

尾崎が空を見上げた。鉛色の雲が覆い被《かぶ》さってくるかのようだった。

＊　＊　＊

アトリエは静かだった。いつもならアトリエに近づくと木を彫るリズミカルな音が聞こえてくるのだが、今日はそれもない。霧が辺りを覆っていた。アトリエ全体が厳かな空気に包まれているかのような錯覚を覚える。

雅比古は気配を殺してアトリエに入った。敬蔵が完成直前のシマフクロウを前にして目を閉じていた。口の中でなにかを呟いているようだが聞き取れない。もっと近づきたかったが敬蔵はそれをゆるさない空気をまとっていた。

これは儀式だ。

雅比古は唐突に悟った。シマフクロウに命を吹き込むための神聖な儀式なのだ。

無意識のうちに胸の前で両手を合わせていた。敬蔵の呟きは読経《どきょう》に似ていた。聞いているうちにこちらまで厳かな気分に浸《つ》かっていく。

外に立ちこめている霧が隙間からアトリエの中に入り込んでくる。まるで敬蔵の呟く言葉が霧を招き寄せているかのようだ。アトリエの内部はやがて霧に満たされ、この世ともあの世とも思えない世界に変貌していく。

「はじめるぞ」

敬蔵の声に我に返った。霧などどこにもなかった。敬蔵が彫刻刀に手を伸ばしている。夢でも見ていたかのような感覚が残っていた。

シマフクロウはほとんど完成しているといってもよかった。

輪郭は完全にあらわになり、羽のひとつひとつにまで繊細な刃が当てられ風が吹けばなびきそうな質感を有している。大きく広げた両翼は獲物に襲いかかる寸前の狩人の集中と緊張を表し、折り曲げられたかぎ爪はナイフの刃先のように鋭かった。

画竜点睛《がりょうてんせい》を欠くのは文字通り、目だ。生き生きと躍動する全身と比べ、目はただの木目でしかなかった。

彫刻刀の刃先が目に近づいていく。無骨な手が彫刻刀を繊細に動かしていく。ただの木目でしかなかった丸い目に命が吹き込まれていく。

彫刻刀が木を削る音しか聞こえない。敬蔵は息を止め、雅比古は息を呑《の》んでいた。

「よし」

敬蔵が呟き、刃先を左目に移した。シマフクロウの右目が雅比古を凝視していた。

左目の仕上げもすぐに終わった。時間にすれば五分もかかっていないだろう。

だが、敬蔵が作業をはじめる前のシマフクロウと作業を終えたあとのそれはまったくの別物だった。

「凄い……」

雅比古は思わず呟いた。

「いつも目を最後に仕上げるんだ。目に命が宿る。それで完成だ」

敬蔵が彫刻刀を置いた。

「これ、納品先とか決まってるんですか？」

「その時に彫りたいものを彫る。それだけだ。なまじ注文を受けても、いいものは彫れん」

「素人《しろうと》の意見ですけど、このシマフクロウ、凄い作品だと思います」

「そうだな」敬蔵が微笑んだ。「おれが彫ったフクロウの中で、一番だ」

敬蔵の横顔はまるで憑き物《つきもの》が落ちたとでもいうように穏やかだった。

「さっき、彫りはじめる前になにか呟いてましたよね？　なんて言ってたんです？」

「あれか。ユーカラだ」

「ユーカラ？」

「アイヌの神話みたいなもんだな。おまえは、なんにも知らんのだな」

「すみません」

雅比古は頭を下げた。

「屈斜路湖の南岸にアイヌ資料館がある。本気で木彫りをやりたいんなら、そこでも見学して、アイヌのことを少しぐらいは学べ」

「そうします」

敬蔵が腰を上げた。

「さあ、飲むぞ」

「こんな時間からですか？」

「祝杯だ。それに……」

敬蔵の言葉が淀《よど》んだ。

「それに？」

「悠が帰ってくる前に酔っぱらって寝ないとな。酔いすぎると、自分がわからなくなる」

敬蔵は自嘲気味に言って悲しそうな微笑みを浮かべた。

「なにか、肴になるものを作れ。飲むぞ」

「あの、ぼく、後で悠ちゃんを迎えに行かないとならないんですけど」

「はんかくさいこと言うな。昼になったら寝る。夕方には酒も抜けてるだろう」

「そうですね……」

敬蔵がドアを開けて外に出た。雅比古はその後を追った。

いつの間にか霧が本格的な雨に変わっていた。

＊ ＊ ＊

初めのうち、敬蔵は機嫌がよかった。スルメや氷下魚《こまい》を焙《あぶ》ったものと、ホウレンソウのおひたしを肴に缶ビールを二本空け、焼酎のお湯割りに移った。お湯割りが四、五杯進んだ頃から目が据わりはじめ、口調が粗雑なものに変わっていく。酒乱だ。酔いが進むほどに自分を保てなくなっていく。

「敬蔵さん、もう昼を過ぎたし、そろそろ飲むのをやめないと……」

「なんだと?」

濁った目が雅比古を睨んだ。

「おれに飲むなと言ったのか? 今、おまえが言ったのか?」

「はい、言いました」

焼酎の入ったグラスが飛んできた。雅比古はすんでの所でかわしたが、グラスは背後の壁に当たって砕け、床に散らばった。

そういえば、なにかのおりに浦野が言っていた。敬蔵の酒が進みはじめたら気をつけろ、と。

素面《しらふ》の時からはうかがい知れないが、相当に鬱屈の溜まった人生を送っているのかもしれない。

雅比古は黙って立ち上がり、割れたグラスを片づけた。昔働いていた職場にも似たような酔い方をする男がいた。酔えば酔うほどに人に絡んでくるのだ。そういう酔っぱらいへの最善の対処法は相手をしないことだと学んでいた。

「酒をよこせ」

敬蔵が吠《ほ》えるように言った。雅比古は黙々とグラスを片づけた。

「聞いてるのか」

集めた破片を新聞紙で覆い、ゴミ箱に入れる。雑巾で細かい破片を探りながら濡れた床を拭いた。

「はんかくさい」

敬蔵が立ち上がった。目はさらに据わり、握った拳を震わせている。

「悠ちゃんが帰ってくる前に酒を抜いておかないとまずいんじゃないですか」

雅比古は言った。応ずるべきではないとわかっていたが、言わずにはいられなかった。

「なんだと」

「悠ちゃんにそんな姿見られてもいいんですか」

敬蔵が瞬きを繰り返した。濁った目の奥にかすかな理性の光が点《とも》ったような気がした。

「悠か……」

敬蔵は呟くように言うと、雅比古に背を向けた。

「もう、寝る。悠を迎えに行く前に起こしてくれや」

敬蔵が奥の部屋に姿を消すと、雅比古は肩から力を抜いた。ぶっきらぼうな接し方しか見たことはないが、敬蔵が孫娘を大切に思っていることは確かだった。

「さて、と。肉じゃが作って、おれも寝るか」

雅比古は欠伸《あくび》を噛《か》み殺しながら台所に移動した。

肉じゃがを作っていると、敬蔵の寝室の方から大きな鼾《いびき》が聞こえてきた。家全体が震えるような凄まじい鼾だ。

「まるで羆だな」

肉じゃがができあがっても鼾がやむ気配はなかった。居間のソファに横たわったが、とてもじゃないが寝つけそうにない。雅比古は家を抜け出し、アトリエに向かった。

ドアを開ける。作業台に置かれたままのシマフクロウがいきなり飛びかかってくるような錯覚に襲われた。開けたドアから差し込むわずかな光がシマフクロウを生き生きと照らすのだ。

明かりをつけ、ドアを閉めた。シマフクロウを前後左右から観察した。

見れば見るほど溜息が出るような木彫りだった。大胆であり、繊細でもある彫り方のタッチは、母の部屋にあった羆の木彫りと似通っている。

やはり、あの羆は敬蔵の彫ったものなのだ。

問題は、なぜ母が敬蔵の木彫りを手に入れたのか。それを大切に扱っていたのかということだ。

母の部屋に木彫りの羆は不釣り合いだった。特別な謂われがあるのでなければ、嫁入り道具として持参したという洋箪笥《ようだんす》の上に飾り、毎日のように手入れをしたりはしなかっただろう。

――銀の滴降る降るまわりに、金の滴降る降るまわりに。

なんの歌なのかは知らないが、そう歌いながら木彫りの羆についた埃を払う母を何度も見かけたことがある。

津波で家が流され、あの羆も行方《ゆくえ》がわからなくなった。

避難所の母はなによりも羆の行方を気にかけ、雅比古が理由を訊《たず》ねても悲しそうに首を振るだけだった。

避難所暮らしでくたびれ果てている母をそれ以上問い詰める気にもなれず、いつか、羆の謂われをきちんと訊こうと思うに留《とど》めた。

そして、忙しさにかまけているうちに母が他界し、なぜあの木彫りの羆が母にとってそれほど大切だったのか、理由を知る機会も失われてしまったのだ。

あの羆が敬蔵の作品だと知ったのは偶然だった。新宿《しんじゅく》のあるデパートで北海道の物産展があり、その一角に、アイヌの作家たちによる木彫りの展示コーナーが設けられていたのだ。

そこに飾られていた羆の木彫りを見て、雅比古は脳天を殴られたかのような衝撃を覚えた。

木彫りのサイズはまったく違う。だが、羆の毛に特徴的な生々しさは見間違えようがなかった。母が大切にしていた羆を彫ったのと同じ人物がこの羆を彫ったのだ。

羆には作者の名前が記されているだけだった。

平野敬蔵。

物産展のスタッフに訊ねても詳細はわからず、家に戻りネットで検索をかけた。

わかったのは敬蔵の生年月日と住んでいるエリア、そして、木彫り作家として人気を得、本腰を入れはじめてから十年そこそこのキャリアしかないということだった。

十年と少し。つまり、母のあの羆は平野敬蔵が木彫り作家として脚光を浴びる以前の作品だということになる。

母はどうやってあの羆を手に入れたのか。なぜ、あれほど大切にしていたのか。

知りたかった。知らずにはいられなかった。

「だからおれは今、ここにいるんだよ」

雅比古はシマフクロウに語りかけた。

7

北海道には梅雨《つゆ》がない。

かつてはそうだったのだろう。だが、最近の七月は雨の日の方が多い。温暖化でなにもかもが変わってしまったのだと大人たちは言う。

それでも、摩周湖は霧に覆われていることが多いし、冬は冬で恐ろしいほどにしばれる。

雨音の合間から、車のエンジン音が聞こえた。尾崎の車だ。

日曜日は忙しいはずなのに、どうしたというのだろう。

「敬蔵さんの軽トラが見当たらないけど」

尾崎は勝手に家に上がり込んできた。

「お爺ちゃんなら出かけた」

「どこに?」

「知らない。尾崎さんこそ、今日は休みじゃないのになんで?」

「代休ってやつ。今日は、面接なんだ。それと、家を探さなきゃならない」

「浦野さんのおかげで家賃も飯代もかからない生活だからさ、給料ごっそり残っちゃって。浦野さんに少し金を貸してもらったら、家を借りられるぞってことになってね」

「面接？　家？」

「近くに住むつもりなの？」

尾崎が子供のような顔で微笑んだ。

「面接っていうのは？」

「川湯エコミュージアムセンターが職員を募集してるんだよ」

川湯エコミュージアムセンターというのは環境省の施設だ。運営はＮＰＯ団体やボランティアが行っている。

「本気で木彫り作家になるつもりなんだ」

「じゃなきゃ、こんなとこに来ないよ。なに見てるの？」

尾崎は悠が手にしているタブレット端末に興味を示した。

「摩周湖の滝霧《たきぎり》」

悠はタブレットを尾崎に渡した。

「この時期、霧が摩周湖に滝みたいに流れ落ちていくことがあるの」

タブレットの画面にはネットで拾った滝霧を写した写真や動画が表示されている。

六月から八月にかけて、釧路湿原で湧き起こった霧が風に乗って流れ、摩周湖を取り囲む山の縁に溜まり、早朝になると山肌から湖面に向かって流れ落ちていく。それを滝霧と称するのだ。

「へえ、こりゃ凄いや」

尾崎は次から次へと写真を拡大していった。

「一度見てみたいんだけど、お爺ちゃんに頼んでもつれてってくれないし……まあ、行ったら必ず見られるってわけでもないんだけど」

「条件があるんだろうな……今度、行こうか」

尾崎の何気ない言葉に悠は目を丸くした。

「行こうって、摩周湖に?」

「こっちに越してきたらさ。霧の出そうな日曜日は摩周湖に行ってみる。四時に起きれば間に合うだろうし……起きられる?」

「本当にいいの?」

「だって、悠ちゃん、見てみたいんだろう?　ぼくも見てみたいし」

「起きる」

悠は言った。車の免許を取らなければひとりで摩周湖には行けない。免許を取る頃にはこの町を離れている。だから、自分が滝霧を見ることは永遠にないのだと諦めていた。ネットで滝霧の画像を集め、それを眺めることで自分を慰めていたのだ。

もし、この目で滝霧を見られるのなら、早起きすることなどなんでもない。

「じゃあ、いい家が早く見つかるよう祈っててよ」

「うん。尾崎さん、本当にありがとう」

尾崎の顔に悪戯《いたずら》小僧のような笑みが広がった。

「敬蔵さんは悠ちゃんが可愛《かわい》くてしょうがないみたいだからさ、これも点数稼ぎ。じゃあ、行ってくるから」

尾崎は来た時と同じように慌ただしく立ち去っていった。

悠はタブレットを手に取った。一番好きな滝霧の写真を拡大する。山肌を流れ落ちる霧に朝日が当たって黄金色に輝いている。

「見たいな。本当に見られるかな?」

呟いた後で顔をしかめた。尾崎の言葉を思い出したのだ。

敬蔵さんは悠ちゃんが可愛くてしょうがないみたいだからさ――

「そんなことないよ」

悠がこの家に来た時から敬蔵はつっけんどんだった。両親を失って悲嘆に暮れている孫娘に温かい言葉ひとつかけてくれはしなかった。

滝霧もそうだ。摩周湖に連れていってくれと頼んでも「はんかくさい」の一言で片づけられた。

「お爺ちゃんはひとりがいいんだよ。わたしがいても邪魔なだけなんだから」

＊　＊　＊

面接は呆気《あっけ》ないほど簡単に終わった。浦野の口添えが大きいのだろう。面接を担当したスタッフは雅比古が持参した運転免許証と履歴書に目を通し、いくつかの型どおりの質問をした後で「いつから出勤できますか」と訊いてきた。

最初の三ヶ月は研修期間で給料は手取りで十五万。研修期間を終えて正規勤務になれば、いくつかの手当がついて給料は少しばかり増える。

大都会なら十五万の給料ではかつかつの暮らししかできないだろうが、ここなら別だ。

エコミュージアムセンターを出た足で、これも浦野に紹介された不動産屋を訪ねた。

案内されたのはいくつもの温泉宿に囲まれた住宅街の一画に建つ古ぼけた一軒家だった。築年数は三十年。間取りは三ＤＫ。それで家賃は二万五千円だという。敷金礼金はそれぞれ一ヶ月分だ。浦野に金を借りれば、すぐにでも契約できる。

「そんなに安くていいんですか」

「空き家にしておくよりはいいっしょ。大家さんも、浦野さんに頼まれたらそれ以上の家賃くれとは言えんしね。保証人は浦野さんがなってくれるんだべ？」

「ええ。浦野さんにお願いしてあります」

敬蔵さんが作品を仕上げるたびに連絡してくれ。そしたら保証人になってやる。

浦野はそう言った。

シマフクロウのことを伝えなかったのはなぜだろう。あれはそう、自分にとっても特別な作品なのだ。敬蔵がだれかに見せようと思うまでは、あのアトリエでひっそりと飾られていた方がいい。

手持ちの金の中から前金を払い、仮契約を済ませた。印鑑は三文判だが、それで文句をいわれることもない。

敬蔵の家に戻った。敬蔵はまだ帰宅しておらず、悠の姿もなかった。自転車でどこかへ出かけたらしい。

アトリエに入り、シマフクロウを眺めた。見れば見るほど素晴らしい木彫りだった。どのような技巧を駆使すればただの丸太にこれほどの意匠《いしょう》を凝らすことができるのだろう。

記憶にある母の羆と目の前のシマフクロウを比較してみる。記憶は曖昧だが、羆の毛並みはもっと荒っぽかったような気がした。彫れば彫るほど敬蔵の腕も磨かれているのだろう。

どれぐらい時間が経ったのか。目の奥に疲れを感じて雅比古は目頭を揉んだ。古ぼけた木造のアトリエだが、複数の照明が作業台を前後左右から照らすよう工夫が施されている。その照明に照らされたシマフクロウは眩《まばゆ》いばかりに輝き、長時間眺めていると目が疲れるのだ。

雅比古は視線を壁際に移した。アトリエ自体は六畳ほどの広さだが、作品や木彫り用の道具などが乱雑に置かれて実際より狭く感じる。左右の壁には棚が作られており、敬蔵自身が気に入っている木彫りや、資料に使うのだと思われる書籍が並んでいた。

奥の壁の左側には場違いなスチール製のロッカーがあって、ダイヤル式の錠前がついている。おそらく、猟銃がしまわれているのだ。猟銃は厳重に保管することが義務づけられている。アトリエ自体のドアにも頑丈な錠前がつけられているのはそのせいだろう。

そのくせ、昼間、アトリエに鍵がかけられることはない。ここは平和な町なのだ。

棚の本を数冊めくってみた。内外の写真家が撮った野生動物の姿をおさめた写真集ばかりだ。

ハイイロオオカミの木彫りなどは、こうした写真集を参考にして彫っているのかもしれない。

写真集と写真集の間に隠れるように、一冊の本がおさまっていた。

相当読み込まれたのか、表紙はすり切れ、背は黄ばんでいた。

『アイヌ神謡集《しんようしゅう》』とタイトルがあり、知里幸恵《ちりゆきえ》・編訳と記されていた。アイヌのユーカラを日本語に訳したものだ。

最初の一篇が「梟《ふくろう》の神の自ら歌った謡」となっている。

雅比古はそのページをめくった。最初の一行を読んで息が止まった。

「銀の滴降る降るまわりに、金の滴降る降るまわりに――」

母がよく口ずさんでいた歌だった。本を持つ手の震えが止まらなかった。喉が渇いてしかたがなかった。目の奥の痛みが強くなっていく。

目の痛みをこらえながらユーカラを読んだ。

銀の滴降る降るまわりに、金の滴降る降るまわりに――シマフクロウ神はそう歌いながら大空を舞う。金持ちの子に混じっていた貧乏人の子を不憫《ふびん》に思い、その子の家へ行って金銀財宝を分け与える。

銀の滴降る降るまわりに、金の滴降る降るまわりに――

シマフクロウ神がそう歌いながら家の中を飛び回ると、羽ばたきするたびに財宝が現れ、床に落ちて散らばるのだ。

元々立派な心の持ち主だったその家の者たちは、金銀財宝で豊かになっても驕《おご》ることなく村人たちと幸せを分かち合う。シマフクロウ神は自分の住処《すみか》に戻り、人間の村で起こった出来事を他の神々に報告し、自分が後にした村がその後も平和に暮らしているのを見て微笑む。

そして、謡はこう結ばれた。

『私も人間たちの後に坐《ざ》して　何時《いつ》でも　人間の国を守護《まも》っています』

ただの他愛のない神話だ。しかし、銀の滴降る降るまわりに、金の滴降る降るまわりにというフレーズはイマジネーションを無限に増幅させる呪文のようだった。

他のユーカラにも目を通した。一時間もあれば読み通せるほどの分量だった。奥付のあるページの下に、なにかが鉛筆で記されていた。掠《かす》れていて読みづらい。目を凝らし、なんとか判読した文字は「聡子」と読めた。

車の音が聞こえた。軽トラのエンジン音だ。敬蔵が戻ってきた。

慌てて写真集と本を棚に戻し、アトリエを出た。

敬蔵の軽トラは遥《はる》か彼方《かなた》を走っている。間に遮るものがなにもないので遠くからでもエンジン音が聞こえるのだ。

家に入り、コンロにヤカンをかけた。コーヒーを淹れる準備をする。

まだ胸が高鳴っていた。

銀の滴降る降るまわりに、金の滴降る降るまわりに――

シマフクロウの歌が脳裏で谺《こだま》する。母の歌声がよみがえる。

「なんだ、今日は休みか」

家に入って来るなり敬蔵が言った。

「代休です。新しい職場の面接受けて、それから、家も決めてきました」

「新しい職場?」

「エコミュージアムセンターで働くことにしたんです。それだと、ここにしょっちゅう顔を出せるんで。浦野さんが口添えしてくれたおかげですんなり決まりました」

「そんなに木彫りをやりたいのか」

「はい。よろしくお願いします」

雅比古は頭を下げた。

「シマフクロウの木彫りのこと、浦野さんには言ったのか」

「いいえ。あれは敬蔵さんの手元に置いておくべきだと思って」

「よし。木彫りを教えてやる」

敬蔵が言った。雅比古は顔を上げた。

「本当ですか？」

「湯が沸いてる。早くコーヒーを淹れろ」

敬蔵は雅比古の言葉には答えず、ソファに腰を下ろすとげっぷをした。

挽いた豆をペーパーフィルターに移し、沸騰した湯を回しかけてしばらく蒸らす。

銀の滴降る降るまわりに、金の滴降る降るまわりに――

頭の中で母の歌声が終わることなく響いていた。

8

夕飯を食べ終えると敬蔵はアトリエへ行く。すると、仕事を終えた尾崎がやって来てアトリエへ直行する。二時間、あるいは三、四時間、ふたりはアトリエにこもっている。

敬蔵は夕飯の時に酒を飲むのもやめた。

なにをしているのか気になって、アトリエを覗いてみたことがある。

敬蔵が木を彫り、尾崎がじっとそれを見つめている。

それだけだった。

尾崎は初めて見るような真剣な眼差《まなざ》しで、悠にも敬蔵が尾崎に木彫りを教えているのだということがわかった。

見て覚えろ――いかにも敬蔵らしいやり方だ。

木彫りのレッスンが終わると、ふたりは母屋《おもや》に戻ってくる。敬蔵は酒を飲みはじめる。尾崎は自分で用意した夕飯――たいていはコンビニの弁当だ――を食べながら、ああでもない、こうでもないと熱く語り合う。

馬鹿らしい――悠は思う。

今時木彫り作家などになって食べていけると本気で思っているのだろうか。阿寒湖や摩周湖に来る観光客も、アイヌの木彫りなどには目もくれない。

浦野のような好事家がいるから敬蔵はなんとか食っていけているのだ。そして、好事家の眼鏡《めがね》にかなう木彫り作家は年々減っている。

死ぬか、この仕事に見切りをつけて彫刻刀を置くか。

後を継ごうという若者もいない。悠のまわりにいる若いアイヌたちが語るのは都会へ出る夢ばかりだ。

アイヌがアイヌではなくなれる場所――東京。アイヌのことをほとんど知らぬ無数の人々の中に紛れこみ、平凡でも幸せな人生を手に入れる。

母もそうだったのだ。アイヌであることの煩わしさから逃れるためにこの町を出た。

それなのに、和人の尾崎がわざわざ人生を棒に振ろうとする意味がわからない。

来年の三月が待ち遠しい。別の町の高校へ行き、さらに別の町の大学へ行き、最後には東京へ向かう。

木彫りのことも敬蔵のことも頭から消し去って、生きたい人生を生きるのだ。

ドアをノックする音がした。

「はい」

「悠ちゃん、ごめん。ちょっといい？」

尾崎の声だった。悠はスーツケースをベッドの奥へ押し込んだ。今日のパッキングは我ながら完璧だと思っていたのに、忌々《いまいま》しい。

「なに？」

ドアを開けた。尾崎の頬はほんのりと赤く、呼気からはアルコールの匂いがした。

「敬蔵さんに無理矢理飲まされちゃってさ。今夜はアトリエで寝るから、毛布とかどこにあるのか教えてくれない」

「居間のソファで寝ればいいじゃない。アトリエは寒いよ。隙間風びゅーびゅーだし」

「でも、ぼくが泊まるの、悠ちゃん嫌がってたじゃないか」

「しょっちゅう泊まられるのはいやだけど、たまにならいい。それに、明日は雨の予報なんだ。尾崎さん泊まったら、朝、学校まで送ってもらえるでしょ」

「ああ、そういうことなら」

尾崎の視線が悠の肩越しに部屋の中をさまよっていた。

「女の子の部屋、じろじろ見ないで」

「ごめん、ごめん。なんか、珍しくてさ」

尾崎を追い立てるようにして居間に移動した。

「お爺ちゃんは？」

「もう寝たよ。最近、ぼくに付き合って夜作業してるから、目が疲れるらしいんだよね。目が疲れると肩が凝るって」

確かにここ数日、敬蔵の顔色はよくなかった。

「木彫りを教えるの、やめればいいのに」

「それじゃぼくが困る」

尾崎が渋面を作った。

「布団持ってくるから待ってて」

「ぼくも手伝うよ」

「いいから」

　尾崎を押しとどめ、悠は居間と敬蔵の寝室の間にある部屋に向かった。古いタンスとミシンが置かれているだけの四畳半の部屋だ。祖母が使っていたらしい。押し入れから枕と毛布、掛け布団を出し、居間へ運んだ。

　尾崎がダイニングテーブルに並べた彫刻刀を見つめていた。

「それ、全部オリジナル」

　悠の声に尾崎が顔を向けた。

「やっぱり」

「既製品だと彫りたいように彫れないんだって。帯広の金物工場で作ってもらうの。注文が細かいから大変だって工場の人が言ってた」

「全部使い分けて彫ってるもんな、敬蔵さん」

　ソファに運んできた布団を置く。ずいぶん年代物のソファだが、ガタが来る気配もない。

「ねえ、悠ちゃんって、羆を実際に見たことあるの？」

　悠は首を振った。

「ない」

　近頃は羆が人里に姿を現すことも珍しくはない。だが、幸いなことに出くわしたことはなかった。

「キタキツネならしょっちゅう見るけど」

「やっぱり、道民だからってだれもが羆を見るわけじゃないんだね」

「見たいの？」

「うん。木彫りやるには実際に見た方がいいと思うんだよね」

「動物園に行けば」

「野生の羆が見たいんだ」

「ポンポン山に行ってみれば」

「ポンポン山？」

川湯と屈斜路湖の間にはいくつも山があるが、ポンポン山はそのひとつだった。一年中、あちこちから湯気が立ちのぼっている。

「うん。あの山は地熱のせいで雪が積もらなくて温かいからいろんな動物が集まってくるんだって。この時期はどうかわからないけど、冬なら羆もポンポン山に移動するんじゃないかな。冬眠しなくて済むし」

「そうか。山にいるんだもんな」

尾崎が台所で湯を沸かしはじめた。どうやら、コーヒーを淹れるつもりらしい。湯が沸くのを待ちながら、手動のミルに豆を入れハンドルを回しはじめる。豆の量からして、悠の分も淹れるのだろう。

コーヒーは好きではなかったが、尾崎の淹れるコーヒーは苦みが弱く、なにも入れなくてもほんのりと甘くて好きだった。

「エコセンターで働いてるんなら、そのうち見られるんじゃないかな。登山道の整備とか、野生動物の生息数のチェックとか、山に入る仕事もたくさんあるみたいだから」

「この辺りには猟師ってたくさんいるのかな」

「昔はたくさんいたみたいだけど……みんな年取ってやめちゃうみたい。猟銃免許の更新がだんだん面倒になっていくし。だからエゾシカが馬鹿みたいに増えたんだってお爺ちゃんは言うけど」

「猟銃の免許ってそんなに面倒くさいのか」

尾崎は挽き終わった豆をペーパーフィルターに移した。

「警察ははんかくさいってみんな言ってる。だから、若い人たちが猟師になろうとしないんだって」

湯が沸いた。尾崎は沸騰した湯を豆の上に満遍なく注いだ。そのまましばらく蒸らすのだ。素敵な香りが漂ってきた。

「やってみようかな」

挽いた豆に湯を注ぎながら尾崎が言った。

「やってみるって、猟師を？」

「うん」

「はんかくさい」

悠は言った。

「そう？」

「木彫りとか猟師とか、ほんとはんかくさい。どっちもいずれ消えてなくなる仕事だよ」

「そうかもしれないけど、ぼくみたいなのが少しでも増えれば、消えるのを先延ばしできるじゃないか」

「はんかくさい」

悠は同じ台詞《せりふ》を繰り返した。

尾崎は馬鹿だ。付き合っていると疲れる。いつまでここにいるつもりなのだろう。

三月が待ち遠しい。早くここから出ていきたい。

「ねえ、なんでここに来たの？　ここでなにしたいの？」

尾崎が頭を掻いた。

「自分でもよくわからないんだ」

「やっぱりはんかくさい」

「はんかくさいかなあ……でも、コーヒー淹れるのはうまいだろう？　さ、できたよ。温かいうちに飲んで」

コーヒーの注がれたマグカップを受け取り、一口啜った。フルーティでほんのり甘い。

尾崎は馬鹿だが、このコーヒーを飲めるのなら少しは我慢してやってもいい。

「じゃ、わたし、自分の部屋に戻るから。寝るときは電気消してね」

マグカップを両手で抱え、悠は尾崎に背中を向けた。

＊　＊　＊

雅比古は額に滲んだ汗を拭った。登りはじめは肌寒いほどでウィンドブレーカーを羽織っていたが、途中で脱いでしまった。太陽の高度が増すにつれて気温も上がり、身体の火照《ほて》りがおさまらない。ザックのサイドポケットに突っ込んだ水のペットボトルもすでに一本は空けてしまった。残りは一本。後でだれかに分けてもらわなければならないかもしれない。

着ているシャツも汗でびしょびしょだ。半袖のシャツも用意しておくべきだった。

藻琴《もこと》山は屈斜路湖のほぼ真北に位置する標高千メートルの山だ。登山道入口からの標高差は二百メートル。今日はエコミュージアムセンターのスタッフと、パークボランティアと呼ばれる地元のボランティアが登山道の整備にあたっていた。冬の間に雪の重さに耐えられなくなった倒木を処理したり、登山道に沿って張られたロープを替えたりする。

山頂はもう目前で、パークボランティアの面々は仕事を終えた顔になって談笑していた。

「杉山《すぎやま》さん」

雅比古はボランティアの中でも年配の男性に声をかけた。六十代の後半ということだが足腰もしっかりしており、終始笑みの絶えない人だった。

「昔は林業を営んでいたって言ってましたよね」

「大昔だよ、大昔」

「この辺りの山には詳しいんですよね」

「まあ、たいていの山のことは知ってるさあ。さ、山頂だよ」

眼下に屈斜路湖が広がっていた。東に目を転じれば、木々の間に陽光を受けて輝くオホーツク海も見てとれる。

「若い頃は林業っていうより、鉄砲担いであちこちの山に入っていたけどね」

「猟師だったんですか」

皺《しわ》の刻まれた浅黒い顔は、猟師というよりは海の男という趣が強かった。

「林業やめるのと同時に鉄砲の免許も返したけどねえ」

「この辺りで羆がいる山ってどれになるんですか。やっぱり、ポンポン山ですか」

「ポンポン山でなくてもこの山にもいるべ。けど、夏は人が多いから滅多に出てこないべな」

「やっぱり羆も人間を怖がるんですか？」

杉山が顔をしかめてうなずいた。

「この世で一番おっかないのは人間だからなあ。でも、最近はその人間のおっかなさがわかってない羆もいる。猟師が減って、人間の怖さを知らん羆が増えてるのさ。あんた、羆を見たいのかい」

「ええ。野生の羆を遠くから観察できる場所なんてないのかななんて思って」

「したら、キンムトーに行ってみたらいいべ」

「キンムトー？」

エコミュージアムセンター内に張り出されている屈斜路湖周辺の地図を頭に思い描いた。

川湯と屈斜路湖の中間辺りに位置する池だ。湯沼と書いてキンムトーと読むらしい。

「あそこは野生動物たちの水飲み場になってるのさ。ちょっと離れたところにテントかなんか張って、そこん中でじっとして待ってれば、水飲みに来た羆見られるかもしれん」

「簡単に行けるんですか？」

「林道があるけど、許可取らないと入れないから、歩くしかないわな。エコミュージアムセンターから二時間ぐらいだべ」

「意外と近いんですね」

「したっけ、観光客がいないと人っ子ひとりいない森の中行かなきゃならんから、けっこうわやだ。下手《へた》をすると、山の神様怒らせるしな」

「山の神様ですか……」

「アイヌの人たちがそう言っとったんだ。用もないのに森や山に入ると山の神様の怒りを買うってな。羆も山の神様だ」

アイヌ語で羆はキムンカムイと呼ぶ。山の神という意味なのだ。

「杉山さん、よかったらお時間のある時にキンムトーまで付き合ってくれませんか」

「おれが？　勘弁してくれや。あんなところ行ったたって、なんにもすることないし。

夏に観光客相手のツアーがあるから、それに便乗して行けばいいっしょ」

「でも、それだと人間の気配が多すぎて、動物、近寄ってこないんじゃないですか」

「そりゃそうだけど……」

「あの――」

近くにいた戸塚啓子《とつかけいこ》が口を挟んできた。エコミュージアムセンターのスタッフだ。

「キンムトーなら、平野さんに連れていってもらえばいいんじゃないの。平野さん、あの辺りの森によく行ってるから」

「なんだ、あんた、噂《うわさ》に聞いていた平野さんとこの弟子か」

杉山が素《す》っ頓狂《とんきょう》な声をあげた。

「ええ、まあ」

「はんかくさい。したら、羆のことなんか、おれじゃなくて平野さんに聞けばいいっしょ。おれと違って、ずっと羆撃ちやってたんだし」

「敬蔵さん、気難しいんで、いろいろ躊躇《ためら》っちゃうんですよ」

「確かに気難しいが、鉄砲の腕はピカイチだったべ。普通の猟師が行かんようなところにもひとりでひょいひょいって入っていって、何日かしたら、羆獲《と》って山下りてくるんだ」

「わたしも、平野さんにかなう猟師はいないって聞いてます」

戸塚啓子が言った。彼女も川湯で生まれ育った地元の人間だった。

「普通の猟師が行かないようなところって、断崖絶壁とか?」

「羆が通る道だ。いわゆる獣道。人間の足じゃおっかなくてとてもじゃないけど歩いていけないってのに、平野さんはひょいひょいって歩いていくんだ。羆のことは全部羆に教わったって言ってね。わやだ、あの人は。羆のことだれより知ってるから、木彫りも迫力あるのさ」

「そんなに凄い猟師だったんですか」

「羆撃ちはやめたけど、今でもエゾシカの駆除には駆り出されてるべさ。だれよりもエゾシカ獲るの、平野さんだ」

アトリエに置いてある鍵のかかったロッカーを思い出す。あの中には猟銃がしまい込まれているはずだ。

猟銃を抱えて山中を歩く敬蔵を想像してみた。彫刻刀よりは、そっちの方がよほど似合うような気がした。

「戸塚さん、敬蔵さんが腕利きの猟師だってだれに聞いたんですか?」

雅比古は戸塚啓子に訊いた。

「父から。父は猟師だったわけじゃないけど、この辺のアイヌの人たちと仲が良くて、いろいろ話を知ってるの」

「お父さんに話を聞かせてもらうわけにはいきませんかね」

「話って、なんの？」

「川湯のことといろいろ。せっかく縁があってここで働くことになったんだから、歴史やらなんやら、いろいろ知りたいじゃないですか」

雅比古の言葉に、戸塚啓子が笑みを見せた。地元にある種の思いを抱かれて気を悪くする人間はいない。

「先月から腸閉塞《ちょうへいそく》を患って入院してるのよ。退屈してるみたいだからきっと喜ぶわ。今度の日曜日にでも行ってみる？」

「是非お願いします」

雅比古は大仰《おおぎょう》に頭を下げた。

＊　＊　＊

ドアがノックされる音で目が覚めた。まだ暗い。目覚まし代わりにしているスマホを見ると、午前三時半だった。

寝返りを打ち、布団を頭から被ったがドアを叩く音はやまなかった。

「なんなのよ、もう」

悠は頭を掻き、起き上がった。明かりをつけドアに近づく。

「お爺ちゃん？　どうしたの？」

「ぼくだよ、ぼく」

尾崎の声が返ってきた。

「こんな時間になによ？」

「ほら、日曜日は摩周湖に滝霧を見に行くって約束だろう」

すっかり忘れていた。

「ほんとに行くの？」

「悠ちゃんが行きたいって言ったんじゃないか」

「ちょっと待ってて。大急ぎで支度するから」

「車で待ってるから、急いでよ」

尾崎の気配が遠ざかっていく。

パジャマから服に着替え、風呂場で顔を洗う。窓の外ではまだ星がきらめいていた。

試験前に徹夜した時を除けば、こんな時間に起きるのは初めてだった。

敬蔵の寝室から鼾が聞こえてくる。尾崎に木彫りを教えているせいで、ここのところ寝床につく時間が遅い。

　半袖のシャツだけでは肌寒かった。薄手のフリースを引っ張り出して羽織った。寝癖のついた髪の毛に水をスプレーする。それだけでだいぶましになった。スニーカーを履き、外に出る。尾崎の車のヘッドライトが眩《まぶ》しかった。助手席に座ってドアを閉めると、尾崎がすぐにアクセルを踏んだ。

　国道へ出る。まだ真っ暗だと思っていたが、東の空が明るかった。

「北海道って、日の出が早いね」尾崎が言った。「太陽はもうきっと昇ってる。山や森の上に顔を出すのはあと三十分ぐらいかな」

「日の出の時間なんか気にしたことないよ」

「まあ、その年じゃそうだろうな」

　国道を走っているのは尾崎の車だけだった。ヘッドライトが薄闇を切り裂くように真っ直ぐ伸びている。

「こんな早い時間に行かないと滝霧って見られないの？」

「エコミュージアムで聞いたら、日が高く昇ると霧は消えちゃうんだって。日の出から七時ぐらいまでがチャンスらしいよ」

「見られるかな？」

　喋っている内に胸が高鳴ってきた。滝霧を見たい。滝霧を見て、この町にさよならするのだ。

「一回目で滝霧見られるのはよっぽどついてる人だけらしいよ。まあ、今日がだめでも来週、来週がだめなら再来週。今年がだめなら来年。それぐらいの気持ちでいろって言われた」

「そうなんだ」

悠は尾崎から顔を背けた。来年はないのだ。春になれば、この町から出て行く。二度と戻ってはこない。

手を組み、目を閉じ、祈る。

山の神様、お願いです。この夏、わたしに滝霧を見せてください。

「第三展望台が滝霧を見るには一番なんだってさ。もうすぐだよ」

車のスピードが落ちた。国道三九一号から道道五二号に入っていく。このましばらく進むとカーブが連続する峠道になり、その先に摩周湖の第三展望台の駐車場が姿を現すはずだ。

東の空はすっかり白み、もう星も見えなくなっていた。

「結構停まってるなあ」

尾崎の呟きに前方を見ると、駐車場にはすでに何台もの車が停まっていた。

「滝霧の写真撮るために、毎朝アマチュアカメラマンが集まってくるらしいよ」

尾崎が空きスペースに車を停めた。確かに、第三展望台にはカメラを取り付けた三脚が並び、その背後にアマチュアカメラマンたちが立っていた。

「今日、滝霧出るのかな？　だからみんなああしてるのかな？」

「毎朝集まるって言っただろう。そうじゃなきゃ見られないぐらい珍しいんだよ」

尾崎がエンジンを切り、車を降りた。悠は慌てて後を追いかけた。

「おはようございます。どうですか、滝霧？」

尾崎はカメラマンたちに声をかけた。

「今日はだめだべ。風があるからな」

「んだな。まあ、今は様子見で、本番はこれからよ」

「風があるとだめなんですか？」

「ああ、霧が流されちまうんだ」

尾崎とカメラマンたちの会話を聞きながら、悠は展望台の手すりに摑《つか》まった。眼下に摩周湖が広がる。摩周湖を取り囲む山々の山頂には霧が立ちこめていたが、カメラマンたちの言うとおり、風に流されてたなびいていた。

それでも、悠は息を呑んだ。

昇ったばかりの太陽の光を浴びて、摩周湖の湖面が黄金色に輝いている。金色の湖面に浮かぶ中島はなんだかお菓子のようだった。

悠はスマホを取りだし、写真を撮った。朝日を浴びる屈斜路湖は何度も見たことがあるけれど、摩周湖は初めてだ。

「撮ってあげようか」

声に振り返ると尾崎が立っていた。カメラマンたちは帰り仕度をはじめている。

「今日は絶対に滝霧は出ないって。みんなよく知ってるよね。写真、撮ってあげるから、スマホ、貸して」

尾崎の言葉に素直にスマホを渡した。尾崎がスマホを構えると、自然に笑みが浮かんできた。

「逆光だから、フラッシュ焚《た》くよ。いい？　チーズ」

スマホが光を放った。

「ありがとう」

スマホを受け取り、また湖に顔を向ける。金色の湖面は刻一刻とその色を変えていく。金から白、白から青。ときおり流れてくる霧が湖面の変化に合わせて踊っているかのようだ。

「屈斜路湖の日の出も綺麗だけど、摩周湖も格別だね」

尾崎が言った。

「うん」

「これで霧が出てたら幻想的なんだろうなあ」

「うん」

「滝霧に出会えるまで、毎日曜日、頑張ってみる？」

「うん」

「うんしか言わないんだね」

「うん」

悠は振り返り、笑った。

「もう少しいてもいい？」

「うん」

尾崎も笑った。

「尾崎さん、ありがとう」

「どういたしまして」

ふたりで微笑みながら、しばらくの間、摩周湖を眺めた。

9

エコミュージアムセンターで戸塚啓子と待ち合わせ、そのまま弟子屈市街にある病院に向かった。

手ぶらで見舞いに行くのもどうかと思ったが、なにも食べられない状態だというし、花を喜ぶとも思えない。結局、啓子の「話し相手ができれば喜ぶ」という言葉に甘えることにした。

啓子の父、弘明《ひろあき》は内科の大部屋に入院していた。鼻から管を入れられているが、会話に不自由はないようだった。

「お父さん、こないだ話したでしょ。新しく同僚になった尾崎雅比古君」

「はじめまして、尾崎です」

「どうも。啓子の父です。わざわざいらしてくれて、すみませんなあ。川湯のことを知りたいとか？」

「ええ。せっかく川湯に住んで働くことになったんで、いろいろ知っておきたいなと思って。闘病中なのにいいのかなとは思ったんですけど」

「いいのいいの。ずっと寝てばっかりで退屈してるんだから。わたし、ちょっと受付に行ってくるから」

　啓子はそう言って病室から出て行った。

「昔から忙《せわ》しない娘でねえ」

「はきはきしててぼくは好きですけど」

「まあ、嫁にもらってくれた男がいるんだから、いいところもあるんだべ。尾崎君は平野敬蔵の弟子なんだって？」

「ええ」

　雅比古は折り畳みの椅子をベッドの脇に運んできて座った。

「いろいろあったんですけど、なんとか弟子にしてもらえました」

「珍しいなあ。あいつ、弟子なんか取るタイプじゃないのに」

「敬蔵さんを知ってる人はみんな同じことを言いますね」

「あいつはわやなアイヌだからなあ」

　弘明は顔をしかめた。

「わやって、酒のことですか……」

「とんでもない大酒飲みの酒乱でな。若いときから、そら、酷《ひど》いもんだった。ありゃ、親父《おやじ》さんの血を引いたんだな」

「敬蔵さんのお父さんも大酒飲みだったんですか」

「夜になると、いっつも悲鳴が聞こえてきてなあ。酔うと、女房を殴るんだ。まあ、あの頃のアイヌの暮らしはきつかったから気持ちはわからんでもないが……親父さんが酔って暴れはじめると、敬蔵は小さな妹連れて、家の外に逃げ出して、親父さんが酔い潰れるまで隠れてたっけなあ」

「そうだったんですか」

「あの頃は、自分が大人になっても絶対に酒なんか飲まんと言ってたが、結局酒飲みになりおって、酔って自分の女房を殴るようになった。血には抗《あらが》えんのかなあ」

「今は酒量を抑えてるみたいですけど……」

「孫娘が来たからな。一人娘は敬蔵の酒と暴力を忌《い》み嫌って高校に入学すると同時に家を出た。奥さんもその後すぐに亡くなって、ずっとひとり暮らしだった。家族のありがたみが身に染みただろう」

「妹さんは――」

雅比古が口を開くのと同時に、啓子が戻ってきた。

「お待たせ。あら、もう話を聞きはじめてるの？」

「いえ、お父さんの舌のまわりを滑らかにするためのウォーミングアップっていうところですよ」

「うん。ちょっと敬蔵の話をしておったところだ」

「そういえば、阿寒湖の浦野さん、また平野さんの個展やりたいっていって動き回ってるみたい」

啓子は弘明のベッドのサイドテーブルにある電気湯沸かし器の湯を急須に注いだ。

「個展ですか」

「そう。東京か札幌でやりたいって」

「懲りない男だな、浦野は。はんかくさい」

弘明が言った。

「懲りないってどういうことですか？」

「前にもあったのよ」啓子が湯飲みに茶を注ぎながら言った。「でも、平野さんの了解取らずに勝手に動いてて、最終的に平野さんが個展なんかやるつもりはないって言って、それでおしまい」

「しかし、いくらはんかくさい男でも、今回は違うかもなあ」

「悠ちゃんのためかもしれません」

雅比古は湯飲みを受け取った。

「悠ちゃんの？」

「ええ。悠ちゃん、来年、高校じゃないですか。どうやら、別の町の高校に行きたがってるみたいで……そうなると、学費はもちろん、下宿代とかいろいろお金がかかりますから」

「それで平野さん、個展開くことにしたのかしら。そうじゃないと、いくら浦野さんでもねえ」

「あいつの木彫りなら、大きな作品なら百万ぐらいの値がつくからな」

「この前も、浦野さんに作品を買ってもらってるんです」

「ああ、ホテルのロビーに新しく置かれたやつね。観光客が見とれてたわ」

「別の町の高校に行って、大学は札幌か東京か……悠ちゃんもこの町から出て行くんだな。二度と戻ってこないべ」

弘明の声は寂しそうだった。

「戻ってきませんか」

「みんなそうだ。特にアイヌの子はな。こったらとこにいると、嫌でも自分がアイヌだってことを意識して生きていかなきゃならんべ。だけど、都会に行けば、アイヌのことを知らん連中がわんさかいる。そっちの方が気楽だべや」

雅比古は湯飲みの中を覗いた。茶柱が浮かんでいるが、立ってくれそうにはなかった。

「せっかく酒我慢してるのに、結局はひとりぼっちに戻るんだなあ」

「大丈夫です。悠ちゃんが出ていっても、ぼくがいますから」

「あんたもはんかくさいなあ。孫と弟子じゃ話が違うべ」

「ああ、そうだ。川湯の話を聞かなくちゃ」

雅比古は話題を変えた。

「川湯のどんなことを知りたいんだ？」

「なんでも。想い出話でいいので、聞かせてください」

「そうか。なにから話そうかな……」

弘明は破顔した。

結局、弘明の昔話は二時間近くに及んだ。最後は痰《たん》が絡みはじめ、啓子がまだ喋り足りなそうな弘明を止めたのだ。

「長くお邪魔してしまってすみません」

「また来てくれ。いつでも歓迎するから」

弘明は名残《なごり》惜しそうだった。

「最後にひとつ……敬蔵さんの妹さんって、今どこにいるんでしょう？」

「敬蔵の妹？　確か、あの子は家出したんだ。今も、どこにいるかわからんのじゃなかったかな」

「家出ですか」

「警察がこの辺り一帯を捜索して大騒ぎになったから覚えてる。確か、弟子屈駅で列車に乗って、釧路駅で降りたことまでは確認されたんじゃなかったっけかな。その後の足取りはわからんかったはずだ」

弟子屈駅というのは今の摩周駅のことだろう。

「いつ頃のことですか？」

「確か、あの子が十五、六歳の時じゃなかったかな。もう五十年以上昔の話さ」

「妹さんの名前は？」

「聡明《そうめい》の聡と書いて聡子だったかな」

あの神謡集に記されていた文字だ。

「えらく頭のいい子でなあ。中学校の成績もいつも一番だった。なのに、家に金がなくて高校にも行かせてもらえなかった。可哀想《かわいそう》だったな」

「ありがとうございます。また来ます」

雅比古は丁寧に頭を下げ、啓子を促して病室を出た。

＊　＊　＊

尾崎がやって来たのは夕方近くだった。いつものように車を降りるとアトリエに直行していく。

　悠は台所に行って湯を沸かした。朝日を浴びる摩周湖の姿がまだ脳裏に焼きついている。あれを見せてくれた尾崎にお茶を淹れてやってもバチは当たらない。

お気に入りのハーブティを淹れ、ポットとマグカップをふたつ、トレイに載せた。クロックスのサンダルを履いて外に出る。真夏のような陽射《ひざ》しが降り注いでくる。朝には強かった風もすっかりやみ、この時期とは思えないほど気温が上がっていた。アトリエのドアが開いていた。暑さに閉口した敬蔵が開けたままにしているのだろう。

　開いたドアから敬蔵と尾崎の声が漏れ出てくる。

「本当にやるんですか、個展？」

　悠は足を止めた。

「浦野に頼んだ」

　個展？　浦野？

　悠は首を傾げた。前にも浦野が個展の話を持ちかけてきたことがあったが、敬蔵はけんもほろろに断った。

「悠ちゃんのためですか？」

「いろいろ金がかかるからな。個展を開けば、作品もいくらか売れるらしい。あれの下宿代やら仕送りやら、大変だ」

敬蔵の声には覇気がなかった。悠は回れ右をし、母屋に戻った。トレイをテーブルに置き、ソファに身を投げ出す。

「聞かなきゃよかった」

独りごちた。

敬蔵は無愛想だが孫である自分のことを大切にしてくれている。それでも、この町で敬蔵と暮らすことは耐えがたい。だから出ていくことに決めたのだ。

なにも知らなければ気楽に出ていくことができる。後ろを振り向かず、ただ未来に向かって足を踏み出すのだ。

だが、悠のために敬蔵が自分を殺しているということを知ってしまった。もう気楽には出ていけない。思いきり後ろめたさを感じ、何度も振り返りながら出ていくことになるのだろう。

「尾崎雅比古の馬鹿」

悠はクッションに顔を埋めて叫んだ。くぐもった声が響く。

季節外れの暑さが恨めしい。ドアが閉まっていれば、ふたりの会話は聞こえなかった。ドアが閉まっていれば、悠はノックをしてふたりは会話を中断しただろう。

「個展とか、人前に出るの大嫌いなくせに」

敬蔵の不機嫌な顔が瞼に焼きついている。母は敬蔵の話をほとんどしなかった。悠がまだ幼い頃、お爺ちゃんってどこにいるの？　どんな人なの？　と訊ねたとき、吐き捨てるように言った言葉が忘れられない。

「最低の人」

母はそう言ったのだ。だから、ひとりぼっちになってここへ来るときは不安で仕方がなかった。

実の娘に最低と言われる祖父はいったいどんな人間なのだろう。そんな祖父と暮らさなければならない自分はどうなってしまうのだろう。

敬蔵は無口で取っつきにくかった。だが、それだけだ。最低ではなかった。敬蔵なりのやり方で悠を受け入れ、慈《いつく》しんでくれている。

お酒でさえ、控えるようになったのだ。

母が最低だと言ったのは、きっと、酔った敬蔵のことだ。時々据わってしまう目に、最低な父親の片鱗《へんりん》が見える時がある。それでも、敬蔵はなんとか自分を抑えこみ、酒を飲むのをやめて自分の寝室に引っ込むのだ。

悠のために自分を殺している。

わかっていても、ここにはいられない。

「知らなきゃよかった」

悠はまた叫んだ。

「なにを知らなきゃよかったって?」

尾崎の声に驚いて跳ね起きる。

「盗み聞きしないでよ」

「盗み聞きって……悠ちゃんが勝手に叫んで、それがたまたま耳に入っただけじゃないか」

「なにしに来たのよ」

「敬蔵さんがコーヒー飲みたいって言うから……あれ? お茶淹れてくれたの?」

尾崎の目がテーブルの上のトレイの上でとまっていた。

「もしかして、さっきのぼくたちの話聞いちゃった? それで知らなきゃよかったって?」

「違う」

悠は首を振った。

「悠ちゃんは気にする必要ないんだよ。親ってのはさ、子供のためにできることはなんでもすることになってるんだから。お爺ちゃんと孫でも同じ」

「違う」

悠はまた首を振った。違うのだ。平野の家がアイヌではなかったら、自分はこんなにも早く家を出ようとは思わなかった。

「違う」

「わかった。違うんだね。ぼくの勘違い。そういうことにしておく。お茶、もらっていくよ」

尾崎はトレイを持って出ていった。

「違う」

悠はいなくなった尾崎に向かって同じ言葉を吐き出した。

＊　＊　＊

丸太を前に、雅比古は途方に暮れた。高さ五十センチ、直径三十センチほどの丸太だ。皮は綺麗に剝《は》いである。

アトリエの隅に置いてあったその丸太を渡され、好きに彫ってみろと敬蔵に言われたのだ。

だが、どこをどう彫ればいいのか見当もつかない。

「考えてたってしょうがないべ、はんかくさい。おまえは素人なんだ。考えたって無駄だ。ただ彫ればいいんだ」

敬蔵のきつい声が飛んでくる。

わかっている。考えたところで羆やフクロウが彫れるわけではないのだ。技術はない。羆やフクロウをこの目で見たこともない。そしてなにより、自分がなにを彫りたいのかもわからない。

わかっている。だが、最初の一彫りをどこにすればいいのかがわからない。

「やる気がないんだったら、もう教えんぞ」

敬蔵が言った。容赦のない響きだった。雅比古は彫刻刀に手を伸ばした。敬蔵の手つきを脳裏に浮かべる。

見よう見まねでいい。とにかく彫るのだ。

木肌に彫刻刀の刃を当てた。ほんの少し力を加えただけで刃先が木に潜りこんでいく。刃を深く食い込ませすぎては綺麗に彫れない。木の表面をなぞるように彫刻刀を滑らせていく。

刃の角度が浅すぎた。鉋《かんな》で削られた鰹節《かつおぶし》のように薄く木の表面を削《そ》いだだけになってしまった。

もう一度。

今度はさっきより深く刃をあてがう。なにも考えずに彫刻刀を押し出していく。最初よりはうまくいった。滑らかだった丸太の表面に溝ができた。

「その調子で彫り続けろ」

敬蔵の声が飛んでくる。刃をあてがい、押し出す。また溝ができる。刃をあてがい、押し出す。

今度は刃を当てる角度を変える。今までよりは深く、しかし深すぎない程度に。角度が決まれば、同じように彫刻刀を押し込んでいく。さっきより深い溝が彫れた。角度を変え、押し出す力加減を変え、何度も彫っていく。やがて、彫刻刀の刃先と丸太の表面しか視界に入らなくなっていった。

浅い溝、深い溝、長い溝、短い溝——いくつもの溝が幾何学模様となって、丸太の表面が少しずつ形を変えていく。

その変化が面白かった。自分が丸太を別のものに作りかえているのだと思うと高揚した。

あてがい、押す。あてがい、押す。それだけの単調な作業なのに飽きることがない。刃先の角度、押し出す力をほんの少し変えるだけで丸太に刻まれる溝もまた形を変える。

「もういいぞ」

敬蔵の声に我に返った。作業台や床が木くずだらけだった。雅比古は彫刻刀を台の上に置いた。

「筋は悪くない」

敬蔵の手が伸びてきて、雅比古が彫った丸太の表面をなぞった。

「そうなんですか？」

「最初はともかく、その後は躊躇うこともなく彫っていただろう。なら、大丈夫だ。この丸太、くれてやるから、なにかの形にしてみろ」

「でも、彫刻刀もないし……」

敬蔵はアトリエの隅の棚から油にまみれて黒ずんだ木の箱を持ってきた。蓋を開けると、何十本という彫刻刀が入っていた。

「もう使わなくなった彫刻刀だ。おまえなら、刃を研げばこれで充分だろう」

「使わせてもらいます」

「秋が来るまでに形にしてみろ。その出来映えしだいで、本当に弟子にするかどうか決める」

「そんなのありですか？　ぼく、こっちで就職までしたのに」

「おまえの都合なんか知るか。今日はここまでだ。帰れ」

「ちょっとお茶ぐらい飲ませてくださいよ」

敬蔵と共にアトリエを後にし、母屋へ移動する。悠の姿はなかった。自分の部屋に閉じこもっているらしい。ダイニングテーブルの上に食器が並べられていた。

「悠、飯はどうした？」

敬蔵が声を張り上げた。

「レンジでチンすればいいようになってるから、勝手に食べて」

悠の部屋から尖《とが》った声が返ってきた。

「なんだ、あの言いぐさは。なにかあったのか？」

「さあ」

雅比古はとぼけた。

敬蔵は台所に行って冷蔵庫を開けた。自分で夕飯の支度をはじめる。

「おまえも食べていくか？」

「いいんですか？」

「たっぷり作ってある」

雅比古も台所に移動して敬蔵を手伝った。野菜と厚揚げのうま煮、焼き鮭が四きれ、青野菜のおひたし、シジミの味噌汁が悠の用意したおかずだった。

味噌汁の入った鍋をコンロにかけ、うま煮と焼き鮭をレンジで温める。おひたしには鰹節を振って醤油《しょうゆ》を回しかけた。炊飯器に入っていたご飯を茶碗《ちゃわん》によそい、男ふたりの晩餐《ばんさん》がはじまった。

もちろん、敬蔵は食事に手をつける前に缶ビールの栓を開け、美味そうに喉を鳴らした。

「敬蔵さんが木を彫るときは、最初から完成したときのイメージが頭にあるんですよね？」

焼き鮭をつつきながら訊いた。

「そういうときもあるし、そうじゃないときもある」

「そうじゃないときっていうのは、どんなときなんですか？」

「彫っている最中に、木がこう彫れって言ってくるときがあるんだ」

「木が……」

「たとえば、羆が鮭を獲っているところを彫りたいと思っても、木目によってはだめなことがある。そういうときは羆を諦めて、木が彫れというように彫るんだ」

「なるほど」

「おまえはまだそんなことは考えなくていい。とにかく彫れ。彫って彫って彫りまくるんだ」

「わかりました」

敬蔵が箸を手にしてうま煮を口に運んだ。

「味が薄い」

雅比古もうま煮を食べた。確かに薄味ではあるが、出汁《だし》の風味が利いていて美味《おい》しかった。

「いつも味が薄いと言ってるのに、聞きやしない」

「美味しいですよ。ちゃんと心がこもってる」

雅比古が言うと、敬蔵は怪訝《けげん》そうに顔をしかめた。

「心だと？」

「ええ、心です」

雅比古は微笑み、味噌汁を啜った。

「はんかくさい」

敬蔵は顔をしかめたままビールを呷《あお》った。

「これ、わざと薄味にしてるんだと思いますよ」

「わざと？」

「酒も飲むし、食事も濃い味付けじゃ身体に悪いでしょう。悠ちゃん、敬蔵さんの健康を気遣ってると思うけどなあ」

「そんなに気の利く娘か」

言葉とは裏腹に、敬蔵は穏やかな眼差しを煮物に向けた。

「いい子ですよ、悠ちゃんは」

「そんなこと、わかっとる。だが……」

敬蔵は言葉を飲みこんだ。

だが、いずれここからいなくなる、か──雅比古は声に出さずに呟いた。

「来週は来なくてもいい」

敬蔵が言った。

「どうしてですか」

「山に入る。木彫りに使う木を見繕ってくるんだ」

「ぼくもついていっていいですか？」

「仕事休めんだろう。一度山に入ったら、四、五日は入ったままだ」

「そんなにですか……」

「まだ働きはじめで、休みはとれんだろう。まとまった休みがとれるようになったらつれて行ってやる」

敬蔵が空になったビールの空き缶を握り潰した。

「たとえば、一緒に山に入って、途中でぼくだけ下山するっていうのはどうですか」

「羆が出るかもしらんぞ。ひとりで羆に対処できるのか」

「熊除《くまよ》けの鈴を持っていきます」

敬蔵が笑った。

「今時の羆は、鈴なんぞ知らん顔だ」

「そうなんですか？」

「羆撃ちがたくさんいた頃はな、羆も人間を恐れていた。鈴は鉄、鉄は鉄砲、鉄砲は人間。だから、鈴の音が聞こえたら一目散に逃げたんだ。だが、今は羆撃ちもほとんどおらん。若い羆は人間が怖いもんだとは思っておらんから、逆に鈴の音が聞こえたら近づいてくる」

「本当ですか？」

「試してみろ」

「遠慮します」

「それでいい。山を舐めたらしっぺ返しがくる」

敬蔵は台所へ行って冷蔵庫を開けた。新しい缶ビールを取りだし、プルリングを引いた。

「一日一本じゃないんですか？」

「たまにはいいべ」

敬蔵は雅比古に背を向けてビールを飲んだ。

10

関東で梅雨があけたというニュースがスマホに表示された。雨が屋根を叩く音が絶え間なく続いている。北海道には梅雨はないはずだが、ここ数年、六月から七月にかけては雨の日が多い。

天気予報で今日が雨になるのは知っていたが、一縷《いちる》の望みにかけて早起きしたのだ。だが、この雨では滝霧は出現しないだろう。もう一度寝ようと思ったが寝られず、結局、英語のテキストを広げて勉強に没頭した。

家の中は静かだった。敬蔵がまた山にこもっているのだ。敬蔵の気難しい顔を見ながら食事をする必要もないし、好きなものを好きな時に食べることができる。

心が解放されるのを感じる。

この家を出てひとり暮らしをはじめれば、いつだって心が自由でいられるのだ。

突然、クラクションが鳴り響いた。窓の外に目をやると、尾崎の車が停まっていた。スマホの画面には午前七時半と表示されていた。

玄関へ向かうと尾崎が頭髪や衣服についた雨の滴を払っていた。

「どうしたの？」

「この雨で滝霧は無理だなと思って、もう一回寝ようと思ったんだけど眠れなくてさ」

「それで？」

「暇だし、悠ちゃんとデートでもしようかなと思って」

「デート？」

「どこか行きたいところない？　連れてってあげるよ。敬蔵さんもいないし、こんな時じゃないと出かけられないだろう？」

「釧路に行きたいけど……」

「OK。行こう」

尾崎は踵を返し、外に出ようとした。

「ちょっと待って。支度するから、コーヒーでも飲んでて」

「支度って、もう着替えてるじゃない」

「女の子はいろいろあるの」

悠は声を張り上げ、自分の部屋に戻った。

＊　＊　＊

コーチャンフォーという北海道が本拠地の大型書店で参考書や試験問題集を買った。川湯には大きな書店がないのでネットで本を注文するばかりだが、口コミしか判断材料がないのは辛《つら》かった。やはり、実際に本を手にとって見られるのは素晴らしい。

欲しいものを買い終えると、隣接するユニクロに移動した。夏用のブラウスやシャツ、パンツを見て回ったが欲しいものばかりでなにを買うか迷ってしまう。乏しい小遣いの中でやりくりするには欲しいものすべてを買うわけにはいかなかった。

「全部買っちゃえばいいのに」

悠の後ろをついてくる尾崎が言った。

「今月のお小遣い、なくなっちゃう」

「一万円までなら、ぼくがプレゼントしてあげるよ」

「どうして尾崎さんがわたしに？」

「昼間働いて、夜は木彫り。家賃と食費しか使ってないから、給料、けっこう余ってるんだ──

「本当にいいの？」

「悠ちゃんの機嫌がいいと、敬蔵さんの機嫌もよくなる。ぼくにもメリットがあるからね。どうぞ」

尾崎の言葉に甘えて、ブラウスとパンツを買った。

「ありがとう。本当に嬉しい」

素直な言葉が口から飛び出した。

「どういたしまして。そんなに喜んでもらえるなら、プレゼントした甲斐《かい》があるよ。そろそろ、昼飯にしない？　どこか美味しいところ知ってる？」

「行ってみたいカフェがあるんだけど、いい？」

釧路に到着する前から、オムライスが美味しいとＬＩＮＥで話題になったカフェが頭にこびりついていた。

「カフェ、ね。いいよ。行こう」

外に出ると、雨は本格的な土砂降りになっていた。傘を差しても下半身がすぐに濡れていく。車まで駆けて飛び乗った。

尾崎がエンジンをかけ、カーラジオをつけた。

「どこかで天気予報やってないかな」

悠はスマホでカフェを検索した。アプリで地図を表示させ、画面を尾崎に見せる。

「ここなんだけど、道順わかる？」

「うん。なんとかなるっしょ」

尾崎の北海道弁はたどたどしい。普段なら腹立たしいが、今日は微笑ましかった。

「でも、ちょっと待って。少し雨の勢いがやまないとやばいわ、これ」

雨水が滝のようにフロントウィンドウを流れ落ちていた。ワイパーを最速にしても、視界が確保できない。

尾崎はカーラジオのチューナーをまわして天気予報をやっている局を探していた。

「お、やってるやってる」

天気予報では、釧路地方のあちこちでゲリラ豪雨が降っているが、数十分もすればおさまるのではないかと告げていた。

「飯食ったら、ちょっとスポーツ用品店に行きたいんだけど、いい？」

「全然かまわないよ。なに買うの？」

「登山用品。いずれ敬蔵さんについて山に入るようになるかもしれないしさ」

天気予報が終わり、アナウンサーが全国ニュースを読みはじめた。

「本当に川湯で木彫り作家になるんだ」

頭に浮かんだフレーズがそのまま口から出てしまった。

「川湯、いいとこじゃない。嫌い？」

「嫌い」

「それは悠ちゃんがアイヌだから？」

悠は尾崎の顔を見た。悠を馬鹿にしているわけでもないし、茶化しているのでもない。真剣な眼差しがそこにあった。

「北海道はいや」悠は言った。「いやでも自分がアイヌだってことを意識しなきゃならないから。でも、内地に行ったら、東京に行ったら、そんなこと気にしなくて済むようになる」

「そっか。悠ちゃんは東京に行くんだ」

「尾崎さんは東京にいたんでしょ？　東京にいる間、まわりにアイヌがいるかもしれないって考えたことあった？」

尾崎が首を振った。

「ないよ」

「でしょ。だから東京に行きたいの。東京に憧れるの」

「でも、東京は寂しいところだよ――」

尾崎が途中で口を閉じた。ラジオから流れてくるニュースに気を取られたようだった。悠がニュースを聞き取ろうと耳に神経を集中させようとした瞬間、尾崎はチャンネルを変えた。

「雨足がちょっと弱まったかな」

尾崎がギアをドライブに入れ、アクセルを踏んだ。相変わらず、フロントウィンドウは雨水が滝のように流れ落ちている。

「どういうこと?」

悠は尾崎の横顔に言葉を投げかけた。

「どうって、なにが?」

「東京は寂しいところだって言ったじゃない」

「そうだっけ?」

尾崎はとぼけているようには見えなかった。どこか放心したような顔つきでステアリングを握っている。

アナウンサーが読み上げていたニュースからは「殺人事件」という言葉が聞こえたような気がした。尾崎はそのニュースを聞いて動揺したのだろうか。

「尾崎さん、大丈夫? 雨、さっきと全然変わってないよ」

「そうなんだけど、もう、腹が減って死にそうなんだよ」

尾崎が笑った。いつもと変わらぬ屈託のない笑顔だった。

まさかね——悠は頭の中で呟き、頭を掻いた。

＊　＊　＊

帰宅した時には雨も上がっていた。家に入り、明かりをつける。ソファベッドと冷蔵庫、洗濯機しかない家は寒々しい。

ソファに腰を下ろし、スマホを手にした。ニュースサイトを開いた。目当ての記事はトップに掲載されていた。

『警視庁は今日、今年三月に起きた元東日本電力社長、熊谷康夫《くまがいやすお》さん殺害事件に関連して、実行犯のひとりと目される毛利樹《もうりたつき》容疑者（二十八歳）を逮捕したと発表した。

熊谷さんは今年三月、ゴルフのラウンド中に何者かに拉致され、殺害。遺体は数日後多摩川《たまがわ》の河川敷で発見された。警視庁は捜査本部を立ち上げ、捜査員百人体制で臨んだが、捜査は暗礁に乗り上げていた。

毛利容疑者は容疑を否認しているという』

他のニュースサイトも開いてみたが、記事の内容は似たり寄ったりだった。

「樹、捕まっちゃったか……」

スマホを放り投げ、雅比古は天井を仰いだ。裸電球が光っている。

「まさか、まだ東京にいたなんてさ。馬鹿にもほどがあるだろう、樹」

雅比古は立ち上がり、力のない足取りでキッチンに向かった。コーヒー豆をミルに入れ、ハンドルを回して挽きはじめる。

悠と行った釧路のカフェは食事は美味しかったが、コーヒーは豆が酸化していた。コーヒーにこだわるようになったのも、樹と出会ってからだ。樹の淹れるコーヒーを飲んだら、もう、酸化した豆で淹れたコーヒーは飲めなくなる。

「馬鹿だな、樹。本当に馬鹿だな……」

淹れたばかりのコーヒーを啜りながら、雅比古は呟いた。

11

毛利樹と中田健吾《なかたけんご》に出会ったのは二〇一二年七月十六日だった。

その日は代々木《よよぎ》公園で「さようなら原発10万人集会」と銘打たれたデモが行われる予定になっていた。ツイッターでデモのことは知っていたが、当日の朝まで、まさか自分がデモのまっただ中にいるとは想像もしていなかった。

あれだけの大惨事が起こり、何万人という人間が故郷を奪われ、仮設住宅などで不便な暮らしを強いられているというのに、どうして原発の再稼動などできるのか。行き所のない怒りはいつも胸の奥で燃えていた。それと同時に、結局のところだれもなにもできないのだという諦念もあった。

しかし、朝、目覚めると怒りが諦念を抑えこんでいた。

デモへ行こう。顔を洗いながらそう決め、Ｆａｃｅｂｏｏｋでデモが行われる場所と時間を確認した。

代々木公園は人でごった返していた。あちこちで幟《のぼり》がはためき、プラカードが掲げられ、シュプレヒコールが沸き起こっていた。

あまりの人の多さに怒りはなだめられ、どこかに消えていった。代わりに心を占めたのは強い違和感だった。

ここに集ったのは東京とその周辺で暮らす人々だ。津波に襲われたわけでも、放射線がばらまかれたわけでも、故郷を奪われたわけでもない。

あの大津波がやって来るまで、原発を地方に押しつけて好きなだけ電力を使っていた人間だ。

それが、自分の罪などなかったかのように原発反対と叫んでいる。

これは違う。あんたたちに原発を糾弾する資格はない。まず自らの罪を認めるべきだ。そして、原発が立地する地方自治体の住人たちに心の底から謝るべきだ。贖《しょく》罪《ざい》をしてからの原発反対運動が筋だろう。

雅比古は人の渦から離れた。ここは自分のいるべき場所ではない――今や、それは明白だった。一刻も早くここから逃れたかった。

原宿《はらじゅく》駅方面からはデモに参加する人々の列が途切れることなく続いていた。原宿は諦めて参宮橋《さんぐうばし》方面に足を向けた。代々木公園沿いの道も人で溢《あふ》れていたが原宿に向かうよりはましに思えた。だが、参宮橋の駅もデモに参加しようとする人たちで溢れかえっている。

駅には立ち寄らず、代々木駅を目指した。駅が近づくにつれ、人の姿が減っていく。

ほっとするのと同時に空腹を覚えた。目に止まったラーメン屋に入る。チャーシュー麺《めん》を注文していると、雅比古と同年代の男がふたり、店に入ってきて隣に座った。

店内は空《す》いていた。わざわざ隣に座らなくてもいいのに――雅比古は舌打ちをこらえた。

ふたりもチャーシュー麺を注文した。雅比古の真横に座った男が笑顔を浮かべた。

「ねえ、なんでデモから抜け出したの？」

無視しようと思ったが、馴《な》れ馴《な》れしい言葉には懐かしい響きが含まれていた。気《け》仙沼《せんぬま》の訛《なまり》だ。

「気仙沼の人？」

雅比古は思わず訊いていた。

「高校まで。あんたも？」

「ああ」

「で、なんでデモ、途中で抜け出したの？」

同じ故郷の出身なら自分の気持ちを理解してくれるかもしれない。雅比古はそう思い、口を開いた。

「あそこはぼくのいる場所じゃない。そう思ったんだ。ぼくだけじゃない。あの震災の被害にあった人たち、原発事故のせいで故郷を追われた人たちと、あそこでシュプレヒコールを叫んでいる人たちとは相容《あいい》れない」

気仙沼訛の男が微笑んだ。そして、右手を差し出してきた。

「あんた、正しいよ」

それが毛利樹だった。樹の隣にいるのが中田健吾だった。

＊　＊　＊

歌舞伎町《かぶきちょう》に来るのは久しぶりだった。ラーメンを食べた後で、毛利樹にちょっと飲まないかと誘われたのだ。

アパートにひとりで戻っても悶々《もんもん》としてしまうことはわかっていた。だから、誘いに乗ったのだ。

ふたりに案内されたのはゴールデン街の小さなバーだった。六十歳はとうに過ぎているだろうママがカウンターの中にいるだけで客の姿はなかった。毛利樹と中田健吾はカウンターの端っこのストゥールに腰掛けた。雅比古は毛利樹の隣に座った。なにを飲むと聞かれ、ビールと答えた。ざっと店内を見回す。古い映画や演劇のポスターが壁中に貼られている。カウンターとボックス席がひとつ。客が十人来れば満席になってしまうような狭さだった。

グラスと瓶ビールが出てきた。毛利樹がビールに手を伸ばし、グラスに注いでくれた。ふたりが頼んだのはウイスキーのソーダ割りだった。

「乾杯」

毛利樹の声にグラスを合わせ、ビールを飲んだ。

「うざいと思ったら聞き流してくれていいんだけどさ、さっきの話だけど、どうしてあのデモに違和感を抱いたわけ？」

毛利樹はグラスの中身を一気に半分ほど飲み干した後で口を開いた。雅比古はビールを口に含み、ゆっくり飲みこんだ。

「3・11がなかったら知らんぷりだったくせに。まず、そう思った」

「なるほど」

中田健吾がうなずいた。野太い声だった。

「いつも思うんだ。原発のある自治体で選挙があるとするだろう？　原発推進派が必ず勝つ。そうすると、あのデモに参加してるような人たちはきっと言うと思うんだ。なんて酷《ひど》いところだ。こんな目に遭ってもまだ原発にたかって生きたいのかってさ」

ふたりがうなずいた。

「だけど、原発があるところで生まれ育った人たちだって、本音じゃ原発は嫌なんじゃないかなって思う。仕方がないから受け入れて、今じゃ、それなしじゃ生きていけないと思い込まされてるんだ」

「それで？」

「あのデモに集まった何万人って人たちが、ほんの少し電気を節約すれば、それで原発一基ぐらいはいらなくなるんじゃないかな。デモなんかやるより、そっちの方がよっぽどまともで建設的なんじゃないかなと思ってさ」

ビールが口を滑らかにしていた。

「おれたちもそう思う」毛利樹が言った。「で、あいつらは節電なんてすぐに忘れるとも思う」

毛利樹の言葉に中田健吾が何度もうなずいた。

「デモだって、来年になればだれも集まらなくなるさ。喉元過ぎれば熱さ忘れるってのが日本人だ」

中田健吾はソーダ割りを飲み干し、ママにおかわりと告げた。

「こいつは福島の出身なんだ。お爺ちゃんとお婆ちゃんは原発から二十キロぐらい離れたところに住んでた」

毛利樹が中田健吾の肩を叩いた。

「それは、なんて言ったらいいか……」

「五十年以上住んでいた家と畑を奪われた。でも、国はなにもしてくれないし、東電ものらりくらりとかわしてなかなか金を払おうとしない」

中田健吾は手を握った。岩のようにごつい拳だった。

「ま、暗い話はこれぐらいにしようか。せっかく縁があって雅比古と出会えたんだしな」

毛利樹は雅比古を呼び捨てにした。

「おれたちのことも、樹、健吾って呼んでよ」

雅比古は曖昧にうなずいた。

「じゃあ、飲もう」

もう一度グラスを合わせ、飲んだ。話題はそれぞれの仕事や趣味に移り、雅比古もビールを飲み干すとソーダ割りに切り替えた。

樹はコンビニで、健吾は警備会社でアルバイトをしていると言った。休日は福島へ行って復興のボランティアをしているらしい。

「ぼくも行こうかな」

雅比古は言った。気がつけば飲みはじめてから二時間近くが経っている。酔いが回っていた。

「行くって、福島に？」

「そう。ボランティア。福島からずっと離れたところでデモやってるよりよっぽどやり甲斐がありそうな気がする。途中でおふくろの様子も見に行けるし」

「おふくろさん、もしかして、仮設住まい？」

雅比古はうなずいた。

「樹の家族は？」

「おやじもおふくろも津波で流されて死んだ」

「そうか……」

「だけど、遺体がすぐに見つかったから、ましな方だよ」

「おい――」

健吾が樹を促した。

「あ、もうこんな時間か。そろそろ行かなきゃ。福島でボランティアやるって話、本気？」

「うん」

「じゃあ、時間ができたときにでも連絡してよ」

携帯の番号とメアドを交換した。

ふたりと別れ、電車に乗って帰宅し、眠った。翌朝目覚めたときに、ボランティアのことはすっかり忘れていた。

＊　＊　＊

訃報《ふほう》が届いたのは秋も深まった頃だった。東京はまだ暖かかったが、気仙沼は朝晩の冷え込みがきつくなってくる。

仕事が一段落し、ランチはなにを食べようかと考えていると携帯に着信があった。電話の主は岸本邦夫《きしもとくにお》。母の隣の仮設住宅に住んでいる初老の男だ。母になにかあったときにはすぐに報《しら》せてくれと電話番号を教えていた。

「岸本さん、どうしました？」

悪い予感に襲われながら電話に出た。これまで、岸本から電話がかかってきたことなどなかったのだ。

「雅比古君、大変だよ。お母さんが、お母さんが……」

「母がどうしたんです？」

「昨日の朝姿を見たっきりだったから様子を見に行ったら、お母さんが台所で倒れてたんだわ」

雅比古は生唾を飲みこんだ。

「それで？」

「救急車呼んで、来るの待ってるとこだけど、お母さん、身体冷たくて、息してないんだわ」

携帯を落としそうになった。全身から力が抜けていく。

「もしもし？　雅比古君？」

「き、聞いてます」

「すぐにこっち来た方がいい。ああ、救急車のサイレンが聞こえてきた」

「すぐにそちらへ向かいます」

雅比古は電話を切り、上司の姿を探した。家には戻らず会社から東京駅へ直行し、新幹線に飛び乗った。

母は亡くなっていた。死因は脳梗塞。夜半に倒れ、そのまま息を引き取ったのではないかと医者が言った。発見が早ければ、あるいは——とも。

つまり、母はひとり暮らしだったから死んだのだ。仮設住宅でのひとり暮らしを強いられたから死んだのだ。

* * *

葬儀が終わると、仮設住宅にある母の荷物を処分することにした。

たいしたものはない。母が愛着を感じていたものの大半は津波で流され、失われてしまったのだ。仮設住宅にあるのは食卓兼用のコタツと石油ファンヒーター、冷蔵庫にタンス、それに調理用具と食器ぐらいのものだった。

タンスの上に、羆の木彫りが置いてあった。母が大事にしていたあの木彫りではない。あれは津波に流されてしまったのだ。

タンスの上にあるのは掌《てのひら》に載るような小さな木彫りだった。彫り方も塗装も雑だ。

「岸本さん、この木彫り、母がどうやって手に入れたか知りません？」

後片付けを手伝いに来てくれていた岸本に訊いた。

「ああ、それかい。斜向《はす む》かいに住んでる佐藤《さ とう》さんがこの春、北海道に旅行に行ってね。それを聞いたお母さんが、どんなもんでもいいから、アイヌの彫った羆の木彫りを買ってきて欲しいって頼んでたんだわ」

「そうなんですか……」

「佐藤さん、どっかの土産物屋で目に留まったやつを買ってきたらしいんだけど、こんなことになるなら、もっとちゃんとしたやつを買ってきてやればよかったって、通夜の時泣いてたべさ」

母にとって、あの木彫りの羆はどんな意味を持っていたのだろう。

知りたかった。知りたくてたまらなかった。

だが、その答えを知っているのは母だけで、母はもういないのだ。

気仙沼から東京に帰る新幹線の中で、雅比古は樹に電話をかけた。

「覚えてる？　雅比古だけど。原発反対デモを途中で抜け出した」

「もちろん、覚えてるさ」

樹の声の明るさに、雅比古は救われたような気がした。

12

学校から帰宅すると、パトカーが家の前に停まっていた。

敬蔵になにかあったのか——咄嗟《とっさ》にそう思い、自転車のペダルを踏む足に力が入った。パトカーから遠藤《えんどう》さんが降りてきた。

川湯温泉の駐在さんだ。もう定年が近いと聞いている。

「悠ちゃん、今下校か」

「はい。なにかあったんですか？」

悠が訊くと、遠藤さんは顔をしかめた。

「それがなあ、敬蔵さんがわやだ」

「わやって、事故かなにか？」

敬蔵は山に入るときは必ず猟銃とナタを持っていく。それでも、羆に不意を突かれればひとたまりもない。

「それがなあ、敬蔵さん、私有林にも勝手に入って行くべさ。で、勝手に木を切って。地主さんがそりゃもう腹立てて、今度勝手に山に入ったらゆるさんって前々から注意してたんだけど、敬蔵さん、またその人の山に入ったのさ。で、それが見つかって、地主が警察に連絡して……敬蔵さん、今、弟子屈署にいるんだわ」

「逮捕されたんですか？」

「逮捕っちゅうわけじゃないんだわ。ただ、地主さんに謝罪して、二度と勝手に山には入らんって言ってくれれば、警察も地主さんをなだめてそれでお終《しま》いってことになるんだけど、敬蔵さん、謝らないのさ、はんかくさい」

この辺の山はみんな、元々アイヌのものだった——敬蔵の口癖が頭の奥によみがえる。

「悠ちゃんから敬蔵さんに言ってくれんかと思ってね。あの頑固爺さんも、孫の言うことなら耳を貸すかもしらんしさ」

「わかりました。わたし、行きます」

「じゃ、パトカーで送ってくから、乗って」

悠は鞄《かばん》を家の中に置くと、着替えもせずにパトカーの後部座席に乗り込んだ。パトカーに乗るのは初めてだ。内部は普通の車と変わらないのに圧迫感が強い。まるで自分が犯罪者になってしまったかのような錯覚にとらわれる。

「それから、敬蔵さんの軽トラ、ハイランド小清水《こしみず》の駐車場に停めたままなんだわ。

だれか、取りに行ってくれる人、おるかね？」

ハイランド小清水というのは、藻琴山登山道入口にあるレストハウスだ。

「あたってみます」

咄嗟に頭に浮かんだのは尾崎の名前と顔だった。スマホで尾崎に電話をかけた。

「あれ、悠ちゃん、電話なんて珍しいじゃない」

尾崎の声はいつもと変わらず能天気だった。

「お爺ちゃんが警察に捕まったの」

「なんで？」

尾崎の声のトーンが跳ね上がった。悠は経緯を説明した。

「その地主さんに謝れば済むんだね」

「うん。そう思う」

「なのに、敬蔵さんは謝らないんだね」

「頑固だから。この辺の山はもとはみんなアイヌのものだったって言い張って引かないの」

「悠ちゃんが説得すればなんとかなるかな。軽トラの件はわかった。だれかに頼んで一緒に行ってもらうよ。なにかあったらまた連絡して」

電話が切れた。悠は拍子抜けした。尾崎なら、軽トラを回収した後で、自分も警察署へ行くと言ってくれると思っていたのだ。

　割り切れない思いを抱えながら、悠はスマホを学生服のポケットに入れた。

「今の電話の人、知り合い？」

　遠藤さんが訊いてきた。

「はい。お爺ちゃんのお弟子さんです」

「ああ。こないだからエコミュージアムセンターに勤めてる人ね。まだ若いんだろう？　今時、木彫りをやりたいなんて、珍しいべさ」

「はい。ほんと、珍しい人なんです」

「そういうのが弟子ってのも敬蔵さんらしいなあ」

　遠藤さんが笑った。悠はとても笑える気分ではなかった。

＊　＊　＊

　敬蔵は不機嫌な顔でパイプ椅子に座っていた。テレビのドラマで見た取調室のような部屋だ。

「なんだ、警察のやつら、おまえまで連れてきたのか」

　悠を見るなり、敬蔵はさらに顔を歪《ゆが》めた。

「なんで謝らないの?」

悠は敬蔵に詰め寄った。悠の剣幕に驚いたのか、敬蔵の目が丸くなった。

「謝るって、なにをだ」

「私有地に勝手に入り込んで勝手に木を切ったんでしょ。悪いのはお爺ちゃんじゃない」

「馬鹿を言え。この辺りの山は——」

「昔はみんなアイヌのものだった。知ってるよ。何度も聞かされてるもん」

「だったら——」

「時代が違うんだよ、もう。わたしたちはアイヌだけど、日本人なの。日本の法律を守らなきゃいけないの。昔はアイヌのものだったんだからなにをしてもいいなんて理屈、どこに行ったって通じないんだから」

「おれはアイヌだ」

敬蔵が言った。静かな声だった。

「自分が日本人だと思ったことはない。どうしてかというと、日本という国に、大事にしてもらったことが一度もないからだ」

「なに言ってるの、お爺ちゃん」

「おまえにはわからんだろう。アイヌの血が嫌でたまらんみたいだが、学校でからかわれるぐらいのことしか知らんくせに、そんだけのことですぐしょぼくれる。おれたちは級友だけじゃなく、和人全員からいじめられ、虐《しいた》げられ、搾取されてきた。死んだアイヌも大勢いる」

悠は唇を嚙んだ。敬蔵は怒っていた。ありあまる怒りが毛穴という毛穴から噴きだしているみたいだった。

「おまえの言うとおり、時代は変わった。まるで昔のことなんかなかったっていうみたいに、みんな平等だのなんだの、たわごとを抜かすようになった。アイヌも和人もみんな同じ日本人だから、法律も平等に、税金も平等に。おれの知ったことか。おれたちは虐げられる代わりに、どの山に入ろうが認められてたんだ。山で羆を撃とうが鹿を獲ろうが、それがアイヌの自由だった。木を切るのもそうだ。そうしなきゃ、おれたちの我慢も長くは続かない。和人たちにはそれがわかってたんだ」

「お爺ちゃん……」

「おれはアイヌだ。おまえみたいに、自分の血を恥じたりはしない。だからこの辺りの山には堂々と入る。必要なものを山から持って帰ってくる。だれに謝れと言うんだ」

「わたしのために謝ってよ」

悠は言った。自分でも驚くほど低い声だった。

「なんだと?」

「お爺ちゃんが逮捕されて刑務所に行くことになったら、わたし、どうすればいいのよ。わたし、ひとりぼっちになるんだよ。アイヌである前に、お爺ちゃんは人の親でしょ。わたしのお爺ちゃんでしょ。だったら、わたしを守ってよ」

「悠のためか……」

敬蔵は何度もうなずいた。

「そうか、悠のためか……」

敬蔵は立ち上がり、部屋を出て行った。悠は慌てて後を追った。敬蔵は廊下の先の角を曲がり、姿が見えない。

「すみませんでした」

廊下の向こうから敬蔵の大きな声が聞こえてきた。

「悪かったです。ゆるしてください」

悠は廊下を駆けた。敬蔵が警察官と作業服姿の中年に向かって深く頭を下げていた。

「い、いきなりどうしたんですか」

警察官が驚いていた。作業服の男も面食らっている。

「だから、この通り、謝ってる」

「でもあなた、さっきまでは絶対に謝らんって……」

「孫に諭されて目が覚めた。申し訳ない」

「ま、まあ、そうやって謝って、二度とうちの山には入らないというなら、こっちはそれでいいんだけど」

作業服の男が言った。

「もう二度とあんたとこの山には入らん。誓う」

敬蔵はもう一度、深々と頭を下げた。

＊　＊　＊

川湯までは遠藤さんがパトカーで送ってくれた。悠も敬蔵も一切口を開かなかった。気まずい空気を払拭しようと、遠藤さんがあれこれ話しかけてきたが、それにも応じない。

やがて、遠藤さんも諦めて口を閉じた。パトカーは薄暮の中を、霊柩車《れいきゅうしゃ》のように川湯目指して走っていた。

家の前に敬蔵の軽トラと尾崎の車が停まっていた。パトカーが尾崎の車の後ろに停まった。家から尾崎が出てくる気配はなかった。

「手間かけたね、敬蔵さん。したっけ、もうあの人の山には入らん方がいいよ。次は本当に逮捕されるかもしれないっしょ」

「わかってる」

敬蔵はパトカーを降りると真っ直ぐアトリエに向かっていった。

「お世話になりました」

悠は遠藤さんにお礼を言い、家に入った。玄関に尾崎がいた。

「どうなった？　無事釈放？」

尾崎は外の様子を気にしている。パトカーが遠ざかっていく音が聞こえるとほっとしたように息を吐いた。

悠は尾崎の問いかけを無視し、自分の部屋に向かった。

「悠ちゃん、ねえ、どうしたの？　なにがあったの？」

ドアの向こうで尾崎の声がする。答えずにいると、やがて尾崎の気配も消えた。

制服から普段着に着替え、ベッドの下からスーツケースを引っ張り出した。

いつものようにパッキングをはじめる。だが、いつもと同じようにはいかなかった。手が震えて服がたためない。隙間なく詰め込めば必要なものすべてが入るはずのスーツケースが狭く感じる。

うまくたためなかったニットを放りだし、悠はベッドに身体を投げ出した。俯せ《うつぶ》になり、枕に顔を埋める。

すぐに涙が出てきた。

こんなにも辛くて苦しいのに、敬蔵にそれだけのことと言われた。まるでおまえは甘ったれの弱虫だとでも言うように。

確かに、昔のアイヌに比べれば、今のアイヌは恵まれているのだろう。だが、苦しいことに変わりはないのだ。辛くて心が押し潰されそうになる現実は同じなのだ。

おれはアイヌの血を恥じたりはしない——敬蔵の声が何度もよみがえる。

それはお爺ちゃんが強いからだ——警察署でそう言いたかった。だが、言えなかった。

敬蔵の言葉は銃弾のように悠の心を撃ち抜いた。

おまえは哀れで卑怯《ひきょう》だ。

言葉にはしなかったが、敬蔵はそう言っていたのだ。

悠だけではない。悠の母もだ。アイヌであることを嫌い、恥じ、故郷から逃れて息を潜めて生きているアイヌすべてを敬蔵は糾弾したのだ。

悔しかった。悲しかった。情けなかった。

取り乱さなかったのはあそこが警察署だったからだ。だれに見られるかわからなかったからだ。

初めて敬蔵が真剣に向き合い、心の底からの言葉を吐き出してくれた。

それなのに人目を気にする自分がさらに情けなかった。

ドアをノックする音に、悠は我に返った。

「悠ちゃん、コーヒー淹れたけど、飲む？」

尾崎の声が響いた。

「いらない」

「もうさ、一生懸命豆を挽いて、一生懸命淹れた渾身のコーヒーなんだ。飲まないと後悔するよ」

尾崎の声は優しかった。悠を本気で気遣ってくれていることが伝わってくる。

「悠ちゃん？」

「飲むからそこに置いておいて」

「わかった。結局、敬蔵さん、どうなったの？」

「お爺ちゃんに直接訊けばいいじゃない」

尖った声が出た。ふたたび自己嫌悪に襲われて、悠は顔を覆った。

＊　＊　＊

敬蔵はシマフクロウの木彫りの表面を指先でなぞっていた。その横顔は険しく、荒削りのまま放置された木彫りのようだった。

「コーヒー淹れてきました」

雅比古はその横顔に声をかけた。敬蔵は返事をせず、木彫りをなぞり続けていた。

「悠ちゃん、泣いてますよ」

マグカップを載せたトレイを作業台に置き、雅比古はコーヒーを啜った。悠に告げたとおり、渾身のコーヒーだ。だが、味も香りも単調だった。

「おれは故郷を捨てるアイヌが嫌いだ」

なんの前触れもなく、敬蔵が口を開いた。

「故郷を捨てるってのは家族を捨てるってことだ。家族を捨てるってことは自分が所属してた社会も捨てるってことだ。社会を捨てるってことは、長いことかけて培ってきた文化や習慣、信仰を捨てるってことだ」

「わかります」

「おれは自分がアイヌであることが嫌じゃない」

敬蔵は手を伸ばし、自分のマグカップを握った。

「ずいぶん酷い目に遭ってきたし、辛い思いもしてきた。だが、和人じゃなくてアイヌでよかったと思っている」

敬蔵は言葉を切り、コーヒーを啜った。雅比古は続きを待った。

「おれにはアイヌの世界観がしっくり来る。世界は神々のもので、人間はそこに住まわせてもらっているちっちゃな存在だ。森、山、川、湖、海、いたるところに神様がいて世界を輝かせている。だから、おれたちアイヌは山に入る前に神様のゆるしを乞う。エゾシカや羆を獲ったら、祈りを捧《ささ》げる」

敬蔵がまたコーヒーを啜った。

「山にいると、神様に触れられるような気がする。嬉しくてたまらん。和人が来る前のアイヌに戻れたような気分になる。どうしてこれを捨てて都会に行かなきゃならん?」

敬蔵が雅比古を見た。雅比古は首を振った。

「こんな素晴らしい世界を捨てるのは馬鹿だ。だから嫌いだ。だが、妹も娘も故郷を捨てた。そして今度は孫娘も出ていこうとしてる。おれは間違ってるのか」

「敬蔵さんは正しいと思いますよ」

雅比古は答えた。

「だが、悠を傷つけて泣かせてしまった」

「子供は傷ついて泣くものです」

「本当にそう思うか?」

「ええ。子供は大人が思ってるより逞しいんですよ。傷ついた分、強くなります。泣いたら、次からは同じことじゃ泣かなくなります。敬蔵さんだって、子供の頃はそうだったでしょう」

敬蔵がうなずいた。細められた目は過去の記憶を追っているようだった。

「なにがあったんです？」

雅比古の問いかけに、敬蔵が事の顚末《てんまつ》を話しはじめた。

「そうだったんですか……」

話が終わると、雅比古はうなずいた。

「おかしなもんだ。おれは自分が正しいと思ってしたことで他人に謝ったことはない。今日の件も、おれはなにひとつ間違ったとは思っておらん。なにが私有地だ、私有林だ。山の手入れもせんとほっぽってるだけのくせに。おれみたいな人間がたまに入って木を切ったり鹿を撃ったりするから、山も森も豊かさを保ってるんだ。そんなこともわからんくせに……そんなことで謝るつもりは金輪際なかった。だが、悠に間違ってると言われてな。確かにおれは間違ってるのかもしれんと思ってしまった。だから、謝った。まさか、孫の一言で、これまでの人生を反故《ほご》にするようなことをするとは夢にも思ってなかったわ」

「悠ちゃんのこと、それだけ大切に思ってるってことじゃないですか」

敬蔵はマグカップに視線を落とした。

「だが、あれもここから出ていく。おれとアイヌの血と、神々の棲《す》む世界を捨てて都会に行く」

雅比古は口を開く代わりにコーヒーを啜った。言うべき言葉が見つからなかった。

「エゾシカが馬鹿みたいに増えとる。猟師の数が激減してるからだ。羆を撃つ猟師もほとんどいない。今度は羆が増える。冬になっても、死んだエゾシカがそこら中に転がってるからな。冬眠しない穴持たずも増えるだろう。増えた羆は餌を求めて里に下りてくる。人間が襲われる事故も増える。だが、羆を撃つ猟師はいない。どうするつもりだ？　自衛隊でも動員して、羆を皆殺しにするか？」

「ぼくにはわかりません」

「だれにもわからんさ。みんな、なんでもわかってる振りをしてるだけだ」

敬蔵が顔を上げ、雅比古の目を覗きこんできた。

「おまえはどうしてここへ来た？」

「どうしてって、今日、なにがあったのか心配になって――」

「そうじゃない。都会に住んでたんだろう。なに不自由のない暮らしを送っていたんだろう。なのに、どうしてここに来た」

「都会は不自由だらけですよ」雅比古は言った。「心がどんどんすり減っていくんです」

「どうして来たのかと訊いてるんだ」

敬蔵は知っているのではないか――突然、天啓に似た思いが頭に浮かんだ。

敬蔵はなにもかもを承知で自分を受け入れたのではないか。

「アイヌの世界に触れてみたかったから」

「どうして？」

「今の日本は間違ってると思うから」

「そうか」

敬蔵がコーヒーを飲み干した。

「今日のコーヒーは不味《まず》いな」

敬蔵の言葉に、雅比古は苦笑した。

13

月に二度、週末に被災地へ通うようになって一年が過ぎた。毎回、早朝に新宿西口に集合し、健吾が知り合いから借りるという古ぼけたハイエースに乗って被災地を目指すのだ。

被災地へ行けば、政府の言うことがすべてでたらめだということがよくわかる。復興はまったく進んでいなかった。いまだ多くの人が仮設住宅での暮らしを、そうでない人たちは故郷を捨てることを強いられている。

「ほんと、あったま来るよな。政府と東電」

被災地からの帰りの車中で、いつも健吾はそう言った。時にごつい拳でステアリングを叩きながら。

おいおいわかってきたことだが、健吾はかつて自衛官だったらしい。震災の直後、所属する部隊と共に被災地入りし、無数の遺体を見たと口にしたことがある。それを語ったときの健吾の目は吸い込まれてしまいそうなほど暗かった。

「大事なのは経済なんだよ、経済。被災地の復興なんて後回し。ってか、あの大震災があったこと自体を忘れちゃいたいんだよ、日本人は」

樹が言う。樹はシニカルな男だった。大学を卒業後、ＩＴ関連の会社に勤めたが、すぐに辞職し、以来、アルバイトで食いつないでいる。

「どうしたらいいんだろう？」

雅比古は呟いた。どうしたらこの状況が変わるのか。どうしたら苦しんでいる人たちが救われるのか。どうしたら日本人は目覚めるのか。

金で幸せは買えない。多くの人間がそう口にするくせに、実際にはだれもが金を求めている。自分の幸せをないがしろにして金稼ぎにあくせくしている。

こんなのは間違っている。みんなわかっているはずだ。なのに、だれもなにもしようとしない。

被災地へ行くたびに苛立ちが募る。母の死が背中に重くのしかかってくる。

「あれだけ大勢の人が死んだのもさ、この国から原発をなくすためだったって思えたら少しは気が楽になるんだけどなあ」

樹はそう言いながら持参したタンブラーの中のコーヒーを啜った。樹はコーヒー中毒だ。一日に何杯ものコーヒーを飲む。

「原発、なくなりそうもねえよな。だったら、震災で死んだ人たちは犬死にか」

健吾が言った。言葉が怒りに満ちている。

「生き延びた人たちも救われないよ」

雅比古も口を開いた。樹が足もとに置いてあったコンビニのレジ袋を渡そうとしてきたが、断った。被災地から帰るときはいつも食欲が失《う》せてしまうのだ。

首都圏が近づいてくると辺りが明るくなる。膨大な電力を消費して、夜も昼と変わらぬ明るさを維持しているからだ。

「節電なんて、最初の一年だけだったよな」

樹がコーヒーを飲みながら言った。

「夏に半袖一枚で電車に乗ると凍えそうになるぞ」

健吾が言った。

「冬は逆に汗だくになる。あんなに暖める必要ないだろう？　北国じゃあるまいし。原発反対ってデモってるやつらも、馬鹿みたいに電気使ってることにはなんにも言わねえんだよ」

「あいつら、なにもわかっちゃいねえ」

「馬鹿だからな、みんな」

おそらく、雅比古が加わる前から、樹と健吾は似たような会話を繰り返していたのだ。そして、どれだけボランティアとして復興に尽くしてもなにも変わらぬ現状に鬱憤を募らせ、無力感に苛《さいな》まれていく。

「なんとかしてえよな」

健吾がまたステアリングを叩いた。

「なんとかするって、なにをするんだよ」

樹がコーラを開けた。

「だれかに責任取らせるんだよ。決まってんだろ」

「責任って、だれに取らせるんだよ」

「そりゃ、総理大臣じゃねえの」

「総理に責任取らせるっての？　おまえ、時々面白いこと言うよな」

「おれは真面目に言ってるんだ。茶化すなよ、樹」

「でも、いくらなんでもそれは無理だろう。どう思う、雅比古？」

「健吾に賛成だ」

雅比古は言った。

「賛成って、おまえも総理に責任取らせるつもりかよ」

「そうじゃない。だれかに責任取らせなきゃってことさ」

「おいおい、雅比古まで健吾に感化されるのやめてくんない？」

樹が笑いを取ろうとしてわざと甲高い声を出した。だが、笑う者はいなかった。

「おまえら、マジ？　マジなら聞かせてもらうけど、だれに責任取らせるつもりなんだよ」

「政治家は厳しいな」健吾が言った。「警備も厳しいだろうし」

「なに言ってんだよ、健吾。警備とかなんとか、頭おかしいんじゃね？」

「やっぱり、東電関係者かな」

雅比古は口を開いた。

「そうなるよな」

健吾がうなずいた。

「おい。だから、なんの話してんだよ」

樹が焦《じ》れた。

「普通に責任を追及したって意味ないだろう」

健吾が言った。

「そうだよ。のらりくらり逃げ回られるだけだし、裁判だって勝てるかどうかもわからない」

雅比古は樹の目を覗きこんだ。

「だから、どうするつもりなのかって訊いてるんだよ」

「拉致して、責任を認めさせて、その様子を動画に撮ってネットに流すとか」

雅比古は視線を健吾に向けた。

「健吾は元自衛官だし、もしかしたらなんとかなるのかなと思ってさ」

「おれも似たようなこと考えてた」

健吾が口元を歪めた。

「本気で言ってんのかよ、雅比古」

「本気だよ。ずっと考えてたんだ」

樹が腕を組んだ。

「やるとしたら……東電の当時の社長か会長？」

「そうなるかな」

「本当にやるかどうかは別にして、社長だか会長だかがどこに住んでて今なにしてるのか、調べてみる？」

樹の言葉に、雅比古と健吾はうなずいた。

14

敬蔵の声が耳について離れない。

おれはアイヌだ。おまえみたいに、自分の血を恥じたりはしない。

わかっている。自分は辛い現実から目を背け、ただ逃げようとしている。逃げただけではなにも変わらないのに、それがわかっているのに、それでも逃げようとしている。

自分は敬蔵のようにはなれない。アイヌの人権や暮らしや文化を守るために戦っている人たちのようにはなれない。

自分のことだけで精一杯なのだ。

大都会の人混《ひとご》みの中に紛れ込んで、なにもなかったことにしてしまいたい。狡《ずる》いかもしれない。卑怯かもしれない。

でも、自分にはそれしかできない。

胸が切なくて苦しい。それを振り払いたくて、スーツケースに荷物を詰める。詰めては取りだし、取りだしては詰める。

以前は没頭できた。荷物を詰めながら新しい生活を夢想することでいやな現実を忘れることができた。

だが、敬蔵の言葉を聞いた後ではなにかが変わってしまった。

没頭はする。だが、頭に浮かぶのは新しい生活ではなく、ここにひとり取り残される敬蔵の姿だった。

「父さんと母さんがいればなあ……」

荷造りをやめ、悠はベッドに身体を投げ出した。

このところ、寝不足が続いている。眠いのに眠れない。一昨日は授業中にうたた寝をしてしまい、先生に叱られ、クラスメートに笑われた。顔から火が噴き出そうなほどに恥ずかしかった。

寝なきゃ――そう思えば思うほど目が冴《さ》えていく。敬蔵の声のボリュームがどんどん大きくなっていく。

おれはアイヌだ。おまえみたいに、自分の血を恥じたりはしない。

「知らない」

悠は呟いた。

両親が健在ならこんなところで暮らすことはなかった。自分の身体にアイヌの血が流れているということも知らずにすんだ。こんな思いをすることもなかった。

「知らない。知らない。知らない」

呪文のように同じ言葉を呟く。すると、今度は警察署で頭を下げる敬蔵の姿が脳裏に浮かんでくる。

あの時、敬蔵は悠のために自分を曲げたのだ。敬蔵に詰《なじ》られたのはショックだったが、あの姿には心が痛んだ。それを敬蔵に強いた自分に嫌悪感すら感じた。同時に感動も覚えていた。

自分は愛されている。慈しまれている。

自分と暮らすようになって、あの頑固な敬蔵が捨てたもの、諦めたことはどれほどあるのだろう。

それに比べて、自分はなにを捨て、なにを諦めたというのだろう。

「ごめんね、お爺ちゃん」

それでも、ここを出ていきたいという気持ちは揺らがなかった。敬蔵に申し訳なくてたまらなかった。

いつの間にか、窓の外が明るくなっていた。スマホを見る。もうすぐ午前三時になろうとしていた。勉強を終え、スーツケースの荷造りをはじめたのが午前零時過ぎだった。どれだけ荷造りを繰り返したのだろう。ベッドに横たわってからは、まだ一時間ぐらいしか経っていないはずだ。

悠は部屋を出た。足音を忍ばせて浴室へ行く。あと一時間もしないうちに尾崎が来るだろう。また、摩周湖へ行くのだ。顔を洗い、涙で腫れた瞼をなんとかしなければ。

敬蔵の寝室から派手な鼾が聞こえてきた。いつもは顔をしかめたくなるのだが、今日に限っては鼾が愛《いと》おしく思えた。

＊　＊　＊

駐車場にはいつもより多くの車が停まっていた。第三展望台に並ぶ三脚の数も、アマチュアカメラマンの数も多い。

「今日はどうしちゃったんですか？」

雅比古は顔見知りのカメラマンに訊いた。

「今日は出そうだから、みんな張り切ってるんだべ」

「出そうって、滝霧が？」

「そうに決まってるべや、はんかくさい。見れ」

カメラマンは湖の南方を指差した。湖の上にせり出すように聳《そび》えている山の上に濃い霧が溜まっている。

「あの霧がぱんぱんになったら、山肌に沿って湖面に流れ落ちてくるんだ。それが滝霧だ」

雅比古は振り返った。悠がスマホを見ながらこちらに向かってきている。

「悠ちゃん、今日は見られそうだって」

雅比古の声に、悠はスマホを上着のポケットに押し込んで駆けてきた。

「ほんと？　だから今日は人が多いの？」

悠の瞼は腫れぼったい。化粧でごまかそうとしていたが無駄な努力だった。

「だいじょうぶですよね、今日は」

雅比古はカメラマンに顔を向けた。

「まだわからん。可能性は高いけど、風が吹いたらおじゃんだべ」

他のカメラマンたちはお喋りに興じたり、煙草《たばこ》を吸ったりしている。だが、その顔つきにはいつもと違う緊張を孕《はら》んでいるような気がした。

「なんかドキドキしちゃう」

悠が言った。

「うん。喉が渇くよ」

雅比古は唾を飲みこんだ。

「まあ、今日がだめでも明日があるからな。多分、ここ数日で必ず滝霧が出る」

「どうしてわかるんですか？」

「何年、滝霧を撮ってると思ってるんだ。経験だよ、経験」

カメラマンは三脚にセッティングしたカメラをいじりはじめた。ファインダーを覗きながらカメラの位置を微調整している。

「長年の経験からすると、今日、滝霧が出る可能性は何パーセントですか？」

「七十五だな」

雅比古は再び南に顔を向けた。山の上に居座る霧の塊がどんどん大きくなっていく。

カメラマンたちもお喋りをやめ、それぞれのカメラに向かいはじめていた。悠もスマホを霧に向けていた。

その間にも山頂の霧の塊はどんどん大きさを増していた。いつ飽和状態に達してもおかしくないように思える。しかし、固唾《かたず》を飲んで待っていると、どこからか溜息が聞こえてきた。

「わやだ。風が出てきたべや」

「ほんとだ。風はやめれ」

無風だった展望台に、東の方から風が吹きつけてきた。凪《な》いで鏡のようにクリアだった摩周湖の湖面にもさざ波が立ちはじめていた。

「やだ……」

悠が呟いた。

「祈ろう。風がやみますようにって」

「うん」

悠はスマホを持ったまま手を合わせた。雅比古もそれに倣った。

どうか、風がやみますように。

悠に滝霧を見せてやりたかった。夜通しなにを泣いていたのかは知らないが、この少女は傷ついているのだ。滝霧を見ることで少しでもその傷が癒えるのなら、なにがなんでも見せてやりたい。

悠を見ていると、ボランティアで被災地を訪れた時に出会った少女を思い出す。両親が津波に飲みこまれ、彼女は祖父母の家で暮らしていた。悠と同じ年頃の子だった。

祖父母の前で、彼女はいつも笑っていた。しかし、ひとりになるとその顔は歪んだ。涙をこらえようと歯を食いしばっていた。

ある日、雅比古はまだ瓦礫《がれき》だらけの住宅街で少女を見かけた。住宅街といっても、周りにはなにもなかった。ほとんどの家屋が津波に流され、残っているのは基礎だけなのだ。

「どうしたの?」

雅比古は佇んでいる少女に声をかけた。

「ここ、わたしの家だったの」

少女は基礎を指差した。

ここが玄関。これが廊下。こっちはトイレでここは浴室。あっちが居間で居間の奥はキッチン。パパとママの寝室がここで、ここに階段があったの。二階はわたしの部屋と客室。

「全部流されちゃった」少女はいった。「パパとママが大切にしてたものも、わたしが大切にしてたものも」

そして、少女は声をあげて泣きはじめた。雅比古はどうしていいかわからず、少女の手を握った。少女が泣きやむまで握り続けた。

辺りが薄暗くなりはじめた頃、少女の涙が止まった。

「ありがとう」

少女が言った。

「どういたしまして。ねえ、明日、日の出を見に行かない？」

「日の出？」

「うん。明日の朝、五時半にここで待ってるから」

雅比古はそう言って少女に手を振った。

翌日、雅比古が行くと少女が待っていた。昨日とは違い、学校の制服を着ている。

「日の出見たら、そのまま学校に行こうと思って。お婆ちゃんがいつもより早起きしてお弁当作ってくれたの」

雅比古は少女を車に乗せ、海へ向かった。辺りはまだ暗かったが、海が近づくと水平線が赤く染まっていた。

「綺麗……」

車から降りた少女が呟いた。

雲ひとつなかった。空の上の方ではまだ星が瞬いている。

水平線付近は赤い。それが空に向かっていくとオレンジから黄色、そして淡い白へとグラデーションが繋がっている。白から先は淡い青、濃い青、紺、そして黒へとまたグラデーションが続いている。

「生まれてからずっとここに住んでるけど、こんなの初めて見た」

「それは勿体《もったい》ないね」雅比古は言った。「一日の内で一番美しい時間だよ。海の近くに住んでる人間の特権だし」

少女は答えなかった。真剣な眼差しを朝焼けに向けている。

雅比古も口を閉じた。

やがて、水平線上の一点が強く輝きだした。海を押し上げるように太陽が姿を現す。太陽は妖しいまでに赤く輝いていた。

空に昇っていく太陽と水鏡と化した海面に映り込む太陽がくっついている。太陽が昇るにつれてふたつの太陽は縦に伸び、やがて分裂してふたつになる。

「わあ」

少女の口から声が漏れた。言葉にならない声だ。

「わあ」

少女はまた言った。

「わあ」

雅比古も真似てみた。この場にはどんな言葉より相応《ふさわ》しい感嘆の音だった。

太陽が昇っていく。海面がその光を反射して無数の砂金を散らしたかのように煌めいている。

さらに太陽が昇っていく。海面にオレンジ色の道が現れた。光が反射してそう見えるのだ。その道は海の向こう、遥か彼方の天国へと通じているように思えた。

「ありがとう」

少女が言った。

「どういたしまして」

雅比古は答えた。

「なんだかよくわからないけど、気持ちが凄く軽くなったよ。太陽って凄いね」

「うん。太陽って凄いんだよ」

雅比古の言葉に少女はうなずき、深呼吸をした。

あの時の少女の横顔は今も瞼にこびりついている。

自然の美しさは人の心を癒してくれるのだ。だから、悠に滝霧を見せてやりたかった。自然の美しさに心打たれ、癒される悠の横顔を見たかった。

「こりゃだめだな」

カメラマンがそう言って、カメラを三脚から外した。

「だめですか？」

「ああ、風が強まってる。ほら、霧がばらけてきた」

カメラマンの言うとおり、山頂の霧が風にあおられ、塊から幾筋も伸びてたなびいていた。

「ああなるとだめなんだわ」

「そうなんですか？」

悠が口を開いた。

「うん、だめだ。もう二十年近くここに通ってるからわかるんだ。ほら。他の連中も帰り仕度はじめたべ。なんとかならんかと粘ってるのはおのぼりさんよ」

「そうなんですか……」

悠は落胆していた。期待が大きかった分、反動が強いのだろう。

「お嬢ちゃん、学生さんかい？」

「はい」

「どっから来てるんだ？」

「川湯です」

「だったら、滝霧見てからでもなんとか学校間に合うんでないか」

「はい？」

「明日か明後日か、絶対に滝霧出るからさ。もうちょっと頑張って見に来ればいいべさ。もしかするとちょびっと遅刻するかもしれんけど、一日ぐらい、どうってことないべー

「明日か明後日、絶対に見られるんですか？」

「間違いない」

カメラマンが力強くうなずいた。悠が雅比古を見た。

悠がもしかすると遅刻するかもしれないということは、悠を学校へ送ってから職場に向かう自分は間違いなく遅刻する。

それでも——

「明日も来てみる？」

雅比古は言った。

「うん」

悠が破顔した。瞼の腫れぼったさが、いつの間にか消えていた。

＊　＊　＊

「悠が笑ってたな」

木を彫りながら敬蔵が言った。

「そうですか？」

「おれが捕まってから、ずっと不機嫌な顔だった。それが、今朝、おまえと帰ってきたら笑っていた」

「朝、迎えに来たときは瞼が腫れてましたけどね」

それとなく悠が人知れず泣いていることを伝えたかった。

「そうか……いつも、日曜は朝早くから出かけてるみたいだが、どこへ行ってるんだ」

「摩周湖です。悠ちゃんが滝霧を見たいというもんで」

「滝霧か……」

「敬蔵さんは見たことがあるんですか？」

「昔な。親父に連れられてカムイヌプリに登った時に見た」

「カムイヌプリ？」

「摩周岳のことだ」

摩周湖の南東に聳《そび》える外輪山のひとつだ。外輪山の中では最も高い。

「朝早くから登ったんですね」

雅比古の言葉に敬蔵が笑った。

「山に入ったのは滝霧を見る三日前だ。親父の狩りに付き合わされて、山の中で寝泊まりしてたんだよ」

「つまり、登山道を登ってたわけじゃないんですね」

敬蔵は当たり前だというように首を振った。

「朝から霧が深かった。これは滝霧が見られるかもしれんと親父が言い出してな。滝霧のことはアイヌ語で言っていたんだが、なんと呼んでいたかは思い出せんな」

「それで？」

「摩周湖を見下ろせる場所まで行った。外輪山の上に霧の塊ができていて、やがて、それが湖に向かって山肌を流れ落ちていった。その光景を見て、親父は祈っていたな。山の神様が摩周湖の水を飲みに行く、その印だと言っていた」

「素晴らしかったですか？」

「おれは早く家に帰って布団にくるまって寝たかっただけだ。まだ、ガキだったからな」

「そんなもんですか……」

「そんなもんだ」

敬蔵の操る彫刻刀が次々と木くずを生んでいく。まだ彫りはじめたばかりで作品の輪郭さえ定かではないが、雅比古は羆なのではないかと目星をつけていた。

ジーンズの尻ポケットに押し込んでいたスマホが振動した。知らない電話番号が表示されている。

「ちょっと失礼します」

敬蔵に断りを入れ、雅比古はアトリエを後にした。自分の車に乗り込み、電話に出た。

「もしもし？」

「雅比古か？」

健吾の声が耳に飛び込んできた。

「おれの電話番号、どうやって知ったんだ？」

雅比古は聞いた。今のスマホは樹と健吾と別れてから手に入れたものだ。ふたりには電話番号もメアドも教えていない。

「そんなことより、ニュース見たか？」

「答えろよ。どうしてこの番号を知ったんだ？」

「おまえ、そのスマホ、立川《たちかわ》で買っただろう」

訳ありのスマホを格安で手に入れられる店がある――そう教えてくれたのは健吾だった。健吾なら店の人間から電話番号を聞きだせるのかもしれない。

「樹、捕まっちまったよ」

「知ってる」

「どうしたらいい？　あいつ、喋るかな？」

「さあね」

雅比古は冷めた声で言った。

「なんだよ、その言い方」

「どうでもいいからさ」

「おまえが一番肝が据わってるんだよな……」

健吾の声は上ずっていた。

「樹が捕まったってニュース見てから、おれ、寝られないんだよ」

雅比古は溜息を押し殺した。

「おまえ、今、どこにいるんだよ」

「それは教えないってあの時決めたじゃないか」

「そうだけど、ひとりで逃げてると不安でしょうがないんだよ。合流しないか？　ふたりで一緒に逃げるんだ」

「だめだ」

雅比古は健吾の言葉を撥《は》ねつけた。

「冷たいこと言うなよ」

「なあ、健吾。おれたちはいつか捕まるよ。樹が捕まったみたいにね。日本の警察は馬鹿じゃないんだ。いつ捕まるかわからないけど、おれはその間にやりたいことがあるんだ。おまえと一緒だと、それができない」

「やりたいこと？　ふざけんなよ。おれたち、警察から逃げ回ってるんだぞ」

「ふざけてなんかいない。切るぞ。もう二度とかけてくるなよ」

「待てよ、雅比古——」

雅比古は電話を切り、スマホの電源を落とした。なるべく早い内に別のスマホに買い換える必要がある。

「おたおたしすぎなんだよ、健吾は」

スマホをポケットに押し込み、車を降りようと顔を上げた。母屋の玄関先に悠が立っていた。悠は不安そうな面持ちで雅比古を見つめている。

「どこかに出かけるの？」

雅比古は朗らかな声をかけた。

「ちょっと友達と会ってくる。電話、だれから？」

「知り合いだけど、どうして？」

「尾崎さんが怖い顔してたから気になって」

「ウマの合わないやつからの電話だったんだよ。ぼく、好き嫌いすぐに顔に出ちゃうからなあ」

雅比古は笑った。

「そう。だったらいいの」悠が自転車に跨った。「お昼ご飯、用意してあるから、チンして食べて」

「ぼくの分もあるの？」

「毎週、摩周湖に連れてってくれるお礼」

「それぐらい、おやすいご用なのに」

「行ってきます」

悠がペダルに体重をかけた。自転車が動きだし、少しずつ加速していく。

青空が広がっていた。空の青と地の緑が鮮やかだ。

「暑くなりそうだな……」

雅比古は呟き、アトリエに足を向けた。

敬蔵は木を彫り続けていた。足もとに落ちた木くずの量が増えている。雅比古は箒とちりとりで散らばった木くずをかき集めた。

「夏休みは取れるのか？」

敬蔵が訊いてきた。

「七月後半から八月は観光のハイシーズンなんで休めませんけど、九月に入ったら、交替で長めの休みを取ろうっていう話になってます」

「したら、休みが取れるようになったらおまえも山に入るか」

「え？」

「入りたいんだろう、山に」

「あ、はい。いいんですか？　連れていってくれるんですか？」

敬蔵がうなずいた。

「ただし、きついぞ。おまえはガキじゃないんだから、おれは最低限の面倒しかみん。ほとんど野宿みたいなもんだし、食い物も身体を動かすのに最低限必要なものしか持っていかん」

「わかりました」

「疲れただのなんだの、はんかくさいこと抜かしたら置いていくからな」

「わかりました」

雅比古は同じ言葉を繰り返した。頭の中が沸騰したようになっていて他の言葉が見つからない。

敬蔵と山に入る。それは、アイヌの世界観に触れるということだ。神々の世界に分け入っていくということだ。

「顔が赤いぞ」

敬蔵が手を止めた。

「嬉しくて、興奮してるんです」

「なにが嬉しいんだ。はんかくさい」

敬蔵はまた木を彫りはじめた。すぐに集中していくのがわかる。やがて、雅比古の存在も忘れて一心不乱に彫りはじめるのだ。

木と向かい合う敬蔵には触れがたい神々しさがある。敬蔵は木を彫ることで木に命を吹き込んでいる。木にとって敬蔵は創造主なのだ。

命を吹き込もうとする敬蔵と命を吹き込まれようとしている木の塊は見飽きることがなかった。

15

熊谷康夫というのが、二〇一一年三月一一日当時の東日本電力の社長だ。今は東電を退職し、子会社の顧問におさまっている。

自宅は世田谷区奥沢《おくさわ》。

「自宅までわかるの？」

樹の報告に、雅比古は首を傾げた。

「当時の東電の幹部連中の動静を追ってるやつらがいるんだよ。そいつらに聞いたんだ。間違いない」

樹が答えた。健吾は周囲に目を配っている。昼飯時にはまだ早い。ファミレスは閑散としていた。

「こいつ、東電辞めたあと、アメリカに逃げてるんだよ。それで、ほとぼりが冷めたからって帰国して、のうのうと暮らしてる」

樹の声は憎しみと侮蔑が混ざり合っていた。

「責任取らせるなら、やっぱ、こいつじゃないかな」

「わかりやすいしな」

健吾が言った。

「でも、責任を取らせるって口で言うのは簡単だけど、どうやる?」

「問題はそこだよな」

雅比古の言葉に、樹が顔をしかめた。

「考えるだけじゃだめだぜ。とりあえず、こいつの自宅っての見に行ってみよう」

健吾が腰を上げた。樹が頭脳派なら、健吾は間違いなく行動派だ。なかなか結論のでない議論を嫌い、とにかく動き回ろうとする。

「そうだな。とりあえず、下見に行くか。ここからならすぐだし」

雅比古たちは渋谷《しぶや》にいた。奥沢なら、東横《とうよこ》線で自由《じゆう》が丘《おか》か田園調布《でんえんちょうふ》まで行って、あとは歩けばいい。

ファミレスを出て駅に向かった。樹はスマホを睨んでいる。熊谷康夫の家の場所を地図アプリで確認しているらしい。

「一番近いのは目黒《めぐろ》線の奥沢駅だけど、自由が丘寄りだから、自由が丘から歩こう」

日曜日の渋谷駅は混み合っていた。東横線の急行も混雑している。だが、各駅停車の電車はそうでもなかった。だれが口にするわけでもなく、雅比古たちは各駅停車の電車が停まっているホームに足を向け、乗り込んだ。

「知ってるか、雅比古?」

電車が動き出すと、樹が囁くように言った。

「なにを?」

「反原発のデモにしょっちゅう顔を出してる連中ってさ、公安に監視されてるらしいぜ」

「公安って、警察の?」

樹がうなずいた。

「監視してどうするんだよ」

「さあね。テロでも起こすつもりじゃないかって心配してるんじゃないの」

「本当にやばいこと考えてる連中はデモになんか行かないのにな」

健吾が言った。

「それ、おれたちのこと？」

雅比古は訊いた。健吾と樹は苦笑しただけで答えなかった。

自由が丘で電車を降り、樹について歩いた。駅の南口を出て東へ向かい、突き当たった比較的大きな通りを南に下っていく。

「昔、この辺りに住んでたんだ」

樹が言った。

「高校の時の同級生と一緒に部屋借りてさ。そいつがスノッブなやつで、どうしても自由が丘に住みたいって物件探してたんだけど、おれたちの予算で借りられる部屋、結局、奥沢にしかなかった。その同級生、周りにはおれは自由が丘に住んでるんだって言って、電車も絶対目黒線には乗らないで自由が丘まで歩いて東横に乗るの。馬鹿みたいだろ」

「自由が丘ってそんなにいいのか？」

健吾が言った。

「おれは好きじゃない。だから、目黒線ばっか使ってた。自由が丘から離れて目黒線エリアまで来たら、これが結構庶民的な街なんだよね」

奥沢駅の手前の交差点を左に折れた。そのまま三百メートルほど進み、細い路地をまた左に折れる。

「この辺りのはずだよ」

樹が足を止め、周りの建物に視線を走らせた。一軒家と集合住宅が混在している。

「あれじゃねえか」

健吾が指差したのは、周辺の中でもひときわモダンな一軒家だった。直線的なデザインで、コンクリートの打ちっ放し。建坪は三、四十坪というところだろうか。路地に面して大きなガレージ。その上に家が建っている。一見しただけでかなりの金がかかっていることがわかる家だ。

示し合わせていたわけでもないのに、雅比古たちは一斉に歩き出した。コンクリートの家の前を素通りする。表札が目に入った。「熊谷」と記されている。

「やっぱあれだな」

歩きながら健吾が言った。

「間違いないと思うよ」

樹が言った。

「家に帰れない人たちが大勢いるのに、あんな豪華な家に住んでるんだ」

「それだけじゃないよ。何千万、下手したら億を超える退職金もらって、今も子会社で高給もらってる」

「その金、復興費用にって寄付するならいいけどな」

「そんなことするわけないだろう」

雅比古は樹と健吾の会話に耳を傾けながら振り返った。

家は周りを威圧するように建っている。無味乾燥な仮設住宅で暮らす老人たちの顔が次から次へと脳裏に浮かんでは消えていった。

16

「元東日本電力社長殺害に関与しているとして逮捕された毛利樹容疑者ですが、警察への取材で黙秘していることがわかりました」

ニュース番組で女子アナウンサーが原稿を読んでいた。悠はザンギ——唐揚げに箸を伸ばしかけていた手を止めた。

「どうやら完全黙秘のようですね」コメンテーターが言った。「事件への関与を含め、完全に口を閉じている状態だそうです」

「警察は複数犯の犯行と睨んでいるようですが——」

キャスターが口を挟んだ。コメンテーターが大きくうなずく。

―わたしも複数犯の犯行だと思います。警察としてはなんとしてでも容疑者の口を割らせて共犯者の名前と居場所を摑みたいところでしょう」

コメンテーターはしたり顔で喋っていた。

「こんなニュースに興味があるのか」

敬蔵がビールの缶を傾けながら訊いてきた。一瞬、心臓が止まりそうになる。

「別に、特別興味があるってわけじゃないけど」

「その割には、飯を食うのも忘れてテレビを見ていたぞ」

「なんとなく気になっただけだってば」

悠は乱暴に言ってザンギを口に運んだ。

「滝霧を見たいんだってな」

敬蔵が話題を変えた。

「う、うん」

「どうしてそんなに滝霧が見たいんだ？」

「スマホで滝霧の写真をたまたま見つけたの。そしたら、どうしても自分の目で見たくなって……せっかく近くに住んでるんだし。明日も行くよ」

「明日は学校だろう」

「尾崎さんが送ってくれるからだいじょうぶ」

「そうか……」

敬蔵はまた缶ビールに口をつけた。ご飯と味噌汁は手つかずだった。今は、ザンギや野菜の煮物をビールの肴にしている。

「ねえ、お爺ちゃんが山に入ってるときに見た一番美しいものってなに?」

「美しいもの?」

敬蔵は途方に暮れたような顔をした。

「たとえば、朝日を浴びる山肌だとか、そういうの。山にいなきゃ絶対に見られない景色」

「羆の親子だな」

敬蔵がぼそりと言った。

「え? 羆?」

「今頃の時分だ。おれは山の上の方から下を見おろしていた。二百メートルぐらい下に、森が開けたところがあるんだ。よく、そこで子羆たちが遊んでる。そこで待ってたら母羆が来て、仕留められると思ってな」

悠は箸を置いた。美しい景色のことを訊いたのに、羆が出てきた。敬蔵の話がどうなるのか、強い興味が湧いていた。

「子羆が二頭いて、取っ組み合って遊んでいた。可愛いもんだ。そこにおれの読み通り、母羆が姿を現したんだ」

「どうなったの？」

「おれは銃を構えた。そしたら、母羆がおれに気づいた」

「二百メートルも離れてるのに？」

敬蔵がうなずいた。

「殺意を感じるんだ。母羆は牙を剝いておれを睨んだ。喩《たと》えなんかじゃないぞ、二百メートル離れたところから、ちゃんとおれを睨んだんだ。毛が逆立って、身体が倍ぐらいに膨らんで見えた。母羆がそんなになってるのに、子羆たちは遊ぶのに夢中で全然気がついてない。したら、母羆はおれと子羆たちを遮るように移動して立ち上がった。自分を盾にして子羆たちを守ろうとしたんだ」

「羆が？」

「二百メートルなんて、おれにしたら外しっこない距離だ。けど、撃てなかった。なにがなんでも子羆を守ろうっていう気迫に負けた。銃を下ろすと、母羆は子羆たちの尻を蹴飛ばすようにして、森の中に逃げていったさ。おれが山で見た一番美しいものは、あの羆の子を思う気持ちだな」

「なんとなくわかる」悠は言った。「だから、お爺ちゃんの木彫りって、母羆と子羆が一緒にいるやつが多いんだね」

「そうだな。自分じゃ気づかんかったが、今、話してわかった。あの時の母羆の顔がここに焼きついてるんだ」

敬蔵は自分の胸を指差した。

「あの母羆に敬意を表して、知らんうちに母子の羆の姿を木に彫っちまうんだな」

そう言って、敬蔵はビールを飲み干した。残っていたご飯と味噌汁をかきこんだ。

「さ、風呂入って寝るべ」

敬蔵は席を立つと振り返りもせずに浴室へ向かっていった。

＊　＊　＊

「早く、早く」

悠は振り返り、雅比古を急《せ》かした。駐車場はほぼ満車だ。第三展望台はアマチュアカメラマンがひしめいている。

今日は家には寄らずに直接登校するので制服を着ていた。もうすぐ夏休みがはじまるというのに、足もとが冷える。

「尾崎さん、早く。見逃しちゃうかもしれないよ」

尾崎は三十分遅刻してきたのだ。車を飛ばしてはきたが、それでも、昨日より十五分近く遅れている。

「お嬢ちゃん、今日も来たか」

尾崎がいつも話をするカメラマンが悠に笑顔を向けてきた。

「おはようございます。今日はどうですか?」

「出るぞ」

カメラマンは嬉しそうに言った。

「本当に?」

「昨日よりさらに風がない。ちょっと怖いぐらいだ。これで滝霧が出なかったらバチが当たるべさ」

アマチュアカメラマンたちの空気も昨日とは違っていた。無駄話はせず、カメラに向き合っている。

「おう、兄ちゃんも来たな」

尾崎が息を荒げながら展望台に登ってきた。なぜかは知らないが、昨夜は興奮して寝つけなかったらしい。それで遅刻したのだと言っていた。

「ああ、昨日より霧の塊が大きいですね」

湖の南に目を向けながら尾崎が言った。

「今日はだいじょうぶだ。しっかり見とけ」

カメラマンはそう言うと、自分のカメラに向き合った。三脚に取り付けられた十数台のカメラが同じ方向を向いている。カメラから伸びたレンズはまるで猟銃のようだった。だれもが大物を仕留めることを狙って、銃口をそちらに向けている。

空に浮かぶ雲が赤く染まっていた。凪いだ湖面がその雲を映している。東の空が白んでいるが、まだ太陽の姿はない。

「来たぞ」

だれかの声が響き渡った。それを合図に、みなが一斉にカメラのシャッターを切りはじめた。

飽和した霧が山肌に沿ってゆっくりと流れ落ちてくる。

初めはゆっくりした動きだったが、加速が付き、山肌の森を飲みこんでいく。巨大なアメーバのようだ。膨らんで広がって流れ落ちていく。

「すげぇ……」

尾崎の呟きがシャッター音の合間に聞こえた。カメラマンたちは言葉もなくシャッターを切り続けている。連続するシャッター音はまるでマシンガンの銃声のようだ。

滝霧の先端が湖面にぶつかって前後左右に広がった。霧には質量が感じられるのに、湖面は揺らぎもしなかった。山肌を霧が途切れることなく流れ落ちてきて、湖面にぶつかっては広がっていく。青空と赤く染まった雲を映し出していた湖面が乳白色に塗り潰されていく。

「どうだ、お嬢ちゃん。早起きした甲斐があったべさ」

「はい」

悠はうなずいた。

「スマホ持ってるのに、写真撮らないのかい?」

言われて気づいた。写真を撮るのをすっかり忘れていた。

スマホをかまえ、写真を撮った。他のカメラマンたちと同じように夢中でシャッターを切った。

山肌を流れて落ちてきた霧は摩周湖の湖面にぶつかっては広がり続け、たった数分で、初夏の色彩が鮮やかだった風景が白と黒のモノクロの世界に取って代わられていた。

マシンガンのように鳴り響いていたカメラのシャッター音もいつの間にかやんでいた。展望台は静寂に包まれていた。

「みんななにか待ってるみたいですけど」

尾崎がカメラマンに囁《ささや》いた。

「もう少ししたら霧が少し薄くなって、うまくいけば、東のあの山の上にお日様が出てくるのさ。これがまた素晴らしい光景でな」

悠はスマホで時計を確認した。時間にはずいぶん余裕がある。

モノクロの世界が少しずつオレンジ色に染まっていくのがわかった。朝の太陽の光が差し込んできているのだ。

「悠ちゃん、写真、写真」

尾崎に肩を叩かれた。また幻想的な光景に見入って写真を撮るのを忘れていたのだ。

「ありがと」

オレンジ色が黄色に変わっていく。いや、黄色というよりは黄金色だ。霧と湖面が黄金色に輝いている。

「来るぞ」

カメラマンがファインダーを覗きながら言った。いつの間にか、カメラの向きも変わっている。

薄れていく霧の向こう、東の山の上がひときわ明るく輝いていた。輪郭のはっきりした半円が姿を現す。

赤く燃える太陽だ。金色の霧の中、太陽だけが痛いほどに赤い。

また、シャッター音が鳴り響いた。連続するマシンガンの銃声のような音が鼓膜をふるわせる。

悠はスマホを制服のポケットに押し込み、両手を胸の前で合わせた。

心が震えている。もう、写真などどうでもよかった。この美しい光景を自分の目に焼きつけるのだ。

太陽が山の上に昇った。霧の隙間をすり抜けた陽光が、いくつもの筋となって摩周湖の湖面に降り注いでいる。

涙が頬を伝わるのを感じた。その涙を拭う気にもなれない。瞬《まばた》きをするのが勿体ない。あまりに壮大で優美な光景に、神様の息吹《いぶき》さえ感じられそうだった。

そうか。

大昔の人たちは、だから、素直に神様を信じたんだ。

霧と湖と太陽とが織りなす美しさは神様でなければ作り出すことはできない。だから、神様はいる。

昔の人たちは――昔、この地に住んでいたアイヌは、今と同じような光景を見、そして、神様の存在に確信を抱いたのだ。

そうやって、目にした光景や現象に神様の名前を与え、神話を紡ぎ、子々孫々に語り伝えてきた。

「そうか……そうなんだ」

太陽がどんどん昇っていく。霧が少しずつ、確実に薄れていく。それと同時に幻想的な光景も霞《かす》んでいった。

「そうって、なにが？」

尾崎が訊いてきた。

「神様は本当にいるんだなと思ったの」

悠は答えた。

「いるかな？」

「いるよ。わたし、感じた」

「なら、よかった」

「よかったってなにが？」

「悠ちゃんに滝霧を見せてあげられて、本当によかった」

「うん。本当にありがとう。お礼にね、尾崎さんがお爺ちゃんのこと怒らせても、一回だけ、わたしが口利きしてあげる」

「たったの一回だけ？」

「そう。一回だけ」

悠は笑った。

＊　＊　＊

職場に着くと、珍しくテレビがついていた。雅比古が仕事をはじめてから、ここのテレビの電源が入っているのは数えるほどしかなかった。

画面にはニュース番組が映し出されていた。

元東日本電力社長殺害事件の容疑者、黙秘のまま——というテロップが読み取れる。

「気持ちはわかるけどなあ」

岡崎《おかざき》という職員がテレビを見ながらだれにともなく呟いた。

「おれも東電の役員連中はゆるせないわ。したっけ、それと人を殺すってのは別の話だべ」

岡崎の言葉に反応する職員はいなかった。みな、仕事の準備に忙しいのだ。それでも、雅比古は自分の身体が緊張するのを止めることができなかった。

いつかはばれる。必ず警察はやって来る。だが、その日はできるだけ遠い方がいい。

「尾崎君、今日はなにをするの？」

戸塚啓子が訊いてきた。

「今日は杉山さんにお願いして、ガイドウォークの実習です」

「森のお散歩か。いいなあ。暇なら書類仕事手伝ってもらおうと思ったのに」

ガイドウォークというのはエコミュージアムセンターが行っているサービスのひとつだ。センターを訪れた観光客が申し込めば、スタッフがガイドとなってセンター周辺の山林の中を案内する。二、三十分程度のウォーキングだが、地形や見所を押さえていないとガイドは務まらない。

戸塚啓子はリモコンでテレビの電源を落とした。雅比古は身体から力が抜けていくのを感じた。

「岡崎さん、もう始業の時間ですよ」

「はいはい。働けばいいんでしょ、働けば」

テレビが消えれば、そこはいつもと変わらぬ職場だった。

「おはようさん」

賑《にぎ》やかな声とともに、杉山が姿を現した。小ぶりなザックを背負い、足もとはトレッキングシューズで固めていた。ザックにはストックが二本、差してある。

「尾崎君、準備はいいかい」

「杉山さん、ちょっと待ってもらっていいですか？　昼飯、コンビニで買ってくるんで」

「そんなことだろうと思って、女房に作ってもらったさ」

杉山はザックを背中から降ろした。中から、布に包まれた四角いものを取り出す。

「杉山家特製の弁当だ」

「いいんですか？」

「女房も、若いもんに食わしてやるんだって言ったらはりきってな。年寄りだから味付けは薄いけど、我慢して食ってやってくれ」

「なにを言ってるんですか。ありがたくいただかせてもらいます」

雅比古は弁当を受け取り、自分のザックに詰め込んだ。

「それじゃ、行くか」

「はい。じゃあ、行ってきます」

職場の同僚に声をかけ、雅比古は杉山の後を追った。

遊歩道が整備されており、春から秋にかけては特別な装備がなくても大自然を満喫できる。冬はスノーシューを履いたトレッキングを楽しむこともできるようになっていた。

この時期の森は噎《む》せ返るほどの緑一色に染まっていた。短い夏に降り注ぐ陽光を奪い合うように、植物たちが一斉に葉を広げ、天を目指して背伸びしているのだ。

「これ、かけておけ」

森に入る前に、杉山が霧吹きを差し出してきた。

「なんですか、これ？」

「自家製の虫除《むしょ》けだ。蚊《か》やブヨだけじゃなく、マダニも防げるから。こないだの藻琴山の登山道整備ん時、蚊に食われまくってたべ」

雅比古は苦笑した。確かに、あの時はあちこちを蚊やブヨにやられて酷い目に遭ったのだ。蚊に刺された後は痒《かゆ》いだけだが、ブヨにやられると刺された箇所を中心にしてぱんぱんに腫れて痛みも伴う。腫れと痛みが引くのに四、五日もかかってしまった。

「この虫除けの成分は？」

霧吹きで虫除けを顔や腕にかけながら雅比古は訊いた。

「いろいろだな。山に入る人間は、みんな、なんかしら虫除けになるもんを知ってて、それを使ってる」

「へえ」

「昔の人間はそったらことしとらんかったけど、食い物がよくなってから、食われることも多くなったんだ」

杉山は笑った。

霧吹きを返す。杉山はサイドポケットから取りだした鈴をザックに取り付けた。

「熊除けですか？」

「念のためさ」

「敬蔵さんが言ってましたけど、最近の羆は猟師が少なくなって人間を怖がらなくなった。鈴を付けて歩いたら逆に寄ってくるって」

「そんなこともあるかもしらんなあ」

杉山は鈴をわざと揺らした。透き通った音が響く。

「ただ、おれは鈴を付けて山を歩いていて羆に出くわしたことはない。ま、音で羆に会わないようにするっていうよりは、一種のお守りだべ」

杉山が歩き出した。雅比古も肩を並べて歩く。

「羆対策は鈴だけですか？」

「一応、これも持って歩いてるけどな」

杉山はザックの左サイドを叩いた。木の鞘《さや》に収まった短剣のようなものが括《くく》りつけてある。

「剣鉈《けんなた》さ」

「剣鉈？」

「刃先の長いナイフみたいなもんだ。ま、こんなもん持ってても、目の前に羆が出てきたら意味ないけどな。これも、お守りみたいなもんだ」

「刃物じゃ羆にはかないませんか」

「銃がなきゃ無理だな。昔のアイヌは弓矢で羆獲ってたって話だけど、それも鏃《やじり》に毒塗ってたのさ」

「そうなんですね」

「日本で一番でっかくて一番強い獣だからな。ま、出くわしたら観念するしかないべな」

雅比古は周囲に視線を走らせた。この辺りに羆が出るという話は聞いたことがない。それでも、杉山の話を耳にした後ではぼんやりとした恐怖が胸に広がっていく。

「心配すんな。普通はあいつらの方がさきにこっちに気づく。で、そっと離れていってくれるのさ。子連れか腹っぺらしの羆じゃないかぎり、好きこのんで争いごとを起こそうとするやつなんていない。そんなことするの、人間だけさ」

杉山はまた鈴を揺らした。

鈴の音と共に森に分け入っていく。そこかしこで虫の羽音が聞こえるが近づいては来ない。杉山の虫除けが効いているのかもしれない。森の奥へと進めば進むほど空気が濃密になっていくような錯覚にとらわれた。

街中より酸素が濃い。マイナスイオンが充満している。息をするたびに細胞が活性化されていく。

「顔がゆるんどるぞ、尾崎君」

振り返った杉山が言った。

「そうですか？」

「人間は二通りに分かれるべさ。森に入ると生き生きする人間とそうじゃない人間。森と肌が合わない連中は海に行きたがるんだ」

「わかる気がします。でも、こっちには川や湖もあるから、海より勝ってますよね」

「はんかくさい。勝ち負けじゃないべや」

杉山が笑った。

「ここら辺はアカエゾマツの森だ。ぐるっとひとまわりしても二十分もかからんから、その後でつつじヶ原まで足を伸ばしてみるか」

つつじヶ原自然探勝路《たんしょうろ》は川湯から硫黄山《いおうざん》まで続く散策路だ。六月から七月にかけて、イソツツジの群生が一気に開花して辺り一面が花畑のようになる。

「火山活動の影響でこの辺りは土壌があまりよくないのさ。だけど、アカエゾマツは平気なんだ」

散策路を進みながら、杉山が目についた植物や動物について簡潔に説明してくれる。

ゴゼンタチバナ、ヤマドリゼンマイ、マイヅルソウ、ハクサンシャクナゲ、アカゲラにシジュウカラ、地面に落ちている動物の糞《ふん》を見つけては、これはキタキツネ、これはエゾシカと教えてくれる。

「この辺りにはシマフクロウはいないんですか」

「昔はそこそこおったけどなあ。最近は見かけけん。ここだけじゃなく、北海道中で減ってるらしい。釧路に猛禽類《もうきんるい》の獣医がおるんだが、早く手を打たないと絶滅するって心配してる」

「猛禽類の獣医ですか」

「世の中、いろんな人間がおるのさ」

杉山がまた笑った。

「まあ、シマフクロウだけじゃないべさ。オオワシからなにから、おしなべて数が減ってる」

「生息域の環境が破壊されてるからですか?」

杉山がうなずいた。

「車に轢《ひ》かれたり、広げた羽が高圧電線にぶつかって感電死したり、いろいろさ。あとは、鉛《なまり》中毒かな」

「鉛中毒？」

「敬蔵さんみたいな腕利きのハンターが減って、最近は下手くそばっかりなのさ。そういう連中がエゾシカを撃つべ？　急所外して、エゾシカは走って逃げちまう。けど、弾食らってるから、そのうちどっかで野垂れ死にするんだ。で、その撃たれて死んだエゾシカの肉を猛禽類が食べる」

「ああ」雅比古はうなずいた。「銃の弾は鉛だから、それで中毒を起こすんですね」

「だいぶ前に、鉛弾《なまりだま》は禁止になったんだが、それでも、使うやつが減らねえのさ。はんかくさい」

話しているうちにエコミュージアムセンターの屋根が視界に入ってきた。散策路をぐるりと一周してきたのだ。

「そしたら、つつじヶ原に行ってみるべ」

アカゲラの小径《こみち》と呼ばれる散策路に入り、しばらく進むとつつじヶ原自然探勝路の入口を示す看板が見えてくる。

「左側がアカエゾマツで、右側は広葉樹の森だ。シマフクロウがいるとしたら、こういう広葉樹の森さ。ずっと先に進むと、今度はハイマツ帯が広がる。広葉樹林とハイマツ帯の間に、イソツツジのお花畑が広がってるのよ」

「まだ咲いてますか？」

「だいじょうぶだべ」

「あの、ハイマツって、高い山の上の方とか、標高の高いところに生えるんじゃないんですか」

「ここだけ特別なんだ。高山のハイマツと違って樹高《じゅこう》もそこそこある」

「そうなんだ……」

「もともとカムイの土地だからな」

杉山がまた笑った。

「ほら、森が開けてきた。あの向こうがお花畑だべ」

杉山の言葉を聞くと、居ても立ってもいられなくなってきた。

「ちょっとすみません」

雅比古は早足になって杉山を追い越した。本当だった。森の向こうにお花畑が広がっていた。一メートルにも満たない高さのツツジの木に無数の小さな白い花がくっついている。まるで幻想の世界のような光景だった。

イソツツジの群生を見るための木のテラスが設けられており、雅比古はそこで足を止めた。

「夕方に来ると、なまら綺麗だぞ」

追いついてきた杉山が言った。

「夕日を浴びて、イソツツジの花が黄金色に輝くのさ。あれを見たら、確かにここは特別な場所だ。カムイの住まうところだって思うべな」

「夕日ですか……」

イソツツジの花が夕日を浴びて輝く姿は容易に想像することができた。

悠を連れてきてやろう――唐突にそう思った。

来年の春には悠はここを去る。その前に、この周辺の美しい景色という景色を悠に見せてやるのだ。

「イソツツジ、いつまで咲いてますかね」

「あと一週間ってところかな」

杉山の言葉に、雅比古は大きくうなずいた。

17

樹と健吾が交替で熊谷康夫を一週間監視した。

午前七時半に奥沢の自宅に黒塗りのセダンがやってきて、熊谷康夫は後部座席に乗りこむ。会社のある虎ノ門《とらのもん》まで寄り道もせずに向かい、八時少し過ぎに出社する。

退社の時間までのほとんどを社内で過ごし、五時半過ぎになるとまた黒いセダンで帰宅する。

酒を飲みに行くわけでも、浮気相手と会うわけでもない。

「土曜はゴルフだった」

樹が言った。

「ゴルフに行くのも車?」

「そう。常に車の中。取りつく島がないって感じ」

「狙われるかもしれないって思ってるんだろうな」

健吾がハンバーグを頬張りながら言った。三人で会うのはいつもファミレスだ。

「ターゲットを変える?」

雅比古は健吾に視線を向けた。健吾は首を振った。

「他に誰がいるんだよ。専務とか常務? 社長じゃなきゃ意味がない」

「そうだよな」

雅比古は頭の後ろで手を組んだ。

「それに——」樹が口を開く。「震災当時の役員たちのほとんどはがっぽり退職金もらって辞めて、海外に逃げてってるんだ。熊谷も一年近くアメリカに行ってたけど、女房が日本に帰りたいって言い張って、それで戻ってきたらしいよ」

「ふざけてるよな」

健吾が顔を歪めた。

「うん。ふざけてる」

雅比古はコーヒーに口をつけて顔をしかめた。ファミレスのコーヒーなんて飲むものじゃない。それがわかっていても、注文の時につい「コーヒー」と口にしてしまうのだ。

「それで、どうする？　熊谷がこんなんじゃ、手出しできないぜ」

樹が健吾に向かって言った。

「一年三百六十五日同じ行動を繰り返す人間なんていない。必ずどこかで普段とは違う行動を取るはずだ」

「そりゃそうだけど、いつ違う行動取るかなんて、おれたちにはわからないじゃん。三人しかいないんだし、雅比古は勤め人。おれたちだって、食うためにはバイト続けなきゃならないし」

「じゃあ、やめるか、責任取らせるの」

健吾はナイフとフォークを置いた。ハンバーグが載っていた鉄の皿はまるで洗い立てのように綺麗になっていた。

「やめるのは嫌だな」

雅比古は言った。

「おれも嫌だ」

健吾がうなずいた。樹は肩をすくめている。

「会社、辞めようと思うんだ」

雅比古はまたコーヒーに口をつけ、さっきと同じように顔をしかめた。コーヒーカップをソーサーごとテーブルの端に押しやった。

「雀《すずめ》の涙ほどだけど、退職金が出る。貯金と合わせたら、二ヶ月ぐらいは暮らせるかな。自己都合退職だから、失業手当は三ヶ月待たないともらえないし……」

樹と健吾は黙って雅比古の話に耳を傾けていた。

「その二ヶ月間、ぼくが熊谷を監視するよ。樹と健吾はせっせとバイトして金を貯《た》めるんだ。いろいろ物いりになってくるだろう？」

ふたりがうなずいた。

「二ヶ月の間、熊谷が毎日同じ行動を取るようなら、諦めよう。でも、チャンスがあるようだったら決行する。それでどう？」

「おれたちはかまわないけど、雅比古はいいのかよ。会社辞めて」

「樹や健吾と会う前から、なんとなくだけど、辞めようかなって思ってたんだ。だから、気にしなくていいよ」

木彫りの羆がたびたび脳裏をよぎるのだ。あれがなんなのか、どうして母があんなにも大切にしていたのか。どうしても知りたかった。

だが、それを知るには時間がいる。週末の二日だけを当てても知り得ることは限られるだろう。きっと、羆の秘密を探ることは、母のルーツを探ることになるのだ。時間がかかる。会社勤めをしていては埒《らち》があかない。

ずっとそう考えていた。これはいい機会なのだ。

「すげえよ、雅比古」

健吾が低い声で言った。目がかすかに潤んでいる。

「おまえがそこまで腹を括ってるなんて、すげえ」

「別にそんな大袈裟《おおげさ》な事じゃないから」

「謙遜すんなよ。おれも樹ももう一回褌《ふんどし》締め直す。やろうぜ。あいつらに絶対に責任取らせるんだ」

健吾が右手を差し出してきた。雅比古は苦笑した。樹はまた肩をすくめている。

健吾が手を引っ込める様子がないので、雅比古は仕方なくその手を握った。万力のような力で握り返された。

「おれたち三人でやるんだ」

「出たよ、健吾の熱血」

「おれたち三人でやるんだ」

樹の声を押し潰すように、健吾が同じ台詞を繰り返した。

18

尾崎からのメールが届いたのは、数学の問題と格闘している時だった。

なにげなく開いたメールには、滝霧の写真が数点添付されていた。

『あの時のおじさんに、写真送ってくれないかってお願いしてたんだ。ほら、ぼくも悠ちゃんも滝霧に見とれてあんまり写真撮れなかっただろう？　アマチュアとはいえ、さすがだね。綺麗な写真ばっか。おじさんに感謝』

メールを読みながら、顔なじみになったカメラマンの顔を思い浮かべ、ありがとうございますと呟いた。

尾崎のメールにあるとおり、どれもこれも息を呑むほど美しく、劇的な写真だった。悠がスマホで撮った写真とはレベルが違う。

『凄い写真ばっかり！　プリントして部屋に飾りたい』

悠は返信を打った。すぐにまた尾崎から返信が来る。

『そう来ると思ったよ。どの写真が一番気に入った？　今度釧路にでも行った時に、ちゃんとした写真屋さんでプリントしてもらってあげるよ』

悠はスマホの画面に目を凝らした。スクロールさせながら送られてきた写真を一枚ずつ吟味する。

『三枚目のがいい！』

お気に入りの写真を決め、尾崎に伝えた。山肌を滑り落ちてくる滝霧の一部が朝《あさ》陽《ひ》を浴びて茜《あかね》色に輝いている一枚だ。

『了解。ちょっと大きめのサイズでプリントしてもらって、ちゃんと額にも入れよう。そうやって部屋に飾ったら、あのおじさんも喜ぶと思うよ』

『釧路に行く時は、またわたしも連れてってくれる？』

『もちろん。じゃあ、夏休みになったら釧路に行こう』

『ありがとう』

『来週中に悠ちゃんに見せたいものがあるんだけど、夕方、付き合ってくれる？』

『見せたいものってなに？』

『内緒。期待してて。じゃ、おやすみ』

尾崎からのメールが途絶えると、悠は再び数学の問題に取りかかった。だが、尾崎からのメールが来る前の集中力を取り戻すのは難しかった。

素敵な写真のおかげで気持ちが昂《たか》ぶっている。釧路ではどこに行こうかと考えてしまう。

「あ。釧路っていったら……」

釧路のことを考えているうちに記憶が刺激された。土砂降りの駐車場でカーラジオから聞こえてきたニュースが耳によみがえる。

たしか、震災当時の東電の社長が殺された事件だった。

スマホで検索をかけると関連するトピックが画面にずらりと並んだ。どんな事件だったろうかとニュース記事を中心に目を通した。

事件が起こったのは三月。熊谷という元社長がゴルフのラウンド中に姿を消し、数日後に死体で発見されたというものだった。

警察によると、ゴルフコース脇の林の中に元社長が球を打ち込み、その球を探している間に何者かに拉致されたらしい。

社長の死因は脳挫傷《のうざしょう》。警察は捜査本部を立ち上げて犯人の行方を追っていた。

そして数日前、容疑者のひとりが捕まったのだ。毛利樹、二十八歳でアルバイトをして生計を立てていた。警察はこの容疑者を追及し、共犯者の情報を得ようとしている。

ネットでわかったのはそれぐらいだった。

二十八歳といえば、尾崎と同じ世代だ。川湯にやって来るまで尾崎がどこでなにをしていたのか、悠は知らない。きっと敬蔵も知らないだろう。そんなことを気にするタイプではないのだ。

「まさかね……」

悠はスマホを勉強机の隅に置いた。

尾崎は人を殺せるような人間ではない。ちょっと無神経なところはあるが優しくて思いやりに溢《あふ》れている。だいたい、殺人を犯して逃げている人間がこんな辺鄙《へんぴ》な田舎で木彫り作家を目指すだろうか。エコミュージアムセンターで仕事をするだろうか。

敬蔵が家に入って来る物音に思考が中断された。

このところ、敬蔵は夕食の後もアトリエに移動して木彫りに没頭していた。個展は秋に予定されている。それに間に合わせようとしているのだろう。

浦野の話によると、これまで敬蔵は合同展に作品を出展したことはあるが、個人展はやったことがないそうだ。浦野が勧めても頑《かたく》なに断り続けていたという。

それが悠のために、自分から浦野に個展をやらせてもらえないかと頭を下げたのだ。

悠は問題集を閉じ、部屋を出た。敬蔵が缶ビールに口をつけていた。

「なにか、おつまみ食べる?」

敬蔵が目を丸くした。

「勉強はいいのか?」

夕飯の後片付けが終わったら勉強に集中するために家事はしない。一年前に敬蔵にそう宣言した。

「ちょっと一休み。里芋とイカの煮物がまだ残ってるんだ。あと、刺身コンニャクでよかったらすぐ出せるよ」

敬蔵がうなずいた。食べるという意味だ。

煮物を雪平鍋《ゆきひらなべ》に移して火にかけ、刺身コンニャクは薄くスライスしてチューブ入りの山葵《わさび》を添える。できあがったものを運んでいくと、敬蔵から木の香りが漂ってきた。作業服のあちこちに木くずがくっついている。

「寝る前にちゃんとお風呂入ってよ。このまま寝られたら、布団が大変なことになるんだから」

「わかってる。ありがとうな」

敬蔵は箸で摘《つま》んだ里芋を悠に向かって掲げた。

「どういたしまして」

「勉強は順調なのか」

悠はうなずいた。

「期末試験も学年で五番目だったし、模試もいい結果だった。先生も志望校合格間違いなしだって」

「そうか……毎晩、頑張っているからな」

「わたしからもありがとう、お爺ちゃん」

「やぶからぼうになんだ?」

「だって、わたしのために個展やるんだし、遅くまで木彫りしてくれてる」

敬蔵の顔から表情が消えた。照れると必ずそうなるのだ。

「本当に感謝してるの。それを知ってもらいたくて」

「家族のためだ」

敬蔵が言った。顔は無表情のままだ。

「家族のためにおれにやれることをやる。それだけのことだから、感謝する必要なんてない」

自分はここを出ていくのだ。出て、二度と戻らないつもりなのだ。それを知っていながら、敬蔵は悠のために学費と生活費を捻出しようとしてくれている。

「それでも、ありがとう」

敬蔵が缶ビールを飲み干した。

「もう一本、いいか？」

悠はうなずき、台所から新しい缶ビールを持ってきた。

「お爺ちゃん、尾崎さんって、ここに来る前はどこでなにしてたか聞いてる？」

「いいや。気になるのか？」

敬蔵はプルリングを引き、ビールに口をつけた。

「なんとなく、だけど」

「東京にいたんだろうぐらいのことしかわからん。おれは聞かないし、あいつも話さない。エコミュージアムセンターの評判はいいみたいだぞ。人当たりがいいし、どんな仕事も嫌がらずにやるし、パソコンも使える」

「パソコンぐらい、だれだって使えるよ」

「おれは使えん」

悠は肩をすくめた。

「尾崎さんってどういう人だと思う？」

「馬鹿だな」敬蔵の顔に表情が戻ってきた。「はんかくさいやつだ」

悠は微笑んだ。敬蔵は尾崎を気に入っているのだ。罵詈《ばり》雑言《ぞうごん》はその裏返しだった。

「木彫りをやりたいというだけじゃなく、羆やシマフクロウを実際に見てみたいそうだ。羆はともかく、シマフクロウなんて最近じゃ滅多にお目にかかれるもんじゃない」

「そういえば、わたしも見たことない」

「羆か？」

「羆もそうだし、シマフクロウも。お爺ちゃんの木彫りで見たつもりになってるだけ」

敬蔵の顔がほころんだ。

「おれの木彫りは本物より本物らしいぞ」

「尾崎さん、見に行くつもりなのかな……」

連れていきたいところがある――尾崎のメールが頭をよぎった。

「羆やシマフクロウを見に行くのか？　やめとけ。誘われても絶対についていくな。素人が山に入っても簡単に見られるわけじゃないし、無理をするとしっぺ返しを食らう」

「じゃあ、お爺ちゃんが連れていってよ」

「はんかくさい。おまえや尾崎を連れて行ったら、おれがこわくなるだけだ」

こわいというのは北海道の方言で疲れるという意味だ。

「家族のためなんだから、それぐらいいいじゃない」

悠は唇を尖らせた。

本物のシマフクロウを見てみたい。ふと心に宿った思いが、いつのまにか強烈な欲求に変貌を遂げていた。

＊　＊　＊

「お疲れさん」

大きな声と共に、制服姿の警官が姿を現した。雅比古はパソコンを操作していた手を止めた。

「竹谷《たけや》さん、ちょっと早くないかい」

警官に応対するためにセンター長の山口《やまぐち》が腰を上げた。

「みんな知っての通り、ゴールデンウィークと夏休み期間以外は、この辺りの警察は暇だから」

竹谷と呼ばれた警官が笑う。女子職員のひとりが給湯室に向かっていった。お茶の用意をするのだろう。

「とりあえず、会議室に」

山口が竹谷をいざなっていく。ふたりの姿が消えると、雅比古は戸塚啓子に声をかけた。

「今の人、どこの警察ですか？」

「弟子屈よ。弟子屈警察署勤務の竹谷巡査部長」

「なんの用なんですかね？」

「夏休みシーズンに向けて、観光客の事故とか迷子対策に警察と役場とうちが連携することになってるの。連携っていっても、たいしたことはできないんだけど。今日はその打ち合わせじゃないかしら」

「なるほど……」

雅比古はパソコンに向き直った。樹が口を割ることはない。わかっていても、喉が渇く。

樹が黙秘をしても、いずれ、交友関係から健吾の名前が浮かぶだろう。やがて、雅比古の存在も知られることになる。

「時間が足りないかな……」

雅比古は呟いた。

「あら、その入力作業、そんなに大変？」

戸塚啓子が訊いてきた。

「いえ。別の件で……ちょっと失礼します」

給湯室へ向かう。お茶を淹れ終えた女子職員が湯飲みをトレイに載せているところだった。

「ぼくが運びますよ」

女子職員からトレイを半ば奪うようにして会議室へ足を向けた。ドアをノックする。

「お茶をご用意しました」

「どうぞ」

山口の声が聞こえるのを待ってドアを開ける。竹谷は制帽を脱ぎ、リラックスした様子で微笑んでいた。

「あれ、新顔だね」

竹谷が雅比古に顔を向けた。

「はい。尾崎と申します」

トレイをふたりの間に置いた。

「言葉からすると道産子じゃないべさ」

「ええ。道内をいろいろ巡ってたんですけど、ここが気に入って、腰を据えようかなと」

「いいことだ、いいことだ。移住者が増えてくれないと、弟子屈町もじり貧だ。なあ、山口さん」

「それには、仕事が増えないとねえ。ここの景観や人情を気に入ってくれても、食い扶持《ぶち》を稼げないと移住しようにもさ……」

どうやら、ふたりの打ち合わせはとうに終わったらしかった。この調子で世間話に興じているのだ。

「それじゃ、失礼します」

「うん、頑張ってな。できれば、嫁も見つけて、子供をたくさん作ってくれると助かるわ」

「だれか紹介してくれますか?」

「都会の人間はわやだな。警察官に女を紹介しろってか」

竹谷が笑った。雅比古は一礼して会議室を後にした。

「どういう風の吹きまわし? お茶運びを買って出るなんて」

席に戻ると戸塚啓子が近寄ってきた。

「どんな人柄の警察官なのかなと思って」

「制服着てるだけで、ただの田舎のおじさんよ」

「そうみたいですね」

「忘れてたけど、あれ、今朝、杉山さんが尾崎君にって持ってきたの」

戸塚啓子がコピー機の脇にある棚を指差した。棚に数冊の本が積んである。

「なんだろう?」

「植物図鑑に動物図鑑、その他諸々《もろもろ》。これで、ガイドウォークの勉強しろだって」

「助かるなあ」

雅比古は図鑑を手に取った。どの図鑑もかなり年季が入っている。

「杉山さん、尾崎君のことが気に入ってるみたいよ」

「敬蔵さんといい、杉山さんといい、ぼくは年配の方に可愛がられるんですよね」

雅比古は微笑み、図鑑を脇に抱えて自分のデスクに戻った。

竹谷の反応を見るかぎり、警察はまだなにも摑んではいないようだった。

ズボンのポケットに押し込んでいたスマホが振動した。勤務中はマナーモードに設定してある。例の番号——健吾からの電話だった。

雅比古は電話に出る代わりにスマホの電源を落とした。今日中に新しいスマホを手に入れなければならない。

「戸塚さん、午後からちょっと外に出てもいいですか?」

「データ入力が終わったら、今日はなにしててもいいわよ」

「了解」

「夏休みシーズンに突入したら目が回るほど忙しくなるから、それまでにちゃんと充電しておいてね」

戸塚啓子の言葉に雅比古はうなずいた。

集中してデータ入力を終わらせたのは昼前だった。

＊　＊　＊

釧路まで車を飛ばし、スマホを買い換えた。ついでにスポーツ用品店まで足を伸ばし、トレッキングシューズを一足、手に入れた。

車の中で買ったばかりのスマホを設定し、報せるべき人間に新しい電話番号とメールアドレスを記したメールを一斉に送信した。

家賃が安く、食費も敬蔵の家で食べることが多いおかげで懐具合には余裕がある。これが昔の生活なら、スマホを買い換えるにも覚悟が必要だったろう。

スマホにインストールしたアプリで天気予報を確認した。午前中の予報では、明日は終日曇りということになっていたが、午後からは晴れるという予報に変わっていた。

悠にメールを打った。

『悠ちゃん、明日、出かけよう。五時半ぐらいに家に迎えに行くから。敬蔵さんには悪いけど、ひとりで晩酌しててもらおう。それから、電話番号とメアドが変わりました。登録し直しておいてください』

この時期の日の入りは午後七時前後だ。六時までにつつじヶ原に辿《たど》り着いていれば夕焼けには間に合うだろう。

途中のドライブスルーで買ったハンバーガーを頬張りながら車首を北へ向けた。真っ直ぐ川湯へ戻るつもりだったが、途中で気が変わった。弟子屈町で車を西に向け、阿寒湖を目指した。

久しぶりに浦野の顔が見たくなったのだ。

夏休み前の平日でも、浦野のホテルはそれなりに混んでいた。フロントに陣取る顔見知りのスタッフに挨拶し、浦野はいるかと訊ねた。

スタッフはロビーの一角を指差した。浦野が自ら、ロビーに展示している木彫りを磨いていた。上着は着ておらず、ワイシャツの袖をまくり上げている。このホテルではロビーのいたるところに、敬蔵をはじめとするアイヌの代表的な木彫り作家の作品が展示されている。

浦野は暇があればそれらの木彫り作品の置き場所を変え、磨き、眺めては悦に入っている。

「社長」

近づきながら声をかけると浦野が振り返った。

「あれま、尾崎君。さっき、メール受け取ったばかりだべさ。スマホ、変えたのかい？」

「ええ。スマホ買い換えに釧路に行ってたんですけど、帰ってくる途中でなんだか無性に社長の顔が見たくなって」

「嬉しいこと言ってくれるなあ。お茶でも飲もうか、尾崎君。おれが奢《おご》る」

浦野に背中を押されながらホテルを出た。阿寒湖畔に広がる観光地の奥にあるのが浦野のお気に入りの喫茶店だった。通りを見渡せる窓際の席に座り、浦野はコーヒーをふたつ、注文した。

「あ、尾崎君はコーヒーになまらうるさいんだったな。ここのコーヒーはいけると思うんだが、紅茶かなにかにするかい？」

「コーヒーで結構ですよ」

雅比古は笑った。

「で、敬蔵さん、どう？　個展用の作品どうなってるっておれが訊いても、ちゃんとやってるの一点張りでねえ。肝心の作品も見せてくれないのさ」

「毎日、夜遅くまで彫ってますよ」

「ほんと？　敬蔵さんが？　晩酌もせずに？」

「信じてください」

「いやいや、敬蔵さんを昔から知ってる人間にはちょっと信じられんわ。頑固で気ままで分からず屋ってのが敬蔵さんだ」

「でも、悠ちゃんのための個展ですから。敬蔵さんだってやる時はやりますよ」

「そうだなあ。悠ちゃんのためだもんな。たったひとりの家族だ。そら、敬蔵さんも頑張らないとなあ」

コーヒーが運ばれてきた。雅比古は口をつけた。例によって酸味がきつい。豆が酸化しているのだ。それでも、そこら辺の喫茶店で出されるコーヒーよりはましだった。

「社長は敬蔵さんの奥さんや娘さんと面識あったんですか？」

「敬蔵さんと知り合ったのはあの人が木彫りはじめてからだから、その時にはもう奥さんは亡くなってたし、娘さんは家を出た後だったな。だけど、話はいろいろ聞いてるよ」

「敬蔵さんと娘さんは仲が悪かったんですか？」

浦野が苦笑した。

「敬蔵さんは今よりずっと荒れてたのよ。特に、和人に対しては敵意剝き出しだったそうだ。それで娘さんもよくいじめられてたって話だ。そんなだから、仲がいいはずないわな。親父さんのせいで自分が辛い目に遭うんだから」

浦野が手をあげ、店員に向かって「お代わり」と告げた。浦野のカップはもう空になっている。

「よく親子で怒鳴り合う声が外まで聞こえてきてたそうだ。そんで、敬蔵さんが娘さんを殴る音がして、家の中は静かになったってな」

浦野の話す平野家の修羅場が簡単に想像できた。今でこそ敬蔵は丸くなったようだが、言葉の端々に荒く削られた刃物のようなものが顔を覗かせることがある。

「娘さんは高校入学と同時にこの町から出て行って、二度と戻らんかった。だれかが言ってたなあ。妹さんと同じだって」

「聡子さんですね」

「そんな名前だったかなあ。まあ、妹さんも敬蔵さんとの暮らしが嫌になって家出したって話だったな」

「川湯の住人で、聡子さんや悠ちゃんのお母さんのことよく知ってる人なんていないですかね……」

浦野のコーヒーが運ばれてきた。浦野は新しいコーヒーに口をつけると、首を傾げた。

「たしか、床屋のお婆ちゃんが幼馴染《おさなな》《じ》みじゃなかったかな」

「床屋って、小学校の近くにある美容院のことですか？」

「それだ、それ。藻琴《もこと》美容院だったかな。もう引退したお婆ちゃんがいるんだ。まだ死んだとは聞いてないから、元気にしてるんじゃないか」

「そのお婆ちゃんが聡子さんの幼馴染み……」

「それから、弟子屈に摩周食堂っていう定食屋があるんだが、そこの女将《おかみ》が敬蔵さんの娘さんの高校の同級生だわ」

浦野がまたコーヒーに口をつけた。

「したけど、そんなこと知ってどうするのよ、尾崎君？」

「いろいろあるんですよ。でも、助かりました。やっぱり、社長に会いに来たのは正解だったなあ。今度、お礼にコーヒー淹れますよ。ぼくの淹れるコーヒー、最高ですから」

雅比古はそう言って、浦野に頭を下げた。

19

中古の軽自動車を知り合いからただ同然で譲ってもらった。その軽自動車に乗って毎朝奥沢へ向かった。

途中、コンビニで買ったパンやお握りで腹ごしらえをしながら熊谷康夫が出勤するのを待つ。

黒いセダンがやってきて熊谷康夫が乗り込むのを確認すると、セダンを尾行する。月曜日から金曜日まで、セダンは判で押したように熊谷を自宅から会社まで送り届けた。

土曜日はゴルフ。黒いセダンの代わりに、熊谷自らがステアリングを握るシルバーのセダンが関東周辺のゴルフコースへと向かう。埼玉、千葉、群馬、神奈川——二ヶ月の間に、熊谷は神奈川県内にあるゴルフコースに三度足を向けた。おそらく、会員なのだろう。

やるとしたらそこしかない。ゴルフのプレイ中に、熊谷がひとりきりになる瞬間を狙うのだ。

日曜の深夜、いつものファミレスに集まってきた樹と健吾にそのことを告げた。

「ゴルフコースか……」

健吾が眉をひそめた。

「下手くそだから、よく林の中に打ち込むんだよ。ボールを探しに来た時がチャンスなんじゃないかな」

「他にもゴルフやってるやつらがいるのに、そんなところで襲って拉致する？　そんなことできるの？」

樹が言った。コーヒーを飲んでいる。

「スタンガンとか使えばなんとかなるんじゃないかな」

雅比古の言葉に健吾が笑った。

「おまえ、スタンガンで人が気絶するって思ってるわけじゃないだろうな」

「違うの？」

「あんなの、映画の中だけだ。感電して少しの間は身体の自由が利かなくなるだけで、気絶なんかしない」

「じゃあ、どうするんだよ。ナイフかなんかで脅して言うことを聞かせる？」

「これが一番なんだよ」

健吾が両腕で人の首を絞める仕種《しぐさ》をしてみせた。

「スリーパーホールド」

樹が言った。

「そう。スリーパーで落とすのが一番だ」

「へえ」

樹が感心したように何度もうなずいた。まるで、子供の会話だった。

自分たちは本当に人間を拉致しようとしているのだろうか。

ーます　そのゴルフ場を入念に下見しないとな」

健吾はミックスグリルのライスセットを綺麗に平らげていた。

「おれたちがゴルフやるの？」

樹が目を丸くした。

「馬鹿。夜、忍び込むんだよ」

「そうだよね、やっぱり」

「必要なものもリストアップしておかないとな。まず、車がいる。いつものハイエースを借りるわけにはいかないし……雅比古の軽じゃ小さすぎる。それに、隠れ家みたいなところも必要だろう。熊谷を拉致したら、そこに監禁する」

「福島に連れて行こうよ」

雅比古は口を開いた。

「福島？」

「立ち入り禁止地区なら、人目を気にせずに済むだろう。それに、責任を取らせるには絶好の場所だ」

「絶好っていうか、そこしかないよ」

樹がうなずいた。

「福島で謝らせるんだ。原発のすぐそばで」

「ああ、福島だな。あいつを福島に連れていこうぜ」

話がまとまった。樹も健吾も高揚した顔をしている。きっと自分もそうなんだろうな——雅比古はぼんやりと思った。

＊　＊　＊

コンロの火を止めた。尾崎の車がやって来る音が聞こえた。

エゾシカの肉を使ったポトフは悠の十八番《おはこ》だった。敬蔵も美味しそうに食べてくれる。

『ご飯は六時半に炊きあがるようにセットしてあります。ポトフを作ってあるので温めてから食べてください』

敬蔵に宛てたメモを食卓の上に置き、悠は玄関へ向かった。

どこへ連れて行かれるかわからないが、さすがにサンダルはまずいだろうとローファーを履いていると戸が開いた。

「スニーカーかなにかある？」

尾崎が言った。

「あるけど、どこに行くの？」

「つつじヶ原」

聞いたことはあるが、実際に行ったことはなかった。確か、この時期はイソツツジという花が満開になっているはずだ。

「ツツジを見に行くの？」

「ただのツツジじゃないよ。黄金色に輝くツツジなんだ。滝霧に匹敵する光景らしいよ」

「らしいって、尾崎さん、自分で見たわけじゃないの？」

「明るい時間に行ったことはあるんだけどね。さ、行こうか」

悠がスニーカーを履き終えると、尾崎が背を向けた。その背を追って車に乗り込む。エンジンを切るまではエアコンが効いていたのだろうが、西日が射《さ》し込む車内は汗ばむほどに暖まっている。尾崎がエンジンをかけると冷たい空気が流れ出てきて悠は溜息を漏らした。

「これぐらいの暑さで参ってたら、東京じゃ暮らしていけないよ」

尾崎がアクセルを踏んだ。車がゆっくり動き出す。

「やっぱり尾崎さん、東京に住んでたの？」

「生まれは東北だけどね。大学から東京」

「東京のどの辺に住んでたの？」

「調布《ちょうふ》ってところだけど」

「へえ。わたし、大学の学費までお爺ちゃんに出してって言えないから、高校卒業したら働くつもりなの。調布って家賃、高いのかな」

「港区《みなと》や渋谷区に比べたら安いけど、ここに比べたら犯罪的に高いかな」

「高卒のお給料で家賃払える？」

「なんとかなるよ、多分。お洒落《しゃれ》なマンションとかを期待しなきゃね」

「どうして東京からこんなところに来たの？　本当に木彫りのため？」

尾崎が微笑んだ。その横顔はどこか寂しげだった。

「ぼくみたいな人間は、東京にいるとどんどんすり減っていっちゃうんだ。今は、そのすり減った分を取り戻してる感覚」

「わたしは逆かな……」

悠は呟いた。

「どういう意味？」

「わたしはここにいると自分がすり減っていくみたいに感じる」

「そっか。人それぞれだからね」

エコミュージアムセンターが見えてきた。つつじヶ原は遊歩道のようなところを歩いていった先にあるはずだ。

「どれぐらい歩くの？」

「十分ちょっとかな」

駐車場には車が二台停まっているだけだった。尾崎は空いているスペースに車を停めた。

「スマホ忘れないでね」

「そういえば、尾崎さん、スマホ変えたんだよね。電話番号もメアドも新しくして」

「そう」

尾崎が車を降りた。後ろに回ってドアを開け、荷台にあったザックを背負った。

「お腹《なか》減ったら言って。お握りとサンドイッチ用意してるし、飲み物もあるから」

「うん」

尾崎がザックのサイドポケットに突っ込んであった霧吹きを取りだし、中の液体を自分にかけた。

「悠ちゃんも使った方がいいよ」

「なにこれ？」

差し出された霧吹きを手に取った。

「虫除け。杉山さんっていう人の特製なんだ。分けてもらった」

悠は虫除けを顔や剥き出しの腕にかけた。

「じゃあ、行こうか」

尾崎がエコミュージアムセンターに背を向けて歩き出した。悠も後を追う。

歩き出すともうそこは森の中だった。虫の羽音が聞こえるが近寄ってはこない。虫除けの効果なのだろう。

「ああ、森の中は気持ちがいい」

尾崎が言った。歩きながら深呼吸を繰り返している。確かに、森の外とは空気が違う気がした。

「なんでツツジをわたしに見せようなんて思ったの？」

「言ったじゃん。滝霧に匹敵する美しさだって。悠ちゃん、来年の春にはここから出ていくんだから、その前にこの辺りの綺麗な景色、全部見せてやりたいと思ってさ。敬蔵さんが悠ちゃんをそういうところに連れて行くとは思えないしさ」

「だって、雨の日の学校の送り迎えだって面倒くさがる人だもん」

「きっと、敬蔵さんが子供のときは、雨が降ろうが雪が降ろうが、台風が来ようが、自分で歩いて学校に行ったんだろうなあ」

「そうかもしれないけど……」

尾崎が責めているわけではないのはわかっていたが、なんだか後ろめたい思いに駆られてしまう。

「ほら、森の向こうに黄色い光が見える」

尾崎が前方を指差した。木漏れ日と呼ぶには鮮やかな明るい光が木々の間から森の中に射し込んでいる。

「ああ、よかった。日の入りは七時前後なんだけど、山に囲まれてるから、太陽がいつ沈むのかぜんぜんわからなくてさ。早めに出てきたから間に合ったみたい」

「間に合わなかったらどうするつもりだったの？」

「また別の日に誘おうと思ってたよ」

射し込んできた夕日が尾崎の屈託のない笑顔に不思議な陰影を与えていた。

「それ、適当すぎる」

「ここで暮らしてるとさ、適当でいいじゃんって思えてくるんだよね」

「東京にいる時は違ったの？」

「そうだね。肩肘張って生きてたかな。もうすぐだよ」

周りが明るくなってきた。森が途切れようとしているのだ。

「写真の準備はいい？」

「うん」

悠はスマホを手にし、カメラモードに切り替えた。

森を抜けると、そこは広大な大地が広がっていた。イソツツジの花々が夕日を浴びて金色に輝いている。東に聳《そび》えているのは硫黄山でその上の空も黄色みがかっていた。

花粉かなにかだろうか、細かい粒子のようなものが空気中を漂っている。平原を飛び回っている虫の羽も黄金色だ。なにもかもが幻想的だった。

「綺麗……」

「金色の絨毯《じゅうたん》を敷き詰めたみたいだね」

遊歩道の先に木で造ったデッキがあった。そのデッキに立ち、イソツツジの平原を見渡した。太陽が沈んでいくにつれ、平原を彩る光の色が少しずつ変わっていく。

悠は夢中で写真を撮った。隣に立つ尾崎も自分のスマホで写真を撮っている。

「一番の見頃は六月の終わりから七月の頭ぐらいまでらしいんだ。でも、これでも充分に綺麗だよね」

「うん」

「来てよかった？」

「うん」

「滝霧もそうだけど、自分が暮らしてるところにこんなに素晴らしい景観が広がってるなんて知らなかったでしょ？」

「うん。少し黙っててくれる？」

尾崎の声が煩わしい。写真を撮るのもやめた。なにも考えずに目の前に広がる景色に見入っていたかった。

どれぐらい経ったのだろう。金色の平原に影が差してきた。屈斜路湖の外輪山の影だ。太陽が山の向こうに沈もうとしていた。金色の光はやがて消え、伸びた影が平原のすべてを覆い尽くそうとしている。

「もう終わりなんだ……」

「短い時間しか楽しめないからいいんだよ。ここ、夜空も綺麗なんじゃないかな」

尾崎がベンチに腰掛けた。

「暗くなるまで待ってみようか？」

「帰り道、やばくない？　外灯もないし、真っ暗になっちゃうよ」

尾崎が得意げににやけた。ザックから懐中電灯を取りだした。

「米軍御用達のフラッシュライト。ＬＥＤなんだけど、真夜中でも昼間みたいに明るく照らしてくれるから心配なし」

「じゃあ、星空見てみようかな」

悠は尾崎の隣に腰掛けた。家に戻って受験勉強に勤《いそ》しむべきなのだが、ここを離れるのは後ろ髪引かれる思いがする。

尾崎がサンドイッチと水の入ったペットボトルを渡してくれた。少しずつ闇が濃くなっていく。イソツツジの花が放つ香りと、硫黄山から漂ってくる硫黄の匂いが入り混じり、独特の臭気が鼻をつく。

「悠ちゃんのお母さんって、どんな人だった?」

突然、尾崎が訊いてきた。

「どんなって、普通のお母さんだったけど」

「自分がアイヌの血を引いてるってこと、どう思ってたのかなあ」

「言わなかった」

悠は答えた。

「ん?」

「アイヌのことは一言も話さなかった。わたしも、ここに来るまで自分がアイヌだって知らなかったし」

「そうなんだ……」

「うん。パパは知ってたかもしれないけど、わたしはなんにも聞かされてなかったから……」

「なんだか雲行きが怪しくなってきたな」

尾崎の言葉に悠は首を傾げた。

「雲行きって、なにが？」

「空だよ、空」

空を仰ぎ見る。つい数分前までは青空が広がっていたのに、いつの間にか空の半分以上を雲が覆っていた。

「今日は星空無理そうだから、帰ろうか」

「そうだね。星空だったら、冬の方が綺麗だし。新月の時なんか、家から見上げる空もお星様でいっぱいだよ」

サンドイッチの食べ残しを口に押し込み、悠は腰を上げた。ペットボトルは持ったまま、懐中電灯で足もとを照らす尾崎と肩を並べた。

「お母さんに会いたい？」

尾崎が言った。

「うん。会いたい」

「ぼくも母に会いたい。会って訊きたいことがたくさんあるんだ」

「尾崎さんもお母さん亡くしているんだよね……」

尾崎がうなずいた。

「そっか……わたしもお母さんに訊きたいことがいっぱいあるんだ」

そこまで言って、悠は口を閉じた。先ほどの記憶がよみがえったのだ。

悠の横でスマホで写真を撮っていた尾崎——尾崎の持っていたのは同じスマホの新型のものだった。

悠はそっと尾崎の顔を盗み見た。尾崎は生真面目な顔で足もとを見つめていた。

20

「おばあちゃん、宅配便屋さんから荷物受け取って」

雅比古の髪の毛を切りながら、加藤晴美《かとうはるみ》が店の奥に叫んだ。晴美は藻琴美容院のたったひとりの美容師であり店主だ。

ガラス張りの店内から、外に停止した宅配便のトラックが見える。

「ここ宛ての荷物だってよくわかりますね」

雅比古は言った。

「時間指定で届くものがあるのよ。今、ちょうどその時間だから」

「なるほど」

トラックから降りてきた運転手が荷台にまわり、小ぶりの段ボールを脇に抱えてこちらに向かってくる。

「宅配便屋だって?」

店の奥から老婆が姿を現した。声を発しなければ子供と間違えてしまいそうなほど小さい。身長は百四十センチ台だろう。体重も三十キロそこそこしかなさそうだった。髪の毛は真っ白で、目も鼻も口も皺の中に埋もれている。

「こんにちは、宅配便です」

宅配便屋が店のドアを開けて入ってきた。老婆が伝票にサインして荷物を受け取った。

「この荷物、どこに置いておけばいいんだい?」

「台所のテーブルの上に」

「はいはい」

店の奥に戻ろうとした老婆が鏡に映った雅比古に視線を送った。

「あらまあ。見かけない人だね」

「尾崎と言います」雅比古は微笑んだ。「こないだから、エコミュージアムセンターで働いてるんです」

「内地の人かい?」

「ええ。ここが気に入って居着いてしまいました」

「こんな田舎が好きだなんて酔狂だねえ。やっぱり、内地の人ははんかくさい」

「平野さんのところで木彫りの弟子もやってるんだってよ」

　晴美が言った。

「平野って、敬蔵んとこかい」

「そうです。敬蔵さんの木彫りに魅せられちゃって」

「こんなとこに住みつくだけじゃなくって、敬蔵の弟子になるなんて、ほんとはんかくさいわ」

「おばあちゃん、お客様に失礼でしょ」

「いいんですよ。ぼく、本当にはんかくさいんです」

「今の若い子は面白いこと言うねえ」

　老婆が笑った。

「おばあちゃん、敬蔵さんの妹さんの幼馴染みだったって聞いたんですけど、本当ですか？」

「敬蔵の妹って言ったら、聡子のことかい？」

「ええ、そうです」

「昔はよく一緒に遊んだよ。父親からは、アイヌの子と遊ぶんじゃないって叱られたけど、気にしなかった。だって、聡子は賢くて明るくて、遊ぶと本当に楽しかったんだ」

「今度、聡子さんとの想い出話聞かせてくださいよ。敬蔵さん、そういうこと全然話してくれないんで」

「今度と言わず、今でもいいよ」

老婆はそう言うと、客の順番待ちのために用意してある合皮のソファにちょこんと尻を乗せた。

「お客さん、うちのおばあちゃん、話し出したら止まらないのよ。平気？」

「かまいませんよ。聡子さんってどんな人だったんですか？」

「本当に賢い子でねえ。勉強がよくできた。でも、あの頃だから、上の学校に行きたくても行かせてもらえなくてね。可哀想だったさ。アイヌの子が勉強してなんになるなんて意地悪なことを言う人もたくさんいたしね」

「おばあちゃん」

晴美が顔をしかめた。

「しょうがないよ。本当のことだもの。昔は酷かったんだよ」

「聡子さんが家出したのはそのせいなんですか？」

「それもあったけど、どっちかっていうと、敬蔵から逃げたかったんだよ。昔の敬蔵は人でなしだったからね」

「いろんな人がそう言ってますね」

「あれも、孫娘が来てから変わった。えらいびっくりしたわ。だったら、聡子や娘さんがいる時に変わってればよかったのに。本当にはんかくさい男だ」

老婆の皺が波打った。おそらく、顔をしかめたのだろう。

「敬蔵さんの娘さんもご存知なんですか？」

「小さな町だからね、みんな顔見知りだよ。敬蔵の娘っていうより、聡子の娘みたいだった。顔も似ていたし、勉強ができるところもそっくりだった」

「早くに家を出たことも」

雅比古の言葉に老婆がうなずいた。

「そう。妹にも娘にも見捨てられたのさ、あの男は」

「おばあちゃん」

「あんただって、昔、敬蔵が酔っぱらってわめきながら歩いてたのを覚えてるだろう？　あいつのだみ声が聞こえると、怖いって言ってわたしに抱きついてきたじゃないか」

「子供の頃の話じゃないの。お客さん、頭流しますから、こちらへどうぞ」

髪のカットを終えた晴美が雅比古に言葉を向けた。鏡に映る髪型は雅比古の注文どおりだった。

「晴美さん、カット上手じゃないですか。都会でもやっていけますよ、この腕なら」

雅比古は言いながらシャンプーチェアに移動した。

「内地の人は口がうまいんだから」

「おばあちゃんは聡子さんがどこに行ったか、知ってるんですか？」

雅比古は訊いた。

「最初は札幌に行ったんだよ。列車を乗り継いでね。住み込みで新聞配達をやってお金を貯めたって。そのお金で今度は東京に行ったんだ。東京なら、アイヌって言われることもないからってね」

悠も同じ理由で都会に出たがっている。今の時代でも辛いなら、昔はもっと辛かったに違いない。

「倒しますよ」

晴美の声と共にチェアがリクライニングしはじめた。目にタオルをかけられ、シャワーから水が迸《ほとばし》る音が聞こえた。

「銀の滴降る降るまわりに、金の滴降る降るまわりに」

老婆が言った。

「ユーカラですね」

「聡子はこれが好きでねえ。いつも口ずさんでたし、このユーカラの載ってる本を持ち歩いてたよ」

母が口ずさんでいたユーカラが耳によみがえった。

銀の滴降る降るまわりに、金の滴降る降るまわりに——切なくて、胸が締めつけられる。

「聡子さんが上京したあとも手紙のやりとりはしてたんですか」

「最初のうちはね。だけど、月に二回来てた手紙が月に一回になり、二、三ヶ月に一回になり、半年に一回、一年に一回、そして音信不通。よくあることさ」

晴美がシャンプーをはじめた。

「聡子さんの東京の住所ってわかります？」

「確か、杉並《すぎなみ》じゃなかったかな。喫茶店でウェイトレスの仕事してたはずだよ」

「手紙はまだ持ってるんですか？」

老婆が首を振る気配が伝わってきた。

「もうずいぶん昔に処分したよ。とってても仕方ないしさ」

「ですよねえ」

「聡子はこの空の下、どこかで生きているのかねえ」

老婆の呟きを聞きながら、雅比古は目を閉じた。

祖母が亡くなって死亡届を出した時に戸籍謄本を見たのだ。祖母には親も兄弟も親類もいなかった。本籍地は東京の杉並になっていた。

　母に訊ねると、「おばあちゃんは孤児だったのよ」という答えが返ってきた。

　生まれてすぐに捨てられ、施設で育った。その施設が区にかけ合って祖母の戸籍を作ってくれたのだ、と。

　あの時はその話を素直に信じた。

　今では、祖母が敬蔵の妹なのだという思いが頭から離れない。

　自分にもアイヌの血が流れているのだ。母が敬蔵の木彫りを大切に扱い、ユーカラを口ずさんでいたのは祖母からすべてを聞いていたからに違いない。

「したっけ、なんだってそんなに聡子のことを知りたがるんだい」

　老婆が言った。

「なんとなく気になって……おばあさんは聡子さんのことが好きだったんですね」

　家族と故郷を捨て、どうやったのかはわからないが嘘の戸籍を作らねばならなかった人生だが、祖母には幼馴染みがおり、愛する男と出会って母を生んだのだ。

「ハナだよ」

　老婆が言った。

「おばあちゃんじゃなくてハナ。華麗って書く華。華さんと呼んでおくれ」

「ありがとうございました、華さん」

雅比古は言った。心の底から華に感謝していた。

＊　＊　＊

健吾が坂道の途中で車を停めた。右手が杉林の丘になっている。丘の向こうは熊谷康夫が会員になっているゴルフ場の敷地だった。

「この辺りだな」

樹がゴルフ場のパンフレットを広げた。

「この丘の上は多分、七番ホールだよ」

七番ホールはドッグレッグになっている。下手くそが力むとよく林の中に打ち込んでしまうらしい。樹がこのゴルフ場でキャディのバイトをしている中年女性と親しくなって聞き込んできた。

「結構急だな」

丘を見上げながら健吾が言った。

「だけど、ここ、車も人通りもほとんどないよ」

雅比古は登ってきた道を見おろした。

「時々ゴルフボールが飛んできて車に当たることがあるんだってさ。それを嫌って地元民はこの道避けるってよ」

　樹が言った。キャディのおばさんはなかなかの情報通らしい。

「おれ、ちょっと登ってくるから、おまえら見張りよろしく」

　健吾がガードレールを乗り越え、丘の斜面に取りついた。目立たぬように腰を屈めたまますするすると登っていく。

「さすが元自衛官。おれ、途中でばてちゃいそう」

　樹が顔をしかめた。

「ぼくも一気に登る自信はないな」

　雅比古は答えた。

「だけどさ、林に打ち込むやつが多いって言ったって、熊谷が必ず林に打ち込むわけじゃないだろう？　あいつがこのゴルフ場に来るたびに待ち伏せして、林に打ち込んでくれるのを祈って待ってるわけ？」

「それしかない。って健吾が言ってたじゃないか」

「そりゃそうなんだけどさ」

　健吾の立てた計画はシンプルだった。足のつかない車と隠れ家を調達する。ゴルフ場で熊谷が林に打ち込むその時を辛抱強く待つ。その時が来たら、スリーパーで熊谷を落とし、車に連れ込んで立ち去る。とりあえず隠れ家で数日を過ごして警察の捜索をやり過ごし、それから福島に向かって熊谷が福島県民に謝罪する様子を動画に収め、ネットで配信する。

それだけだ。

「隠れ家の目処《めど》はついたのか？」

雅比古は樹に訊いた。

「うん。昔のバイト先の知り合いが、木更津《きさらづ》の方にある倉庫を教えてくれた。倉庫を所有してた会社が倒産しちゃって管理も杜撰《ずさん》だから、出入り自由らしいよ。今度、健吾と一緒に下見してくる」

「ここから木更津までって、結構遠いよ」

「うん。でも、よりどりみどりってわけにはいかないだろう」

「そうだね」

「そうなんだよ。健吾が車に連れ込んじゃいさえすれば、後はどうにでもなるって言ってるし」

「アマチュアとしては、元自衛官の仰せに従うのがベストか」

樹がうなずいた。

「雅比古は本気なんだね」

「本気って？」

一全然迷いがない。おれなんかさ、結構、マジでやるの？　ってしょっちゅう迷ってる」

「だって……」雅比古は唇を舐めた。「だれかが責任取らなきゃだめじゃないか」

健吾が丘の斜面を下ってきた。

「行けるぜ。林は結構広くて、フェアウェイまでは距離がある。身体が隠れるぐらいの木もたくさんあるしな。ひとりだけ林に打ち込んでボールを探しに来たら……」

健吾は右腕を曲げてみせた。

「これで落として、抱えて斜面を駆けおりる。時間との勝負だぞ。一緒にまわってる連中がいぶかしく思う前に車に連れ込んで立ち去るんだ」

健吾は興奮しているようだった。

「うまくいくかな？」

樹が言った。

「うまくいく、じゃねえ。うまくやるんだ」

健吾が樹をたしなめた。

＊　＊　＊

夏休みがはじまった。川湯の周辺にもちらほらと観光客の姿が目立つ。行き交う車にも「わ」ナンバーが混じっていた。

観光客の多くはカーディガンなどの薄手の上着を羽織っている。悠には暑くてたまらないのだが、内地の人間には肌寒いらしい。

普段は人の姿も滅多に見ないバス停に、同級生たちが集まっていた。弟子屈の学習塾に通うためだ。進学校を目指す生徒たちは夏休みは川湯と弟子屈を往復して過ごすことになる。

悠はバス停から離れたところで足を止めた。バス停に集まっている同級生たちは悠をからかったりいじめたりはしない。それでも足が自然と止まってしまう。

敬蔵に見られたら、情けないと笑われるだろう。敬蔵は自分がアイヌであることを恥じてはいない。いや、きっと誇りに思っている。幼い頃から和人の差別や偏見と戦い、猟師として、木彫り作家として和人たちに自分を認めさせてきたのだ。

敬蔵のようになりたいと何度思っただろう。他人の目など気にせず、自分の進みたい道を真っ直ぐに進んでいくのだ。

問題は自分の進みたい道が見つからないことだ。今、悠の頭にあるのはこの町から出たい。自分はアイヌだと常に意識せずに済むところで暮らしたい。それだけだった。

悠は自分の身体にアイヌの血が流れているとは知らずに育った。両親が死に、敬蔵に引き取られて初めて自分の出自と向き合ったのだ。

学校で初めてからかわれた時のことは一生忘れないだろう。同級生の心ない言葉に、魂が引き裂かれたような胸の痛みを覚えた。

あの時のことを思い出すだけで足が竦《すく》む。どこにも行けなくなってしまう。

物心ついた時から自分がアイヌだと自覚していれば違ったのだろうか。もっと逞《たくま》しくいられたのだろうか。

バスが来て停留所に停まった。同級生たちが乗り込むのを待って、悠もバスに足を向けた。顔を伏せ、運転手のすぐ後ろの席に腰をおろす。同級生たちは後部の席に陣取っていた。

バスが動き出した。悠は鞄の中から数学の参考書を取りだした。国語や英語には自信があるが、数学や理科は苦手だった。この夏休み中になんとか克服したい。

参考書を読むのに夢中になっているとあっという間に時間が経過する。気がつけば、学習塾の最寄《もよ》りの停留所にバスが近づいていた。参考書を鞄にしまい、降りる支度をする。乗った時と同じように、同級生たちが降りるのを待ってから腰を上げた。悠がバスを降りた時には、彼らはとっくに学習塾のある建物の中に消えていた。

塾の教室でも、悠は出入り口に近い端の席に座った。

国語、数学、理科、社会に英語。夕方までびっしり授業が続く。昼休みには外に出て、遠くの公園まで歩く。そこのベンチで自分でこしらえた弁当を食べ、また塾へ戻るとちょうど午後の授業がはじまる時間になる。

授業が終わるのは夕方で、同級生たちが乗り込むのを待って、悠もまたバスに乗る。来た時と同じ席に座り、同じように参考書を開き……

「平野さん、ちょっといい？」

ふいに声をかけられて、悠は胸を押さえた。心臓が高鳴っている。

「なに？」

振り向くと、同じクラスの高階沙耶《たかしなさや》が笑顔を浮かべていた。

「平野さんって、英語が得意だったよね。今日の例題でちょっとわからなかったところがあるんだ。よかったら、ちょっと教えてくれない？」

「う、うん」

声が掠《かす》れてしまった。自己嫌悪に陥りそうになったが、沙耶は屈託のない笑顔を浮かべたまま悠の後ろの席に座った。

「関係代名詞のところなんだけど……」

沙耶の英語の参考書はいたるところにアンダーラインが引かれていた。

「こないだの模試、英語の点数ぎりぎりだったの。結構焦ってるんだ。理数系はだいじょうぶなんだけど……」

「わたしは逆。国語や英語はだいじょうぶなんだけど、理数系がちょっとやばくて」

「わからないことがあったら訊いて。お互いに得意分野を教え合うの。ここなんだけど――」

沙耶が参考書に書かれた例文を指差した。

「これはね、こう考えるとわかりやすいの」

悠は例文をいくつかの文節に分け、和訳する時のコツを教えた。

「ほんとだ。そうやればすぐにわかる……。じゃあ、これは？」

悠は沙耶が指し示した別の例文もすらすらと和訳した。

「例文が長くても基本は同じ。単語の意味さえ頭に入ってればなんとかなるよ」

「助かるなあ。そんなの、学校の先生も塾の先生も教えてくれなかったよ」

「スマホで検索してたら、東大に一発合格したっていう人の受験勉強の手ほどきみたいなブログ見つけたの。そこに載ってた」

「なるほど」

沙耶は相槌《あいづち》を打ったものの、その目は参考書の例文に釘付《くぎづ》けだった。次から次へと例文に目を通してはひとりでうなずいている。頭の中で和訳しているのだろう。

「凄いよ。平野さんのおかげで今まで苦労してた関係代名詞入りの英語、すぐに訳せるようになっちゃった」

「コツを覚えると楽だよね」

悠は微笑んだ。

「これからもわからないことあったら訊くから、教えてね。平野さんも遠慮しないでわたしに訊いて」

「でも、いいの？」

おそるおそる訊いた。

「いいって、なにが？」

「わたし……」

アイヌだからという言葉を悠は飲みこんだ。

「ああ」沙耶がうなずいた。「クラスの中にはアイヌがどうしたとかいろいろ言うやつらもいるけど、わたしは気にしないから。ほら、わたし、道産子じゃないから」

そう言われて思いだした。沙耶の両親は移住者だったのだ。夫婦ふたりで農業を営んでいるはずだ。

「両親はさ、わたしにここに残って農場を継いで欲しいみたいなんだけど、やっぱ都会が恋しくて。北海道の大自然もいいんだけど……平野さんは釧路の高校受験するの？」

「うん、そのつもり」

本当はもっと遠くの学校に行きたかった。釧路は近すぎる。

「わたし、できれば札幌の高校に行きたいんだけど、下宿代とか出せないみたいなのよね。わたしも釧路かな……高校受かったらどうするの？　親に送ってもらって通学？」

悠は首を振った。

「下宿する予定。お爺ちゃんもそれでいいって言ってくれてるし」

「あ、ごめん。平野さん、ご両親亡くしてるんだったね。無神経なこと言っちゃった」

「いいの。気にしてないから」

「あのさ、平野さんってＬＩＮＥやってる？」

「うん」

「グループ作ろうか。わたしと平野さんだけの」

「いいけど」

「他の人は絶対に誘わないから」

「ありがとう」

川湯に着くまで沙耶と延々と話し合った。バスを降りると手を振り合って別れた。他の同級生たちが奇異の目を沙耶に向けていた。いつもと違ってそれが気にならない。川湯に来てから初めてと言っていいぐらい晴れやかな気持ちだった。

21

夏の観光シーズンがはじまると時の流れが一気に加速した。通りは観光バスやレンタカーが行き交い、ホテルや旅館も活況を取り戻す。エコミュージアムセンターにもひっきりなしに観光客が訪れて、雅比古たちスタッフはその対応に追われる一方だった。

休む間もなく動き回って、気がつけば就業時間がすぎている。毎日がその繰り返した。

敬蔵のところに顔を出す機会も激減していた。敬蔵は個展のための制作に没頭している。できればその様子をつぶさに観察したいが、時間には限りがある。

目の回るような忙しさが一段落したのは、やはりお盆休みが終わった後だった。観光客が姿を消したわけではないが、慣れも手伝って時間を有効に使えるようになってくる。

「今日は早上がりしてもいいわよ」

戸塚啓子の声に雅比古は破顔した。

「遠慮なくそのお言葉に甘えさせてもらいます」

デスクの上を手早く片づけ、敬蔵の家に向かった。

母屋に人の気配はなかった。悠は夏休みの間、弟子屈の学習塾に通っている。アトリエからは敬蔵が木を削る音が聞こえてくる。

「ご無沙汰してます」

声をかけながらアトリエに入ったが、敬蔵は顔を上げもしなかった。一心不乱に木に鑿《のみ》を入れている。

雅比古は息を呑んだ。

敬蔵が彫っているのは一頭の狼だった。丘の上に立ち、全身の毛を逆立ててなにかを睨んでいる。開いた口から覗く牙は研ぎ澄まされた刃物のようで、今にも唸《うな》り声が聞こえてきそうだった。

毛の色は灰色だ。木を彫っただけで塗料が塗られているわけでもないのに雅比古はそう思った。灰色の見事な毛をまとった孤高の狼に敬蔵が命を吹き込もうとしている。

敬蔵は刃先の細い彫刻刀に持ち替え、狼の目を刻みはじめた。右目を削り、左目を削り、彫刻刀を作業台の上に置いて深い溜息をつく。

「完成ですか？」

雅比古の声に、敬蔵はゆっくりと顔を上げた。頬が痩《こ》けている。眼窩《がんか》も落ちくぼんでまるで病人のようだった。

「彫るのは終わりだ。あとで紙ヤスリで磨いてニスを塗れば完成だな」

敬蔵は唇を舐めた。

「コーヒー淹れてきましょうか？」

「後でいい」

敬蔵の声も仕種もくたびれている。相当根をつめたのだろう。

「しかし、凄い迫力ですね、この狼」

「羆の匂いに出くわしたんだ。それで毛を逆立てている。あっちにもおまえが来ない間に仕上げたのがある」

敬蔵がアトリエの奥の棚を指差した。中段の棚に別の狼が鎮座していた。

これもまた丘の上、空に向かって吠《ほ》えている。敬蔵の目の前にある狼とは違って
その表情には孤独が彫り込まれていた。

「遠吠えで仲間を呼んでるんですね」

「よくわかるな」

「わかりますよ。だれが見たって遠吠えしている狼です」

「母屋に戻ろう。ひとっ風呂浴びてビールを飲みたい」

敬蔵が腰を上げた。いつものようにしっかりした足取りでアトリエを出て行く。

雅比古はその後を追った。

「食事はちゃんと取ってるんですか？　しばらく見ないうちにずいぶん痩せちゃっ
たけど……」

母屋に入ると、敬蔵はすぐに風呂の支度をはじめた。雅比古は台所に向かった。

コンロの上に載っているのはケトルだけだった。冷蔵庫を開けても、いつもなら悠
が用意しているはずの敬蔵の食事が見当たらなかった。

「悠ちゃんと喧嘩でもしたんですか？」

「しとらんぞ」

風呂場の方から敬蔵の声が返ってくる。

「おかず、作ってもらってないじゃないですか」

「あれはあれで忙しいんだ」

敬蔵が風呂場から戻ってきた。

「今までどんなに忙しくても敬蔵さんの食事の支度はちゃんとしてたじゃないですか。それが夏休みだからって変ですよ」

雅比古は食い下がった。

「友達ができたんだ」

「友達？」

「和人の子だ。内地から移住してきたから、悠がアイヌの血を引いているからといって色眼鏡では見ないらしい。こっちに来てからは見たことがないっていうぐらいはしゃいでなあ。塾から戻ったら、その子の家に行ってまた勉強だと。あんまり喜んでるから、おれの飯のことはいいとつい言ってしまった。悠が来る前はなんでも自分ひとりでやってたんだ。飯だって自分で作れる」

「でも、痩せちゃったじゃないですか。なにを作って食べてたんですか？」

敬蔵の目が泳いだ。雅比古はシンクの上の収納棚を開けた。カップ麺《めん》が大量に置いてあった。

「まさか……」

「最近のカップ麺は旨《うま》いな。三食それでも飽きん」

「子供じゃないんだから、毎日カップ麺で身体がもつわけないじゃないですか」

「夏休みが終われば、悠がまた食事の支度をしてくれる」

呆《あき》れてものが言えなかった。雅比古はもう一度冷蔵庫を開けた。大根や人参《にんじん》などの根菜以外、まともな食材が入っていない。

「なにか食べるもの作りますから、ゆっくり風呂につかっててください」

乱暴な口調で言って、冷凍室を開けた。エゾシカの肉が詰まっている。

敬蔵が風呂を浴びに行った。

雅比古はエゾシカの肉をレンジに入れた。肉が解凍されるのを待つ間に鍋に湯を沸かし、昆布で出汁をとる。米を研いで炊飯器のスイッチを入れた。乾燥ワカメを水で戻し、出汁で味噌汁を作った。

味噌汁の味見をしていると肉の解凍が終了したことを告げる音が鳴った。肉をスライスし、大根と人参も薄いイチョウ切りにする。

顔見知りになった地元の人間たちからよくエゾシカの肉をもらう。おかげでエゾシカ料理もお手の物だ。

中華鍋で油を熱し、煙が立ったところで肉と野菜を炒めはじめる。塩胡椒と冷蔵庫にあったジンギスカンのタレで味付けした。

ご飯が炊きあがるのを待っていたというように、敬蔵が風呂からあがってきた。スエットの上下に着替え、バスタオルで頭を拭きながら台所にやって来る。冷蔵庫から缶ビールを取り出すと、旨そうに飲みはじめた。

「いい匂いだな」

「冷蔵庫の中がほとんど空っぽなんで、おかずは一品だけですけど文句はなしですよ」

「ここしばらくずっとカップ麵しか食ってなかったんだ。文句なんかあるか」

ご飯と味噌汁、エゾシカ肉の炒め物を食卓に並べていると、ビールを飲み干した敬蔵が冷蔵庫から新しい缶を取りだした。

「おまえも飲むか?」

「車ですから」

「この時期はな、警察も取締りを控えるんだ。夏しか来ない観光客を取締りで引っ張ったらますます足が遠のくと怯《おび》えてな。はんかくさい」

「それでも飲酒運転はだめですよ」

雅比古は答えた。飲酒運転に限らず、警察の目を引くようなことはやってはならないのだ。

「いただきます」

　敬蔵が席に着くと、雅比古は両手を合わせた。敬蔵はなにも言わずに箸を手に取った。

「旨いじゃないか」

　エゾシカ肉の炒め物を頰張り、敬蔵が目を細めた。

「ジンギスカンのタレは万能調味料ですから」

　雅比古も炒め物に箸を伸ばした。

「悠ちゃん、いつも何時ごろ帰ってくるんですか？」

「九時ぐらいかな。帰ってきてもすぐに自分の部屋にこもって、ＬＩＮＥだかなんだかをやっているぞ」

「悠ちゃん、本当に嬉しいんですね。新しい友達ができて」

「こっちに来てからは初めての和人の友達だからな」

「初めてって、和人だってアイヌを差別する子ばかりじゃないでしょう」

「生まれた時からここで育ってりゃ、幼馴染みもいるさ。和人のな。だが、悠はよそから来た。馴染むのも簡単じゃない」

「そういうもんですか」

「そういうもんだ……ひとりで飲んでてもつまらん。おまえも飲め」

雅比古は敬蔵の表情をうかがった。目が据わっているわけではない。表情も明るかった。

酔いがまわっているわけではない。作品を仕上げた昂揚感《こうようかん》に浸っているのだ。

「泊まっていけばいい。悠にはおれから言っておく」

「じゃあ、いただきます」

雅比古は立ち上がり、冷蔵庫から缶ビールを取ってきた。プルリングを引くと気持ちのいい音がした。缶を掲げた。

「作品の完成に」

「まだ完成じゃないと言っただろう」

敬蔵はそう言ったが、自分の缶を雅比古の缶にぶつけてきた。雅比古はビールに口をつけた。

「美味い」

「悠がな、本当に嬉しそうな声を出す」

敬蔵が言った。

「その和人の子と電話で話している時だ。おれはそんな声、ついぞ聞かせてもらったことがない」

雅比古はビールを啜りながら敬蔵の言葉に耳を傾けた。

「悠にだけはしあわせになってもらいたいとおれなりに頑張ったんだがなあ。自分を抑えこんだ。もうこの年になったんだからいいだろうって自分に言い聞かせてな」

敬蔵がビールの缶を握りつぶした。中身は空だった。腰を上げ、廊下の方に歩いていく。戻ってきた時には焼酎の一升瓶をぶら下げていた。

敬蔵は自嘲するように微笑んだ。

「だれかから聞いているかもしれんが、おれは酒癖がわやでな」

「知ってます」

雅比古は台所からガラスのコップをふたつ、持ってきた。敬蔵が焼酎を注いだ。

「そのせいで、妹にも娘にも愛想を尽かされた。ふたりともおれを捨てて出ていったんだ」

「知ってます」

敬蔵が焼酎を飲んだ。雅比古も口をつけた。アルコール度数が高い。喉が灼《や》けそうだった。まだ残っていたビールで口の中の焼酎を洗い流した。

「悠にだけは酒で迷惑をかけんと決めた。自分でも驚いたことに、これまでちゃんと守ってきた。それなのに、悠は出ていく。おれを捨てていく」

敬蔵は焼酎を舐めるように飲んだ。遠くを見つめるような目は、遠吠えする狼の木彫りのそれとよく似ていた。

あの狼と同じように敬蔵も仲間を求めているのだ。孤独に倦《う》んでいるのだ。

「敬蔵さん、酒ばかり飲んでないで、ちゃんとご飯も食べてください」

雅比古は言った。敬蔵が顔をしかめた。

「わかってる」

敬蔵はコップを置き、冷えてしまった食事を口に運んだ。

「悠ちゃんはいい子です。ここを出ていっても立派に生きていきますよ」

「わかってる」

敬蔵の唇の端に米粒がへばりついていた。雅比古は手を伸ばしその米粒を摘んで口に運んだ。

「なにをしてるんだ、はんかくさい」

敬蔵が顔をしかめた。雅比古は微笑んだ。

＊　＊　＊

悠が帰ってくる前に寝る――敬蔵はそう言って自分の部屋に消えていった。ほどなく鼾が聞こえてきた。時刻は九時前だった。

後片付けを済ませると、コーヒーを淹れた。敬蔵が思いのほか早く酒を切り上げたのでそれほど酔ってはいない。コーヒーを飲み、しばらく休めば車を運転してもだいじょうぶだろう。

淹れたてのコーヒーを啜りながらテレビのスイッチを入れた。雅比古の家にはテレビはない。テレビを見るのは久しぶりだった。

ドラマやバラエティ番組には興味がなかった。ニュースを流しているＮＨＫにチャンネルを合わせた。

健吾の顔写真が映し出されていた。

『警視庁は今日、元東電社長、熊谷康夫さん殺人事件で、東京都三鷹《みたか》市の中田健吾容疑者を指名手配しました。

警視庁によると、勾留中の毛利樹容疑者の交友関係を調べているうちに、中田容疑者の存在が浮かび上がってきたとのことです』

樹と健吾が反原発集会やデモにたびたび顔を出していた――アナウンサーが原稿を読み上げる声が耳を素通りしていく。

警察は樹を捕まえ、健吾の存在も把握した。雅比古のことが知られるのも時間の問題だろう。

「あと、どれぐらいあるのかな……」

呟きながらテレビを消した。またコーヒーを啜る。ついさっきまではっきりと感じ取れていた香りや旨味が失われていた。ただ苦いだけだ。

「ただいま」

玄関で悠の声が響いた。雅比古は両手で顔を叩き、笑みを浮かべた。

「お帰りなさい」

玄関まで出迎えにいくと、悠が怪訝《けげん》そうに雅比古を見つめた。

「敬蔵さんの作品がひとつ、仕上がったんだ。それで、ちょっとだけ祝杯をあげてた。もう少ししたら帰るから」

「お爺ちゃんは?」

「もう寝たよ」

悠は雅比古の脇をすり抜け、居間へ向かった。

「尾崎さんがお爺ちゃんの食事用意してくれたの?」

「久しぶりに顔見たらげっそりやつれてるんだ。なにかちゃんとしたものを食べさせないとと思ってさ」

「ちゃんとしたもの? お爺ちゃん、自分でご飯作って食べてるって――」

「ここのところ、朝昼晩、カップ麺だって」

「嘘」

悠が自分の爪を噛みはじめた。弟子屈の塾へ通い、帰ってからも新しくできた友達の家へ行く。少なくともこの数日は、敬蔵の顔もまともに見ていないのだろう。見ていれば、敬蔵の異常なほどの痩せ方に気づく。悠は敬蔵を疎ましく思っているが、憎んでいるわけではないのだ。

「お爺ちゃんが、夏休みの間はおれのことは気にしなくていいって言ったから……」

「木彫りの仕上げが佳境に入ってたんだ。きっと、食事を作る時間ももったいなかったんだよ」

「言ってくれればいいのに。そしたら、わたしが食事作ってあげたのに」

「友達ができて、悠ちゃんが凄く楽しそうだって言ってたよ。きっと、悠ちゃんの邪魔をしたくなかったんだ」

悠が爪を噛むのをやめた。

「わたしが楽しそうだってお爺ちゃんが言ったの？」

「ここに来て住むようになってから、あんなに嬉しそうな悠ちゃんを見たことがなかったってさ」

「だからってカップ麺しか食べないなんて、馬鹿みたい。子供じゃないんだから」

雅比古は笑った。

「ぼくも同じことを言ってやったよ」

「明日から、ちゃんとご飯の用意していく」

「そうしてあげて。敬蔵さん、自分からは絶対に悠ちゃんにはなにも言わないからさ」

「ありがとう」

悠が言った。素っ気ない口調だが、心がこもっているのは伝わった。

「どういたしまして。さ、ぼくはそろそろ帰るよ。お邪魔しました」

玄関で靴を履く。背中に悠の視線が突き刺さっていた。

「東電の元社長が殺された事件、新しい容疑者が指名手配されたね」

雅比古が振り返ろうとした瞬間、悠が口を開いた。

「そうなんだ。テレビも見ないし新聞も読まないから、世の中のことには疎くなっちゃうな」

雅比古は咄嗟に取り繕った。

「スマホがあるじゃない」

「ここのところ、仕事が死ぬほど忙しくてさ、家に帰ったらばたんきゅー。朝もぎりぎりまで寝て出勤だから、スマホをいじる時間もないよ」

「そうなんだ。でも、忙しいのももうちょっとだよ。八月が終わったら静かになるから。次に騒がしくなるのは紅葉の季節かな。でも、ゴールデンウィークや夏休みに比べたら全然平気」

「うん。もう一踏ん張りするよ。じゃあ、おやすみ」

「おやすみなさい」

悠の声を聞きながら外へ出、車に乗った。酔いは完全に醒《さ》めていた。

なぜ悠は急にあんなことを口にしたのだろう。受験を控えた中学生が気にかけるようなニュースだとはとても思えない。

エンジンをかけながら家の方に目を向けた。悠の部屋の明かりがともった。

それだけだった。待っていてもなにも起こらず、ただ家を取り巻く闇が濃くなっていくだけだった。

＊　＊　＊

ゴルフボールが松の木に当たって跳ね返った。かなり曲げてしまったらしい。ボールが落下したところからはフェアウェイはまったく見えなかった。

「熊谷だ」

地面に伏せて双眼鏡を覗いていた健吾が言った。雅比古は車で待機している樹に電話をかけた。

「熊谷が林の中に打ち込んだ。エンジンかけておいて」

「了解」

「二人目はフェアウェイど真ん中」

熊谷はゴルフ仲間ふたりと一緒にラウンドしている。他のふたりのどちらかが熊谷と同じように林に打ち込んできたら、今日は撤収だ。

前回は熊谷が林に打ち込むことはなかったし、その前は一緒にラウンドしていた三人が三人とも林に打ち込んできた。

「そろそろケリつけたいよな」

健吾の独り言のような呟きに雅比古はうなずいた。

ドライバーがボールを叩く音が聞こえた。

「よっしゃ」健吾が拳を握った右手を突き上げた。「三人目は右に曲げた。熊谷がひとりでこっちに来るぞ」

健吾は双眼鏡を外し、目出し帽を被った。雅比古もそれに倣い、背中に背負っていた軍用の大型ダッフルバッグを地面に置いた。健吾が用意したもので、ザックのように背負えるようになっていた。小柄な熊谷なら足を折り曲げれば中に入れることができる。

健吾がボールのそばの太い松の木のそばで腹這いになった。グリーンの生地がベースの迷彩服を着ているので傍目《はため》にはそこに人が腹這いになっているとはわからない。

雅比古はバッグのジッパーを開け、木陰に身を潜めた。心臓が早鐘を打っている。喉が渇いて焼け付きそうだった。

芝を踏む足音が近づいてくる。

「こんなに曲げるなんて、力みすぎなんだよ」

熊谷の声も聞こえてきた。

膝が震えた。震えはすぐに全身に広がった。止めようと思っても止まらない。

雅比古に比べ、健吾は驚異的な自制心を発揮していた。ぴくりとも動かず、地面と同化している。

「どこだろう……」

熊谷の声が思いのほか近くから聞こえた。驚きの声が出そうになって、雅比古は右の親指をきつく嚙んだ。

熊谷がボールを探しながらこちらに向かってくる。キャディの姿は見あたらない。

「こんなに曲がらなくてもいいじゃないか……フェアウェイが見えない」

熊谷は健吾に向かって歩いていた。このままでは健吾を踏んでしまう。だが、健吾は動かない。

どうするんだよ、健吾？　――心の中で叫んだ瞬間、熊谷の足が止まった。

「あった」

ボールを見つけた熊谷が足を進める方向を変えた。健吾に背を向ける形になる。

その瞬間、健吾が起き上がった。背後から熊谷に抱きつき、右腕を首に巻いた。左手で右手首をロックして熊谷の身体ごと自分の胸に引き寄せた。

熊谷は声を出すこともできなかった。手足をばたつかせ、やがてその手足も動かなくなった。

「おい――」

健吾が雅比古を呼んだ。だが、足が動かない。

「早くバッグをこっちに。急げ」

やっと足が動いた。ダッフルバッグを両手で抱え、健吾の元に向かう。たった数メートルの距離なのに、何度もつまずいた。

「なにをしてるんだよ」

「ごめん」

健吾に叱責されながらダッフルバッグを地面においた。健吾が熊谷をバッグの中に押し込んだ。熊谷は完全に失神していた。

健吾がジッパーを閉め、バッグを背負った。小柄とはいえ、熊谷は六十キロ以上あるはずだ。健吾の肩にバッグの持ち手が食い込んでいる。

「行くぞ」

「う、うん」

丘を駆け下った。まだ足が震えている。熊谷を背負っている健吾に引き離されてしまう。

なにをやってるんだ、おれは——自分を鞭打《むちう》ち、必死で駆ける。

林が途切れ、眼下に道が見えた。路肩に車が停まっている。この日のためにみんなで金を出し合って手に入れたオンボロのハイエースだ。後部座席のドアが開き、樹がこちらを見上げている。

健吾がガードレールをまたいだ。樹が健吾に手を貸す。少し遅れて雅比古もガードレールを跳び越えた。

「急げ」

熊谷の入ったダッフルバッグを後部座席に乗せ、健吾も車に乗り込んでいく。樹が運転席に、雅比古は助手席に飛び乗った。ドアを閉める前に車が動き出した。加速しながら坂道を下っていく。

ステアリングを握る樹の横顔は強張っていた。雅比古は目出し帽を被ったままなことに気づき、脱いだ。帽子の下は雨に打たれたみたいにびしょ濡れだった。

振り返った。

健吾がバッグのジッパーを開けている。熊谷の口から呻《うめ》きが漏れた。失神から目覚めようとしている。健吾が慣れた様子で熊谷の手足に結束バンドを巻いた。フェイスタオルを猿ぐつわの代わりにし、アイマスクで目隠しをする。

「これで一安心だ」

健吾は額の汗を拭った。

「マジでやっちゃったんだな、おれたち」

樹が放心したように言った。

「うん、本当にやっちゃった」

雅比古は前方に目を移した。下り道が終わり、幹線道路との交差点が見えてくる。

無意識にパトカーがいないかどうか探してしまう自分がいた。

「安全運転で頼むぞ、樹。木更津までは遠いからさ」

「わかってる」

ステアリングを握る樹の指の関節が白くなっていた。

「もっとリラックスして」

「わかってるって言ったじゃないか」

樹らしくないヒステリックな反応だった。

「ごめん。怒らせるつもりはなかったんだけど」

「怒ってるわけじゃないさ。ただ運転に集中させてほしくて」

雅比古はうなずき、口を閉じた。

猿ぐつわをされた熊谷の口から声が漏れた。どうやら完全に失神から醒めたらしい。

「熊谷康夫さん、静かにしてないと大変な目に遭うよ」

健吾が熊谷の耳元で囁いた。熊谷の声がさらに大きくなった。

「静かにしろって言ってるんだよ」

健吾が熊谷の脇腹に拳を突き入れた。熊谷の身体がふたつに折れた。声が止まった。

「そう、その調子。暴れたり喚《わめ》いたりしたらもっと痛いことになるから、忘れるな。おまえたちのせいで故郷を追われた人たちのことを考えりゃ、それぐらいできるだろう？」

熊谷が動かなくなった。呼吸をするたびに胸だけが動く。

車のスピードが極端に落ちていた。後ろの車がクラクションを鳴らした。

「どうしたんだよ、樹」

雅比古は囁いた。樹が前方に顎をしゃくった。数十メートル前をパトカーが走っていた。

「いくらなんでもこれじゃ遅すぎるよ」

「そ、そうだな」

「早すぎても遅すぎてもだめ。これ、樹が自分で言ったことだぞ」

「わかってる」

車のスピードが若干上がった。もっと出すべきだったが雅比古は口を閉じた。これ以上話しかければ、さっきと同じ反応が返ってきそうだった。

樹は極度に緊張している。それは自分も同じだ。

平常心でいるのは自衛隊で厳しい訓練を受けてきた健吾だけだ。

「緊張するのが当然なんだ」

雅比古は自分に言い聞かせるよう、呟いた。

22

八月も半ばを過ぎると、朝晩の空気が秋を感じさせるようになってきた。半袖のシャツ一枚ではともすれば身体を冷やしてしまう。

観光客の姿もお盆休みシーズンの終了とともに減りはじめた。あと一月も経てば紅葉がはじまり、広葉樹の葉が散れば、厳しい冬がやって来る。

敬蔵の個展の準備もはじまっていた。個展の会場は札幌の美術館が予定されていて、浦野が何度も札幌に足を運んでいる。

敬蔵はアトリエにこもりっぱなしだった。作品の制作は順調に進んでいるように見えたが、アトリエから出てくるときの敬蔵はいつもしかめっ面をしていた。

雅比古はお玉にすくったカレーを味見した。トマトを大量に使い、無水で調理したカレーは酸味と辛みのバランスがちょうどよかった。昼過ぎからことこと煮てきたおかげでエゾシカの肉も口の中でとろけるほどに柔らかく、臭みもない。

大鍋で作ったから三、四日は保《も》つだろう。悠や雅比古がいなくても、敬蔵が飢える心配がなくなる。

ここのところ、悠は学校が終わると友達の家へ行って勉強に精を出している。帰宅するのは午後九時過ぎということが多いらしい。

炊飯器から電子音のメロディが流れてきた。ご飯も炊けた。福神漬けも用意してある。後は食べるだけだ。

コンロの火を止め、アトリエに向かった。

「敬蔵さん、そろそろ晩飯にしませんか」

ノックもせずにドアを開けた。木彫りの前に敬蔵が立っている。敬蔵は腕組みをしたまま、木彫りを見つめている。立派な角をもったエゾシカの木彫りだった。敬蔵の他の作品と同じように毛ぶきが生々しい。だが、それ以上に角の存在感が際立っていた。

傑作だ。

「完成ですか？」

雅比古の言葉に敬蔵がうなずいた。

「いい出来だと思いますけど、どこが気に食わないんですか？」

「出来には満足している」

敬蔵はしかめっ面のまま腕組みをといた。

「個展用にあとひとつ、彫ろうと思ってるんだが、モチーフが思い浮かばん。羆だのシマフクロウだの狼だのはもう充分だ」

敬蔵は鼻をひくつかせた。

「いい匂いだな。カレーか？」

雅比古はうなずいた。

「腹が減った」

「すぐに用意できますから、食べましょう」

敬蔵と連れだって母屋に戻る。敬蔵は風呂場に直行し、十分もしないうちに濡れた髪の毛をバスタオルで拭いながら居間に戻ってきた。

「本当にカラスの行水《ぎょうずい》ですね。悠ちゃんが嫌がってましたよ」

皿に炊きたてのご飯をよそい、カレーをかけた。敬蔵は冷蔵庫から缶ビールを持ってきた。

「空気が乾いてきたから、汗もかかん」

敬蔵は食卓につくとビールを開けた。

「どうぞ、召し上がれ」

雅比古も食卓に腰をおろし、両手を合わせた。

「いただきます」

「美味い」

カレーを口に運んだ敬蔵が言った。

「明日になればもっと美味くなってますよ。多めに作っておいたんで、温め直して食べてください」

「いつもすまんな」

敬蔵の皿がどんどん減っていく。年老いてなお、敬蔵の食欲は旺盛だ。

「さっきの話の続きですけど、最後の一体、動物の他に彫りたいものはないんですか？」

「おれはな、自慢じゃないが、生き物しか彫ったことはないんだ。羆、エゾシカ、狼、シマフクロウ、鮭……道産子も彫ったことがあったな」

「人間は彫らないんですか？」

「たまには彫る。お代わり」

敬蔵が空になった皿を雅比古の方に押し出した。雅比古は微笑んだ。お代わりをするということは、カレーの味が気に入ったということだ。

「どんな人間を彫るんですか？」

敬蔵の皿を持って立ち上がる。

「昔のアイヌの姿だよ。森や山や海で、カムイたちと暮らしていた昔のアイヌだ」

「アトリエにはないですよね」

「全部、浦野が持っていくんだ」

「へえ、浦野さんが」

お代わりを盛りつけた皿を敬蔵の前に置いた。敬蔵はビールを飲み、カレーを食べ、またビールを飲んだ。

「おれの木彫りで一番いいのは、人間を彫ったやつだと抜かしやがってな」

「浦野さんがそこまで言うなら見てみたいなあ」

「浦野の家に行けばいい。こっそり隠し持ってるんだ。はんかくさい」

敬蔵はビールの缶を握りつぶした。ビールのお代わりをよこせとは言わなかった。

「そうだ。悠ちゃんを彫ったらどうです？」

雅比古は言った。モチーフが思い浮かばないという敬蔵の言葉を聞いた時に頭に浮かんだアイデアだった。

「悠を？」

「悠ちゃんのためにやる個展じゃないですか。こう言っちゃなんだけど、悠ちゃん、高校に行ったら、もうここへは戻らないかもしれないし、想い出に残すためにも、悠ちゃんをモデルにして彫ったらどうかなと思って」

「はんかくさい」

敬蔵が立ち上がった。夢遊病者のような覚束《おぼつか》ない足取りで台所へ行き、新しい缶ビールを冷蔵庫から取りだした。その場でプルリングを引き、喉を鳴らして飲んだ。

「いい考えだと思いませんか？」

敬蔵が目を閉じた。眉間に深い皺が刻まれている。

「悠か……」

敬蔵の口が動いた。目は閉じたままだ。

「やりましょうよ」

敬蔵が目を開いた。

「木材がない。どうせやるなら、等身大の悠を彫りたい」

「なら、山に採りに行きましょうよ。悠ちゃんを彫る木を」

「悠は嫌がらないか。おれが悠を彫ることを」

「喜びますよ、絶対」

「そうか」

敬蔵はビールを飲み干し、缶を握りつぶした。

＊＊＊

尾崎が作ったというエゾシカのカレーは驚くほど美味しかった。野菜と肉の甘みや旨味が濃厚で、スパイスがそれを引き立てている。

「今度、レシピ教えてもらおう」

最後の一口を頬張りながら、悠は呟いた。

皿とスプーンを台所で洗い、冷蔵庫に入れておいたチーズケーキを取りだした。

沙耶の母が自分で焼いたケーキだ。今日の帰り際、お爺ちゃんと一緒に食べてとワンホールを渡されたのだ。

もう十時近くだったが、敬蔵と尾崎はアトリエでなにやら話し込んでいる。ここのところ、敬蔵は個展に向けた木彫りの制作に打ち込んでいた。始終不機嫌な顔をしていて、話しかけるのもためらわれるほどだった。尾崎もアトリエを少し覗いただけで帰宅することが多かった。

「なにがあったんだろ？」

ケーキをカットし、食べた。レモンの風味が効いている。こっちに来て農業をはじめる前は、有名なケーキ屋で働いていたらしい。

「せっかくだから、ふたりにも食べさせてやるか」

湯を沸かす間にケーキをカットした。紅茶の茶葉を入れたポットに湯を注ぎ、ケーキやマグカップと一緒にトレイに載せた。サンダルをつっかけ、外に出る。途端に、冷たい空気が体にまとわりついてきた。

短かった夏が終わろうとしている。九月の声を聞けば、秋が足早にやって来るだろう。秋はあっという間に深まり、山々の木々を赤や黄色に染めていく。そして、その葉が散れば、長く厳しい冬になる。

凍《い》てついた白一色の世界が半年近く続く。冬が終わって春が来れば、悠は川湯を離れることになる。

夜空に瞬《またた》く星々を眺めているうちに感傷的な気分になっていた。

あれだけ嫌っていたのに、いざここを離れるとなると寂しさが胸をよぎるのだ。

溜息をひとつ漏らし、悠はアトリエに足を向けた。

「等身大の人間を彫るとなったら、それなりの巨木が必要だ。切り出して、山から運びおろすのも一苦労だ」

「だから、ぼくが手伝いますって」

敬蔵と尾崎の会話が聞こえてきた。敬蔵の声が熱を帯びている。なにかに夢中になっている証拠だった。

「はんかくさい。どれだけ重いか、わかってるのか」

「重くたってなんだって、ここまで運んで来なきゃ、悠ちゃんの木彫り、作れないんでしょう。じゃあ、やらなきゃ」

悠は足を止めた。

「わたしの木彫り？」

等身大の人間を彫る——敬蔵はそう言っていた。

「おまえがおれならな……」

敬蔵が溜息を漏らしている。

「どういうことですか？」

「若い時のおれみたいなやつがいれば、おれとそいつでなんとかなる。だけど、おまえは……」

「そりゃあ、ぼくは若い時の敬蔵さんに比べたらひ弱かもしれないけど、この夏の間中、山を歩き回ったりしてたんですよ。少しは脚力もついてるし——」

「浦野に頼んで人手を貸してもらうか」

「敬蔵さん、ぼくの話聞いてます？」

「はんかくさくて聞いてられるか」

「酷いなあ、真面目に話してるのに」

会話が途切れた。悠は慌てて声を張り上げた。

「お爺ちゃん、入ってもいい？　お茶とお菓子持ってきたんだけど」

敬蔵の声が返ってくるのを待って、悠はアトリエのドアを開けた。

「悠か。いいぞ、入れ」

「尾崎さん、こんばんは」

「こんばんは」

「紅茶とチーズケーキ。食べていくでしょ？」

「う、うん。いただきます」

尾崎は穏やかな微笑みを浮かべた。敬蔵は腕を組んで顔をしかめている。尾崎は嘘をつくのが上手だ。敬蔵は話にならない。

トレイを作業台に置き、カップに紅茶を注いだ。

「こんなに遅くまで、なにを熱心に話してるの？」

敬蔵に訊いた。

「たいしたことじゃない」

やはり、敬蔵は話にならない。悠は紅茶の入ったカップを尾崎の前に置き、顔を覗きこんだ。

「個展用の木彫り、あと一点作らなきゃならないんだけど、なににするかって話してたんだよ」

尾崎は涼しい顔で紅茶に口をつけた。

「等身大の人間がどうのこうのって聞こえたけど、お爺ちゃん、またアイヌ像彫るの？」

「わからん」

敬蔵は紅茶に手を伸ばそうともしなかった。

「このケーキ、友達のお母さんが焼いてくれたんだ。凄く美味しいの。食べて」

尾崎にケーキを勧めた。

「美味い。なに、これ？　めっちゃ美味いじゃん。ケーキ屋で買ってきたんじゃないの？」

　ケーキに口をつけた尾崎が目を丸くした。

「でしょ。その子のお母さん、昔、ケーキ屋さんで働いてたんだって。元パティシエなの」

「だからこんなに美味いのか。感激だな。敬蔵さんもどうですか？　本当に美味しいですよ、このケーキ」

「それを食べたら帰れ。もう遅い。おれは寝るぞ」

　敬蔵は席を立ち、アトリエから出て行った。

「せっかく悠ちゃんが用意してくれたのに、お茶にもケーキにも手をつけなかったよ」

「嘘をつくのが苦手なの。嘘をつかなきゃならなくなったら、ああやってその場をごまかしていなくなっちゃうんだ、いつも」

「嘘って……」

「ちゃんと聞こえてたんだ。お爺ちゃん、わたしの木彫りを作るつもりなの？」

　尾崎の顔から笑みが消えた。

「ぼくが提案した。敬蔵さん、最後の一点、なにを彫るか迷ってたから」

「ふうん」

漏れ聞こえてきた声を聞いた限りでは、敬蔵は乗り気なのだろう。

「悠ちゃんは気に入らない？」

「わからない」

悠は正直に答えた。

アイヌの象徴とも言える木彫りの作品として自分がモデルになる。敬蔵は有名な木彫り作家だし、個展を開くのだ。作品は大勢の目に触れるだろう。

自分はアイヌの血を引いているのだという烙印《らくいん》を押されるような気がして、胸の奥でなにかがちりちりと音を立てて燃えていた。

それと同時に、悠のために開く個展に悠の木彫りを飾りたいという敬蔵の気持ちが嬉しいと感じる自分もいた。

「わからない、か……」

尾崎がケーキを食べながら呟いた。

「自分でも自分のことがわからないっていうの、尾崎さんはない？」

「あるよ。しょっちゅうある」

尾崎は残りのケーキを平らげ、敬蔵の分にも手を伸ばした。

「これももらっちゃうよ」

「しょっちゅうあるんだ……」

悠はうなずきながら言った。

「迷って迷って進んでいく。それが人生じゃないのかな」

尾崎は敬蔵の分のケーキをふたくちで平らげた。

「本当に美味しいな、このケーキ。ケーキ屋さん開けばいいのに」

尾崎の言葉は悠の耳を素通りした。

「ねえ。お爺ちゃん、なんでわたしを彫ろうなんて思ったのかな？」

尾崎が肩をすくめた。

「ぼくにはわからないよ。それは敬蔵さんに直接訊くべきじゃない？」

それも怖いのだ。敬蔵がなんと答えるのか、知りたい。しかし、それを知るのが怖い。胸が痛くなってくる。

「うん、そうだね。尾崎さんに訊いてもしょうがないよね」

「さ、そろそろ帰るよ。話に夢中になって時間のこと忘れてた。ご馳走様《ちそうさま》」

尾崎はカップに残っていた紅茶を一気に飲み干した。

「気をつけて帰ってね」

アトリエを出て尾崎を見送った。尾崎の車が敷地から出ていった時には心が決まっていた。

訊こう。ちゃんと訊くのだ。どうしてわたしを彫ろうと思ったのか。

「お爺ちゃん」

家の中に入り、声をかけた。返事はなかった。

「お爺ちゃん？」

廊下の奥を覗いた。起きているなら戸の隙間から漏れてくるはずの光が見えない。かすかに鼾が聞こえた。

敬蔵はもう眠っているのだ。

「なんだよ、もう」

拍子抜けして、悠は口を尖らせた。せっかく勇気を出して訊こうと決めたのに。

台所で洗い物を済ませ、自分の部屋に向かった。沙耶からLINEが来ていた。他愛のないやりとりを楽しんでから机に向かった。今日、沙耶に教えてもらった数学の問題の解き方をおさらいしておきたかったのだ。

問題集を開いた。だが、設問が頭に入ってこない。

等身大の人間を彫る——敬蔵の声が耳にこびりついて離れない。

悠が覚えている限り、敬蔵が最近野生の動物以外のものをモチーフにしたことはない。

敬蔵は屈斜路湖周辺の自然を愛している。山や湖、川、森、そこに暮らす動物たちを神として崇《あが》め、自然が与えてくれる恵みを必要な分だけいただいて生きる。アイヌ民族が太古の昔から送ってきた営みに敬意を抱いているのだ。

羆やシマフクロウ、エゾシカを彫るのは、そんな大自然への感謝の念からだと悠は思っていた。

敬蔵にとって人間は穢《けが》れた存在なのだ。森を破壊し、湖を汚す。人間によって羆やシマフクロウは生息域を狭められ、絶滅の危機に瀕《ひん》するものまで現れる。それとは逆に、天敵が消えたエゾシカは爆発的に増殖し、生態系を破壊する。すべては人間のせいなのだ。人間さえいなければ、穏やかで豊かな世界がよみがえる。

酔った敬蔵がそう言っていた。

敬蔵は人間が嫌いだ。だから、ずっとひとりで生きてきた。

悠が来るまでは。

「なのに、どうして尾崎さんを弟子にしたの？　どうしてわたしを彫ることにしたの？」

ふたつめの問いの答えはわかっている。悠が孫だからだ。悠が敬蔵の元から去っていくのをわかっているからだ。悠のために、そして自分のために彫るのだろう。

訊かなくてもわかっている。それでも訊きたいのは、確認したいからだ。

でも、尾崎のことだけはわからない。確かにいい人間ではある。優しく、思いやりがあって気も利く。

問題集を閉じた。今夜はこれ以上勉強をしようとしても無駄だ。集中できない。さっきより大きな鼾が聞こえてきた。

「どうして？」

悠は声に出した。

「どうして尾崎さんを弟子にしたの？　尾崎さんになにがあるの？」

鼾は途切れることなく続いていた。

＊　＊　＊

ダッフルバッグの中で熊谷康夫が暴れていた。

「おとなしくしないとぶっ殺すぞ」

健吾が熊谷を恫喝《どうかつ》した。空っぽの倉庫に健吾の声が寒々しく響く。

「今から外に出してやるが、これはただの脅しじゃない。騒いだら本当に殺してやる」

熊谷がおとなしくなった。健吾が樹を見てうなずいた。樹がダッフルバッグのジッパーを開けた。健吾が胸元を摑んで熊谷を立たせた。

「ここ　ここはどこだ？　君たちは何者だ？」

熊谷は両手を結束バンドで拘束され、目隠しをされている。

「黙れ」

健吾が言い、熊谷をパイプ椅子に座らせ、目隠しを取った。ポケットから取りだしたナイフの刃を開いて熊谷に突きつけた。

「おれたちがいいと言わない限り、口を開くな」

熊谷が震えながらうなずいた。

雅比古は倉庫の隅に行き、スマホでアプリを立ち上げ、民放のニュース番組を探した。

――元東日本電力社長が行方不明。

アナウンサーが原稿を読み上げている。ゴルフのラウンド中に熊谷の姿が見えなくなったという事実を告げているだけだった。まだ熊谷の身になにが起こったのか把握していないのだ。

「どう？」

樹が近づいてきた。

「まだばれてないみたいだよ」

雅比古は答えた。

「そうか……なんだか緊張して肩が凝ってきたよ。警察はいつ動き出すかな」

「すぐにだろうね」

雅比古は健吾に視線を送った。ナイフを手にしたまま熊谷を睨みつけている。健吾は異様なまでの興奮状態にあるようだった。

「健吾、だいじょうぶかな……」

「かなりテンション高くなってるよな」

雅比古はスマホのアプリを終了させた。

「ひ、ひとつおうかがいしてもいいですか？」

熊谷が口を開いた。健吾の目が吊《つ》り上がった。

「勝手に喋るなと言っただろう」

雅比古は健吾と熊谷の間に割って入った。

「なにを訊きたいの？」

「な、なにが目的ですか。身代金なら――」

「金はいらない」

雅比古は言った。

「じゃ、じゃあ、なにが目的なんですか？」

「射ってもらうんだよ。福島の人たちに。それから、おれたち日本国民に――

「ずっと国民を騙《だま》しながら原発動かして来たんだ。謝るのは当然じゃねえか」

健吾が言った。

「わたしはたまたまあの時社長だっただけで、原発はずっと前から稼働していたんだ」

「あの時社長だった。だからあんたなんだよ」

雅比古は言った。

「この後、福島に移動する。そこであんたには謝罪してもらう。それを動画に収めてネットで配信する予定なんだ」

「馬鹿なことはよしたまえ。そんなことをしてもなんにもならないぞ」

「なんだこいつ。急に上から目線の言葉遣いになりやがって」

健吾が前に進み出た。右手に握ったナイフが冷たい光を放った。

「す、すまない。言葉遣いが気に入らなかったのなら謝る。いや、謝ります」

熊谷の目は血走っていた。

「ナイフ、引っ込めろよ。必要ないだろう」

雅比古は言った。熊谷の前ではお互いの名を呼ぶのはやめようと決めてあった。

「あ、ああ……」

「そんな――」

健吾がナイフをしまった。熊谷が息を吐き出した。肩から力が抜けていくのがわかる。

「あんたがどう思おうと、おれたちの知ったことじゃない。あんたに謝罪させ、動画に撮り、ネットで配信する。それだけだ」

「そんなことをしても、なにも変わらんよ」

「そうかもね。だけど、だれかに責任を取らせなきゃ」

雅比古は健吾にうなずいた。

「しかし、わたしは——」

健吾が布製のガムテープで熊谷の口をふさいだ。熊谷の言葉が呻き声に変わる。

「おとなしくさえしていれば、危害は加えない。それを忘れないで」

熊谷は瞬きを繰り返した。

「おい、よせよ」

健吾が苛立ちを孕んだ声を放った。振り返ると、樹がスマホで動画を撮っていた。

「よく撮れてる。これならだいじょうぶ」

樹が左の親指を立てた。

「その動画、ちゃんと消去しておけよ」

雅比古は言った。自分でも呆れるぐらい落ち着いている。

犯罪者向きの性格なのかもしれないな——そんなことを考えながら、熊谷のそばを離れた。

23

「ここら辺でいいだろう」

やっと敬蔵が足を止めた。雅比古には自分がどこにいるのかもわからなかった。

ただひたすらに、敬蔵の後をついてきたのだ。

林道に軽トラを停め、そのまま森の中へ分け入った。しばらくは平坦《へいたん》だったが、やがて勾配がつきはじめ、それはいつしか急登《きゅうとう》へと変わった。

エコミュージアムセンターで働きはじめてからは、川湯近隣の山に登ることも多く、体力にはいささかの自信があった。

その自信はこの二時間でもろくも崩れ去った。

整備された登山道とは違い、敬蔵が歩くのは道もなにもない森の中だ。下生えを掻き分け、道なき道を登っていく。森の深さに方角さえままならなくなってくるというのに、敬蔵は迷う素振りも見せなかった。

「この山は庭みたいなものだからな」

敬蔵は言った。雅比古にはそれとわからないが、敬蔵は獣道を選んで歩いているらしかった。

「山のことはその山に住んでいる動物たちに訊けばいい。どこをどう行けば安全か、行き来しやすいか、やつらはちゃんとわかってるんだ」

話している間も、敬蔵の呼吸は普段と変わらない。雅比古は喘《あえ》ぎながら森の中を進んでいた。

敬蔵が背負っていた荷物を地面に置いた。容量が三十リッターほどの中型のザックとライフルが入ったケース、腰には鉈《なた》と鋸《のこぎり》を吊している。

「ちょっと休んでもいいですか」

雅比古もザックをおろし、地面に座り込んだ。

「だから、荷物が多すぎると言ったんだ」

敬蔵は雅比古に冷たい眼差しをくれ、鋸を手に取った。

雅比古のザックは六十リッターのものだ。着替えや食料をぱんぱんに詰め込んできたせいもあって、ずしりと重い。敬蔵のザックに入っているのは雨具と米、それに塩と味噌だけだ。米以外の食料は山の中で調達するのが当然なのだそうだ。

雅比古は辺りに目をやった。森が途切れ、平地がわずかに開けている。平地の先は山肌で、高さが二メートルはありそうな大きな岩が剝き出しになっていた。

敬蔵は立ち枯れした木を鋸で切っていた。

「ここでなにをするんですか？」

「ベースキャンプを作るんだ」

敬蔵は切った木を岩の周りに集めた。

「休んでばかりいないでおまえも手伝え」

敬蔵に促されて雅比古は腰を上げた。荒れた呼吸もおさまってきた。汗で濡れたシャツを着替えたかったが、そんなことを口にすれば敬蔵に怒鳴られるだろう。

敬蔵は切り出した木の枝や枯木を使ってテントの骨組みのようなものをこしらえた。天井にあたる部分に枝を並べていく。

ベースキャンプの骨格ができあがると、敬蔵は鉈であたりの草や葉を刈った。それを天井に並べた枝の上に敷き詰めていく。

「これでよし」

敬蔵が満足そうにうなずいた。

「これがベースキャンプですか？」

雅比古は言った。敬蔵が言うところのベースキャンプは一畳とちょっとほどのスペースしかない。ここで煮炊きをし敬蔵と雅比古が寝るというのだろうか。

「これで充分だな」

敬蔵はそう呟くと、腰を屈めて自分のザックに手を伸ばした。引っ張り出したのはカップの日本酒だった。

敬蔵はカップ酒を開けた。地面に腰をおろし、森に向かって胡座《あぐら》をかいた。深く息を吸ったかと思うと、なにかを唱えはじめた。

それは歌のようでもあり、祈りのようでもあった。敬蔵の声とともに厳かな雰囲気が漂い、雅比古は敬蔵の背後で同じように胡座をかいた。

敬蔵はこの山に住まう神々に祈りを捧げているのだ。穢れた身で聖域に入ってきた自分たちをおゆるしくださいと祈っている。

アイヌ語はわからないが、敬蔵が唱える言葉の意味は雅比古の心に直接響いてきた。

やがて、敬蔵の声が途切れた。敬蔵はカップ酒を両手で持ち、中身を地面や岩、樹木にかけてまわった。

「これでよし」

「今のはこの山の神様にお祈りを捧げたんですよね？」

「そうだ。カムイノミをしたんだ。山に入った時には必ずやる。本当は正式なやり方があるんだが、最近はこれだけでゆるしてもらっている。この先に沢がある。おれはそこで水を汲んでくるから、これで火を熾しておけ」

敬蔵が自分のザックから出したのは、徳用マッチの箱だった。雅比古は渡された箱をしげしげと眺めた。徳用マッチなど、もう何年も見ていないし使ったこともない。

「マッチは大切に使うんだぞ」

「了解」

敬蔵が森の奥に消えていった。雅比古は腰に手を当て、溜息を漏らした。

「了解とは言ったけど、焚《た》き火をやれってことだよな……そんなの、やったことないけどさ」

かき集めた枯れ枝を、細いものから下にして積み上げていく。マッチで火をつけ、火が燃え移るのを待った。だが、火はすぐに消えてしまった。

「おかしいな……これじゃだめなのかな」

細く小さな枯れ枝をさらに集め、また火をつけた。口をすぼめて息を吹きかけた。今度は上の方の枯れ枝にも火が燃え移った。煙が立ちのぼり、ぱちぱちと音を立てて爆《は》ぜていく。

「いいじゃん、いいじゃん」

雅比古は微笑んだ。もう少し火の勢いが強くなれば、枯れ枝を足していけばいいのだ。

「あれ？　ちょっと待てよ」

火の勢いが弱まっていく。雅比古は慌てて息を吹きかけた。だが煙は盛大に出てくるが、火の勢いは弱まっていくだけだった。

「なにをやってるんだ」

声に顔を上げると、敬蔵が左右の手にペットボトルをぶら下げて戻ってくるところだった。

「なにって、火を熾そうとしてるんですけど」

「はんかくさい。そんなんで火が点《つ》くか。火の熾し方も知らんのか、はんかくさい」

敬蔵ははんかくさいを連発して雅比古からマッチの箱を取り上げた。

「この水で米を研いでおけ。二合分だ。飯盒《はんごう》と米はおれのザックの中に入ってる」

雅比古はペットボトルを受け取った。敬蔵のザックから飯盒と米を引っ張り出しながら、敬蔵の作業を見守った。

敬蔵はまず、枯れ枝ではなく拳ほどの大きさの石を五、六個集め、円形に並べた。その中央に松ぼっくりと杉の葉を敷き詰めていく。

「松ぼっくりなんか使えるんですか？」

敬蔵が首を振った。

「本当になんにも知らんのだな、おまえは。松ぼっくりや杉の葉っぱは最高の焚き付けだ」

「そういうことを教わるのも今回の目的のひとつなんですけど」

敬蔵は侮蔑をあらわにした目で雅比古をひと睨みし、松ぼっくりに火を点けた。火はすぐに燃え上がった。敬蔵が炎の上に枯れ枝をくべていく。枯れ枝に火が燃え移り、さらに枝を足し、火が大きくなっていく。

「これでもうだいじょうぶだ。早く米を研げ」

敬蔵は鉈と鋸を手に取り、周囲の木々に鋭い一瞥《いちべつ》をくれた。目をつけた枝を切り落とし、ナイフで表面を削り、形を整えていく。

なにをしているのかが、雅比古にもわかった。ご飯を炊くために飯盒を火の上で吊す仕掛けを作っているのだ。

雅比古は飯盒に米を入れ、研いだ。

「ご飯炊くのはいいですけど、おかずとかどうするんですか。缶詰、何種類か持ってきてますけど」

敬蔵が首を振った。

「羆が匂いを嗅ぎつけたらわやなことになる」

「ここ、羆出るんですか？」

「ここら辺はあいつらには庭みたいなもんだ」

雅比古は首をすくめ、辺りを見渡した。深い森の向こうに羆が身を隠しているような気がして、背中の肌が粟立《あわだ》った。

「じゃあ、白米だけ食べるんですか？」

「塩と味噌がある」

「毎日塩むすびだけ食べるんですか？」

「やかましいな。飯のことしか頭にないのか」

「そういうわけじゃないですけど……」

敬蔵が枝を削る手をとめた。片方の先端は鉛筆のように細く鋭くなっている。もう片方は枝を上手に払ってY字型に整えていた。もう一本の枝も同じように削っていく。できあがると、焚き火を挟むようにしてその二本を地面に突き刺した。真っ直ぐな枝に飯盒の持ち手を通し、二本の枝のY字のところに引っかける。

「水を汲んでこい」

米を研いで空になったペットボトルを渡された。

「二、三分ぐらい歩いたら沢に出る」

「羆が出たらどうするんですか」

「いちいちうるさい男だな」

　敬蔵が鉈を突き出してきた。

「これを持っていけ」

「鉈なんかで羆に太刀打《たちう》ちできないじゃないですか」

「もし近くにいたとしても、襲ってはこん。あいつらはこっちを見てるだけだ。距離が近くなれば、そっと逃げていく」

「そうなんですか？」

「これの匂いに気づいてるはずだ」

　敬蔵はライフルケースを手元に引き寄せた。

「この山でも時々エゾシカを撃ってるからな。羆もこれの音は嫌いなんだ」

「なにかあったら声をあげますから、絶対に助けに来てくださいよ」

「なにもない」

　雅比古は渋々森の中に分け入った。敬蔵が下草を踏んだ跡がついている。その跡をたどっていくと、すぐに沢に出た。

　周囲に気を配りながら水を汲んだ。森の中や岩陰に羆が潜んでいるのかもしれないと思うと身が竦む。水を汲み終えると駆け足でベースキャンプに戻った。

「早かったな」

敬蔵は自分のザックから新聞紙にくるんだものを出していた。新聞の包装を解くと、塩の入った小瓶と小ぶりのタッパーウェアが出てきた。タッパーの中には黒っぽい塊が入っている。

「コップ持ってきたか？」

「もちろん」

雅比古はステンレス製のマグカップを敬蔵に渡した。敬蔵はタッパーの中の塊を指ですくい取り、マグカップに落とし込んだ。

「水を注いでかき混ぜて飲んでみろ」

カップを受け取り、言われたとおりにやってみた。

「なんなんですか、これ？」

「酒と味醂に味噌をといて乾燥させたやつだ」

匂いを嗅いでみた。確かに、味噌の香りがする。塊が溶けるのを待って口をつけた。味噌の塩分と酒や味醂の甘みがほどよく調和している。お湯がなくても美味しく飲むことができた。

「これと塩があれば、十日山にこもっていても平気だ」

敬蔵が言った。

「ぼくもそうなりますかね？」

「おまえと十日も山に入っているのはごめんだ」

飯盒から湯気が立ちはじめた。米の香りが漂ってきて腹が鳴った。朝飯を食べてからかれこれ六時間は経っている。

「飯が炊けたら握り飯つくって食べて、そうしたら、木を探しに出かけるぞ」

敬蔵がケースからライフルを出した。布で銃身を磨いていく。あちこちに傷の目立つ使い込んだ銃だった。

「なんていうライフルなんですか？」

「レミントンM七〇〇だ」

「スコープはないんですか？」

「あんなもん、だれが使うか。はんかくさい」

「それで獲物を撃って晩飯のおかずにするとかは」

敬蔵が首を振った。

「これは羆とエゾシカ用だ。小さな動物は銃じゃなく罠《わな》で仕留めるもんだ」

敬蔵は磨き終えたライフルを構えた。背筋が伸び、無駄な力がどこにも入っていない。居合いの達人のような佇まいだった。

「昔に比べて目が利かなくなってきた。この銃を使えるのもあと数年だろう」

「ぼくも狩猟免許取ろうかな。木彫りだけじゃなく、猟師としても敬蔵さんの跡継ぎになる」

「好きにしろ」

敬蔵は吐き捨てるように言って、ライフルをケースにしまった。

「そろそろ飯盒を火からおろすぞ。手伝え」

「はいはい」

雅比古はカップの中身を飲み干した。銃の免許は取れないだろう。雅比古は犯罪者なのだ。

数年後に、川湯は優秀な猟師をひとり、失うことになる。跡継ぎはいない。

せめて木彫りだけは敬蔵に認められるようになろう。

雅比古は空になったカップを足もとに置いた。

＊　＊　＊

「じゃあ、高校に行ったら、ここには二度と戻ってこないつもりなの？」

沙耶がベッドの上で目を丸くした。

「お盆や正月には帰ってくるけど……」

悠はスエットの襟を摘《つま》んだ。沙耶から借りたものだが、首回りが少しきつい。

敬蔵が尾崎を連れて山に入って二日が経つ。敬蔵が山から下りてくるまでひとりで過ごすのだと言うと、沙耶の両親が泊まっていけと勧めてくれたのだ。

勉強を終え、沙耶の母が作ってくれたクッキーとお茶を飲み、他愛のない会話を交わしているとあっという間に深夜を過ぎてしまっていた。

「悠はお爺ちゃんとふたり暮らしなんでしょ？　お爺ちゃんはどうするの？」

「あの人は、ひとり暮らしの方が気楽だっていう人だから」

「年取ったら話は違うよ。わたしは大学は札幌か東京に行くつもりだし、就職も都会でする。だけど、両親が年取って働けなくなったら呼び寄せるか、こっちに帰ってくるな」

「普通はそうだよね。でも、うちは普通とはちょっと違うんだ」

「お爺ちゃんのこと、嫌いなの？」

「そんなことないよ」

歯切れの悪い言葉しか出てこない。一緒に暮らしはじめた頃は敬蔵が嫌いだった。いやでいやでたまらなかった。

きっと敬蔵の姿を見ると、自分の体にアイヌの血が流れているということをいやでも思い知らされるからだ。

浅黒い肌に彫りの深い顔。都会にいるときはエキゾチックだと言われた顔立ちが、ここでは揶揄《やゆ》の対象になることがある。

だから、少しでも早くひとり暮らしをはじめたかった。敬蔵から、この町から離れたかったのだ。

「ひとり暮らしもゆるしてくれるし、学費のために頑張ってくれる。いいお爺ちゃんじゃない」

沙耶が言った。

わかっている。昔のように嫌っているわけではない。血のつながりを感じるし、感謝もしている。それでも、自分はここでは生きていけない。自分らしくいることができないのだ。

「あのさ、もし気に障ったらゆるしてほしいんだけど……ほら、わたし、そういうことよくわからないから」

「そういうことって？」

「ここに帰って来たくないっていうのは、悠がアイヌだっていうことと関係あるの？」

あまりにも素直な問いかけだったので、悠も素直にうなずいた。

「やっぱり、いろいろあるんだね。わたしにはよくわからないけど」

「わたしはね、お爺ちゃんと暮らすようになるまでは、自分がアイヌだって知らなかったの。パパとママが死んで、お爺ちゃんに引き取られて、そうしたら、いきなりアイヌだって言われて、いじめられたりもした。凄いショックだった。お爺ちゃんにも言われるけど、わたしは打たれ弱いんだって」

「まあ確かに、悠のこといろいろ言うやつらいるもんね」

沙耶は頬を膨らませた。仲良くするようになってわかったのだけれど、沙耶は正義感の強い少女だった。

「わたしは素敵だと思うんだけどな」

沙耶が悠の顔を覗きこんできた。

「素敵？」

「うん。アイヌ民族だっていうことは、他の普通の日本人とは違うってことじゃない。個性的ってことよ」

「そうかな？」

「そうだよ。みんな似たような服着て、似たような髪型して、似たようなお化粧して……そういうの、わたし嫌いなの。人と違うことをしてみたいし、人とは違う存在になりたい」

「沙耶は優しいね」

「そうかな？　結構きつい性格だって言われるけど。悠のお爺ちゃんだって格好いいって思うんだよね。昔は腕利きの猟師で、今は個展も開く木彫り作家。そんな年寄り、この町にいる？」

悠は思いつく限りの老人たちの顔を頭に浮かべてみた。

「いないかも」

「でしょ？　悠のお爺ちゃんってめっちゃ格好いいんだよ」

悠は曖昧にうなずいた。沙耶の言葉はもっともだと思う。だが、沙耶は和人だ。だから、沙耶には絶対に悠の気持ちは理解できないのだ。

「今度はわたしが悠の家に泊まろうかな」

「だめだめ。凄く古い家だし、狭いし、汚いし」

「家《うち》だって古いよ」

「ちゃんとリフォームしてるじゃない」

沙耶の両親は古い家込みで農地を買った。家は木造だが外壁を張り直し、リフォームもしっかりやっている。内装を見るかぎりは、新しい家と変わらなかった。

「悠のお爺ちゃんと話してみたいな。それから、お弟子さん。なんて名前だっけ？」

「尾崎さん」

「そう。尾崎さん。こないだ、エコミュージアムセンターの近くで見かけたよ。けっこうイケメンじゃない」

「そうかな。ただの変人だよ。カレーとコーヒーは美味しいけど」

沙耶が笑った。

「今時、木彫り作家になりたいなんて格好いいじゃん。ねえ、悠の夢はなに？」

「夢？」

悠は沙耶の顔をまじまじと見つめた。

「そう、夢。将来どんな仕事をしたいとか、なにになりたいとか」

「考えたことない」

いつも、遠い未来のことを思い描くより、近い未来に思いを馳《は》せる。ここから出たい。都会へ行きたい。アイヌのことを知らない人たちばかりが住むところで暮らしたい。

「わたしはアーティストになりたい」沙耶は歌うように言った。「他人にはできないことをしたいの。わたしにしか作れないものを作ってみたいの。悠のお爺ちゃんみたいに。理数系が得意だから、建築家になろうかなって今は思ってるんだ」

「沙耶ならなれるよ」

悠は瞬きをした。沙耶が眩しく感じられた。

「悠にも見つかるといいね、夢」

「そうだね」

十年後の自分は、二十年後の自分はどこでなにをしているのだろう。川湯を離れたら、自分はどんな夢を抱くのだろう。

「そろそろ寝ようか」

沙耶が言った。

「そうだね。明日も学校だし」

「寝不足は受験生の最大の敵」

「敵をやっつけよう」

悠は笑った。沙耶も笑った。とてもしあわせな気分だった。

* * *

夜が明けた。

昨夜のうちからテレビでもネットでも、元東電社長が誘拐された模様というニュースで持ちきりになっていた。

犯人はだれか。なにが目的か。

無責任な憶測が銃弾のように飛び交っている。

「そろそろ出発の準備をしようぜ」

コンビニで買ってきたお握りを食べ終えた健吾が腰を上げた。

「そうだね」

雅比古は答え、食べかけのサンドイッチをレジ袋に押し込んだ。食欲がないのに、食べなければと無理矢理口に押し込んでいたのだ。パンに水分を取られ、口の中が乾いていた。ペットボトルの水を飲む。

「最初はだれが運転する？」

樹が口を開いた。福島までは高速を避け、一般道を通る計画だった。長いドライブになる。運転は交代で行う予定だった。

「最初はぼくが」雅比古は手をあげた。「車を回してくるよ」

「了解」

万が一を考え、車は少し離れた場所にあるコインパーキングに停めてあった。

熊谷が呻いた。しきりに瞬きを繰り返している。顔色が悪かった。雅比古は熊谷に近づいた。

「騒がないように。わかってるよね？」

熊谷がうなずく。雅比古は猿ぐつわを外してやった。

「ト、トイレに行かせてください」

切羽詰まった表情だった。

「もう少し我慢しろ」

健吾の声が飛んできた。

「限界なんです」

熊谷の顔が歪んだ。

「行かせてやろうよ。芝居じゃないみたいだ」

雅比古は言った。健吾が舌打ちした。

「しょうがないなあ。おれが連れていくから、おまえ、車取ってこいよ」

樹が腰を上げた。

「わかった」

雅比古は上着のポケットからナイフを取りだし、床に膝をついた。熊谷の両足を拘束している結束バンドを切ってやる。この作業が面倒で、健吾は苛つくのだ。

ナイフをしまった瞬間、胸に衝撃を受けた。雅比古は倒れた。なにが起こったのか理解できなかった。

「待て、この野郎」

健吾の怒声が響いた。熊谷に胸を蹴られたのだ——やっと悟った。胸に痛みを感じはじめた。顔をしかめながら立ち上がった。

健吾と樹が熊谷を追っている。熊谷は倉庫の出入り口に向かっていた。だが、その足取りは覚束ない。長時間同じ姿勢を強いられていたせいで血行が悪くなっているのだろう。

「待てと言ってんだろう」

健吾が腕を伸ばし、熊谷の肩を摑んだ。熊谷がよろめいた。

「頼む、逃がしてくれ。君たちのことはだれにも言わんから、頼む」

熊谷が健吾にしがみついた。

「ふざけんなって」

健吾が熊谷を突き飛ばした。熊谷はよろめき、膝をついた。その姿勢のまま、健吾ににじり寄っていく。

「お願いだから、逃がしてくれ」

「福島の人たちに申し訳ないと思わないのかよ」

「あ、あれはわたしのせいじゃない。わたしだけが悪いんじゃない」

「てめえ、社長だっただろうが」

健吾の顔つきが変わった。

「高い給料もらって、高い車に乗って、毎週ゴルフ三昧でよ。今でも仮設に住んでる人たちのこと考えたことあんのか。え？」

「健吾、もういい」雅比古は声を張り上げた。「樹、健吾を止めろ」

「なに名前呼んでんだよ」

樹が雅比古を睨んだ。

「いいから健吾を止めろ」

健吾が熊谷の胸ぐらを摑んで引き起こした。

「全財産差し出して詫《わ》びるのが筋じゃねえのか、このくそ野郎」

健吾が右の拳を熊谷の顔に叩きつけた。容赦のない一撃だ。熊谷は衝撃で壁に頭を打ちつけ、その場に崩れ落ちた。

「立てよ、おら。こんなんで気絶してんじゃねえ」

健吾がもう一度熊谷を引き起こそうとした。

「もういいよ。やめろよ」

樹が健吾と熊谷の間に割って入った。

「顔に痣《あざ》ができてたら、無理矢理謝罪させられてるんだってわかっちまうだろう」

樹が健吾を睨んでいる。

「あくまでもさ、こいつが自主的に謝罪してるってことにしたいんだから、頼むよ」

健吾が息を吐いた。

「すまん。頭に血がのぼっちまった」

「ったく。ほら、おじさん、起きてよ。ぐずぐずしてる暇はないんだからさ」

樹が熊谷の体を揺さぶった。熊谷の反応はなかった。

「ちょっと、なんか変だぞ」

雅比古は樹を押しのけ、熊谷を覗きこんだ。熊谷は息をしていなかった。首に指を押し当てる——脈もない。

熊谷は死んでいた。

24

炎が揺らめき、枯れ枝が爆ぜた。火の粉が散る。

雅比古は飽きることなくその様子を眺めた。

くたくただった。山にこもって四日目。敬蔵がこれだと見極めた木を切り倒し、鋸で高さ二メートルに切り分けた。それを背中に括りつけて背負い、敬蔵の軽トラを停めた山の麓まで運んで、また戻ってきたのだ。

湿気を含んだ木は重かった。勾配のきつい下りでは何度も転びそうになった。敬蔵に何度も叱責され、歯を食いしばって運んだのだ。

木を軽トラの荷台におろすと、そのまま地面に座り込んだ。背中と太股の筋肉が痙攣《けいれん》していた。あまりの疲労に、もう二度と立ち上がれないのではないかと思ったほどだ。

敬蔵はぴんぴんしていた。露骨な嘲りの笑みを浮かべて雅比古を見おろしていた。これぐらいでへばるとは、はんかくさい――敬蔵は口にこそ出さなかったが、そう思っているに違いなかった。

朝のうちに作っておいた味噌のお握りを食べると一息ついた。味噌が含む塩分と糖分、ミネラルやらアミノ酸やらがくたびれきった身体に活を入れてくれる。

それでも、登り返しの行程は苦行以外のなにものでもなかった。すぐに足がもつれ、喘《あえ》いだ。十メートル進んでは木の幹にもたれかかって休み、気力が戻るのを待った。

敬蔵の後ろ姿はとうに視界から消えていた。極度の疲労の前では羆への恐怖も霞んでしまう。

ベースキャンプに辿り着いたのは日没直前だった。元気ならば三時間ほどの行程だが、倍以上の時間がかかってしまったのだ。

すでに火が熾され、その上に飯盒が吊されていた。

雅比古は枯れ草を敷き詰めた自分の寝床に横たわった。炊けた白米の匂いが漂ってくるが、食欲は湧かない。食欲があったとしても、例の味噌か塩をご飯にかけて食べるだけなのだ。

目を閉じた。身体はくたくたなのになかなか寝つけない。疲れすぎているのだ。疲労も極限に達すると眠りすら奪われてしまう。

「おまえも食え」

しばらくすると、敬蔵の声が聞こえた。目を開けると、敬蔵が味噌を載せたご飯を頬張っている。

「いりません。食欲がないんです」

「食べないと身体が保たなくなる。食え」

雅比古は身体を起こした。

「飯粒を嚙むのも億劫《おっくう》なら、お茶漬けにして流し込め。とにかく、食べるんだ」

「わかりました」

プラスチックの器にご飯をよそい、味噌をひとつまみ載せた。その上から水を注ぎ、プラスチックのスプーンでかき混ぜる。

一口食べると吐き気がこみ上げてきた。吐き気をこらえ、無理矢理飲みこんだ。このまま食べずにいたら、間違いなく明日は動けなくなるだろう。敬蔵の足手まといになりたくはなかった。

なんとか器の中身を食べきった。それだけでまた疲れがぶり返した。

敬蔵が自分のザックから古びた水筒を取りだし、自分と雅比古のマグカップに中身を注いだ。

「飲め。少し楽になる」

「なんですか？」

「焼酎だ」

マグカップを受け取り、舐めるように啜った。

「いつも山でひとりで飲んでるんですか？」

敬蔵が首を振った。

「山ではまず飲まん。今日は特別だ。いい木が手に入った」

「あれ、何キロぐらいありましたかね」

「一本、二十キロはくだらんだろうな」

「重かったですよ。敬蔵さんはいつもひとりで運んでるんですよね」

「おまえとは基礎が違う。ガキの頃から山で働いてきたんだ」

風が吹き、あちこちで葉ずれの音がした。山全体が微笑んでいるかのような音だった。木々の隙間で星が瞬いている。

「昔のアイヌはみんな敬蔵さんみたいだったんでしょうね」

「そうだな。ガキの頃は、おれみたいな男が大勢おった。山菜やキノコ、木の実を採ったり狩りをしたり。だが、今はもうおれぐらいしかおらん」

敬蔵は焼酎を呷った。

「みんな、金にならんことはやりたがらんからな。おれが最後だ」

雅比古も焼酎を啜った。少しずつ、アルコールが身体に染みこんでいく。

「だいじょうぶですよ。ぼくがちゃんと後を継ぎますから」

「これぐらいでへばっている青二才のくせに、口だけは達者だ」

「だって、本気なんです」

敬蔵は自分のマグカップに焼酎を注ぎ足した。

「聡子はいつ死んだ？」

敬蔵の口調が変わった。

「ぼくのこと、気づいてたんですか？」

雅比古はマグカップをきつく握りしめた。

「目元が似てる。生粋の和人にしては彫りが深いし、なにより今時、木彫り作家になりたいと言って押しかけてくる若い者などおらん。なにか理由があるんだろうとは思っていた」

雅比古は唇を舐めた。敬蔵はわかっていたのだ。だから、雅比古の弟子入りを認めたのだ。

「祖母は、ぼくが中学生の時に亡くなりました。心筋梗塞《しんきんこうそく》だったんです」

「そうか」

「結婚して田中《たなか》という姓になっていましたが、結婚前は山口時恵《やまぐちときえ》」

「おまえはどうしてその山口時恵さんがおれの妹の聡子だと知ったんだ？」

「家にアイヌの神謡集の本があって、それに、聡子という名前が記されてたんです。ぼくは、ずっと自分にアイヌの血が流れているとは知らずにいましたよ」

「それでも、その聡子がおれの妹だとはわからんだろう」

「母が、敬蔵さんの木彫りを持っていたんです。とても大事にしていました。母は幸恵《ゆきえ》という名でした。神謡集を日本語に訳したのは知里幸恵さんという方ですよね？　祖母はその方の名を母に付けたんだと思います」

「そうか」

敬蔵はまた焼酎を飲んだ。家にいる時とは違い、一口一口、味わうように飲んでいる。

「母は宮城に住んでいて、大震災と津波に襲われました。仮設住宅で暮らしている時こ倒れて、そのまま亡くなりました」

「それでおれのところに来たのか」

「確かめたかったんです。ぼくの身体に本当にアイヌの血が流れているのかどうか。祖母も母もぼくにはなにも教えてくれませんでしたし」

「おれのせいだ」敬蔵が言った。「聡子はアイヌであることを嫌ってたんじゃない。おれを嫌い、憎んでいた」

そう。祖母はアイヌである自分を厭《いと》っていたわけではない。だから神謡集を持っていた。母に自分の出自を告げていた。母が敬蔵の作品を手に入れたのはそのせいだ。

「敬蔵さんの木彫りを最初に見た時に確信しましたよ。敬蔵さんはぼくの家族だ。だから、母はあの木彫りをあんなに大切にしてたんだって」

「聡子はしあわせに暮らしていたのか」

「だと思います」

「おまえの母親もか」

「震災ですべてを失うまではしあわせでした」

敬蔵がまた焼酎を飲んだ。

「おれの娘も、聡子と同じようにおれを嫌って憎んで出ていった。それが交通事故で死んで、悠がおれのところに来た。聡子の娘……幸恵が死んで、おまえもおれのところに来たというわけか」

「そうなりますね」

雅比古は焼酎に口をつけた。いつの間にか、身体が火照り、ほぐれている。

「悠が来た時に思った。これは神様に罪滅ぼしをしろと言われているんだとな。酒を控えて必死で働いて、悠が成人するのを見守る。それが、娘に酷い仕打ちをしてきたことへの罪滅ぼしだ。おまえを弟子にしようと思ったのも同じだ。妹に詫びなきゃならん」

雅比古は敬蔵にマグカップを突き出した。

「焼酎のお代わりをください。大伯父《おおおじ》さん」

敬蔵が鼻を鳴らした。雅比古は注がれた焼酎を口に含んだ。

「だいぶ疲れも取れたようだな」

「焼酎のおかげです」

「飲みすぎるなよ。明日もある」

「まだ必要なんですか?」

「明日一日探して、気に入ったのが見つからなけりゃ、そのまま山を下りる」

「見つからないことを祈ります」

雅比古は力のない笑みを浮かべた。

見つかるさ。おれが悠を彫るんだ。きっとキムンカムイが最高の木をおれに与えてくれる」

「そうですね。山の神様がきっと祝福してくれますよ……そうだ、敬蔵さん、ユーカラは歌えないんですか？」

「昔、婆さんが歌っていたのをいくつか覚えているぐらいだ」

「聴かせてくれますか？」

敬蔵は焼酎を呷《あお》った。飲み干すと、おもむろに口を開いた。敬蔵のユーカラは波のように森に広がっていった。

＊　＊　＊

バス停のそばの駐輪場に駐《と》めておいた自転車に跨った。サドルが熱い。今日も朝から雲ひとつない青空が広がっている。

日中の気温は高めだが、八月前半に比べれば湿度は低く、風が爽やかだった。

いつもなら、もっと先のバス停で降り、沙耶の家に寄って沙耶の母の手作りのスイーツを食べ、予習や復習をしてから家に帰る。

だが、沙耶は昨日から夏風邪《なつかぜ》で寝込んでいた。

家の前には尾崎の車が停まっている。敬蔵の軽トラの姿はない。まだ下山していないのだ。ふたりが山に入ってから今日で四日目だ。そろそろ戻ってきてもいい頃だった。

ひとりだと食事の支度をする気にもなれず、カップ麺で夕飯を済ませた。

紅茶を淹れ、自室の机に向かって問題集を開く。沙耶に教わるようになってだいぶましになったとはいえ、相変わらず数学は苦手だった。

三問目の問題がお手上げで、悠は窓の外に目を向けた。外はまだ明るい。山々はまだ緑に覆われ、畑には作物が実っている。

「そういえば、星空を見に行こうって言ってたのに……」

尾崎と交わした約束はうっちゃられたままだった。観光シーズンに入ると尾崎は仕事に忙殺され、やっとシーズンが終わると思ったら敬蔵と山に入ってしまったのだ。

一台の車がこちらに向かってくるのが目に止まった。軽自動車だ。知り合いの車ではなかった。

軽自動車が尾崎の車のすぐ後ろで停まった。アイドリングしたままだ。車から人が降りてくる気配はなかった。

「でも……」

悠は独りごちた。視線を感じるのだ。軽自動車の運転手がじっとこちらの様子をうかがっている。

気味が悪かった。この辺りの治安はいい。いまだに外出する時に施錠しない人が当たり前にいるぐらいだ。見覚えのない車が来たと思っても、それはたいてい知り合いが車を買い換えたばかりで、いつもと変わらぬ様子で車を降り、声をかけてくる。

悠はスマホに手を伸ばした。いざという時には警察に連絡をするつもりだった。息を潜め、じっと軽自動車の様子をうかがった。軽自動車はアイドリングしたまま動き出す様子もない。

重苦しさに耐えかねて、スマホの画面を見た。かなり長い時間が経ったような気がしていたのに、三分しか過ぎていなかった。

「なんか、苛々《いらいら》してきた」

悠は呟き、スマホを握りしめたまま立ち上がった。部屋を出るとわざと大きな足音を立てて玄関に向かった。サンダルをつっかけ、外に出る。

「なにかご用ですか？」

軽自動車に声をかけた。なんの応答もない。

「あの、家になにか用ですか？　エンジンかけっぱなしとか、すごく迷惑なんですけど」

悠は声を張り上げた。軽自動車のエンジンが止まった。運転席から男が降りてきた。

迷彩柄のパンツに編み上げのブーツ姿で、上半身は半袖の無地のTシャツだった。筋肉が盛りあがっていてシャツがはち切れそうだった。

「すみません、ちょっと地図を見ていたんで」

男が言った。尾崎と同じ年代のように見えた。

「平野敬蔵さんのお宅はここでいいのかな？」

男の声は馴《な》れ馴《な》れしい。

「そうですけど、祖父になにか用ですか？」

「いや、平野さんじゃなくて、雅比古がここにいるかもしれないって聞いてきたんで……」

「尾崎さんの知り合い？」

「ああ、中村《なかむら》っていうんだけど……エコミュージアムセンターに行ったら、雅比古は休暇中だって言われてね。せっかく訪ねてきたのにどうしたもんかって思ってたら、センターの人がもしかしたら平野さんのところにいるのかもって」

男——中村は頬を掻いた。顔の下半分は無精髭に覆われ、目の下には隈《くま》ができている。

「生憎《あいにく》ですけど、祖父も尾崎さんも出かけていて留守です」

「いつ戻るかな？」

「さあ――」悠は首を傾げた。「明日になるか、明後日《あさって》になるか」

「どういうこと」

「ふたりで山に入っているんです。木彫りの作品用の木を取りに行っていて。祖父の気に入った木が見つかるまでは戻って来ないと思います」

「いつから山に行ってるのかな？」

「今日で四日目」

「まいったな……センターでも、雅比古は木彫り作家の平野さんの弟子なんだって聞いたけど、マジなのかよ」

中村は溜息を漏らし、薄暗くなってきた空を見上げた。

「大真面目みたいです」

「いつ戻るか予想できない？」

「今週中には帰ってくると思いますけど。食料もそんなには持っていってないはずだし。あ、でも、祖父ならエゾシカ撃ったり、野兎《のうさぎ》を罠で仕留めて食べちゃうこともあるから……」

「平野さんって、木彫り作家なだけじゃなくて猟師もやってるのか？」

悠はうなずいた。

「猟師はもうセミリタイヤしてますけど」

「しょうがない。ちょっと待ってて」

中村は軽自動車の運転席に戻った。悠はスマホを持ち替えた。自分で思っているより緊張していたのか、右の掌が汗で濡れていた。

中村がまた外に出てきた。右手で摘んだ紙切れを悠に差し出してきた。

「おれの連絡先。雅比古が戻ったら、電話するように言ってくれる？」

悠は紙切れを受け取った。カタカナで「ケンゴ」と記され、その横にスマホの電話番号が記されていた。

「友達なのに、電話番号とか交換してないんですか？」

「スマホを買い換えたばかりなんだ。じゃ、よろしく頼むよ」

中村は再び軽自動車に乗り込み、エンジンをかけた。軽自動車は室蘭《むろらん》ナンバーだった。

走り去っていく軽自動車を見送りながら、悠は尾崎に電話をかけた。通じなかった。敬蔵たちがいる山には電波が届かないのだ。

悠は家に戻った。中村から預かった紙切れを見つめた。

尾崎もスマホを買い換えた。中村も換えたばかりだという。

なんだか喉が渇いてしかたがない。台所のサーバーに残っていた紅茶をカップに移した。すっかり冷めてしまった紅茶を一気に飲み干した。

尾崎と中村を会わせてはいけない――唐突に頭に浮かんだ。

そう。尾崎と中村を会わせてはいけないのだ。なんだか不吉なことが起こりそうな気がする。

悠は敬蔵の徳用マッチを持ってきた。山に入る時はライターよりマッチの方が信用できると言って、大量に買い置きしてあるのだ。

シンクの上でマッチに点火し、紙切れに火をつけた。紙はあっという間に燃え上がり、煤《すす》になってシンクに落ちた。悠は煤を水で洗い流した。

尾崎が山から戻ったら、中村が訪ねてきたことを報せるべきだろうか。それとも黙っていた方がいいのだろうか。

「もう。これじゃ、全然勉強に集中できないじゃない。尾崎の馬鹿」

気持ちを落ち着けるため、ハーブティを淹れ、自室に戻った。

リラックス効果があると謳《うた》われているハーブティを啜っても、問題集の中身は悠の頭に入ってこなかった。

＊　＊　＊

「なにやってんだよ、もう」

樹が髪の毛を掻きむしった。健吾は呆然とした顔で熊谷の死体を見おろしている。

「おれたち、殺人犯とその共犯者じゃないか」

樹の声が響く。

「すまねえ」

「すまねえじゃねえよ。どうしてくれるつもりなんだよ、健吾」

「すまねえ」

健吾は同じ言葉を繰り返した。

雅比古は死体に近づいた。すべてが現実味を失っていた。まるで、雅比古と世界の間に薄い膜がかかっているかのようだ。熊谷は呆気なく死んだ。呆気なさすぎた。死体に触れた。時間が経過するたびに死体は冷たくなっていく。その冷たさが唯一の現実味だった。

「マジでどうするんだよ、これ」

樹がヒステリックな声をあげた。

「できることはふたつ」

雅比古は死体から手を離した。

「ふたつ？」

樹と健吾が雅比古を見た。

「自首するか、死体をどこかに隠して逃げるか」

樹と健吾が顔を見合わせた。

「逃げてもいずれは見つかるんだろうけど、今はまだ捕まりたくない。やりたいことがあるんだ。でも、ふたりが自首するって言うなら、ぼくも一緒に警察に行くよ」

雅比古はふたりを交互に見つめた。

「ここで逃げたら、裁判の時に心証が悪くなるしね」

「でも、逃げるって言ったって、どうやって逃げるんだよ？」

樹が言った。

「ばらばらになった方がいいだろうな」

雅比古は答えた。

「そうだな。まとまって逃げるより、別れた方がいい」

健吾がうなずいた。

「偉そうに言うなよ、健吾。おまえのせいでこうなったんだぞ」

樹の言葉に、健吾は唇を嚙んだ。

「樹はどうしたい？」

雅比古は訊いた。

「お、おれは捕まりたくないよ、やっぱ。だって、こんなことになるはずじゃなかったんだぜ」

「健吾は？」

雅比古は樹の愚痴を遮った。

「実際に殺しちまったのはおれだ。捕まったら、懲役二十年は固いんだろうな」健吾はまた熊谷を見おろした。「自分が悪いのはわかってるけど、こんなやつのために刑務所に行くのはいやだ」

「じゃあ、決まりだ。死体をどうにかして、逃げよう」

樹が雅比古を見た。

「雅比古、なんでそんなに冷静なんだよ？　人が死んだんだぞ。健吾が、おれたちの仲間が殺したんだ」

「起こってしまったことは元には戻らない。そうだろう？」

地震や津波で亡くなった多くの人たち、今なお故郷に戻れずに苦しんでいる多くの人たち。彼らはどれだけ嘆いたことか。しかし、嘆いても時は戻らない。地震や津波をなかったことにはできないし、今も漏れ続けている放射線がある日突然消えてなくなることもない。

起こってしまったことを胸に秘めて、未来に向かって歩いていくしかないのだ。

「死体、どうしようか？」

雅比古は言った。自分でも他人事のような言いぐさだと思った。

「普通は埋めるか、海に沈めるかなんだろうな」

健吾が答えた。

「多摩川《たまがわ》に捨てるってのもあるんじゃね？」

樹が言った。

雅比古だけではない。樹も健吾も他人事のような言いぐさだった。だれもが現実味を失っているのだ。

「じゃんけんをしよう」

雅比古は言った。

「ぼくが勝ったら海に沈める。健吾が勝ったら埋めよう。樹が勝ったら――」

「多摩川。マジで言ってる、雅比古？」

「大真面目だよ」

「じゃあ、やるか」

三人でじゃんけんをした。雅比古と健吾はチョキを出し、樹がグーを出した。

「多摩川で決まりだな」

「こんなんで決めていいのかよ」

樹が唇を尖らせた。

「じゃあ、あみだくじでも作るか？」

健吾が言った。樹はうつむいた。

「暗くなったら、死体を車に積んで出発しよう。死体を捨てたら、さよならだ」

雅比古は死体を見おろした。

巨大地震と津波によって奪われた無数の死は少しずつ風化している。あの日、東電の社長だったという男の死は、その風化に歯止めをかけてくれるだろうか。

「雅比古はなにも感じてないみたいだな」

樹の声が聞こえた。雅比古は樹に顔を向けた。

「そんなことないよ。辛すぎて苦しすぎて、涙も出ない。頭を回転させてると、少しは気が紛れる。それだけなんだ」

母を思った。息子が殺人の共犯者だと知ったら、母はどれほど哀《かな》しみ嘆くことだろう。

「母さん、ごめんよ」

雅比古は健吾たちには聞こえぬように呟いた。

25

立派なクルミの木だった。鬱蒼《うっそう》とした森の中で、その木の周辺だけが開けている。まるで、他の木々がクルミの木に遠慮しているかのようだ。

敬蔵の声がやんだ。クルミの木の周りに焼酎を撒《ま》き、祈りを捧げていたのだ。

森の中でこの木に出会った瞬間、敬蔵の目の色が変わるのを雅比古は見た。敬蔵の目は潤み、顎の筋肉がわなないていた。

運命的な出会いだった。敬蔵はこのクルミの木に一目惚《ひとめぼ》れしたのだ。

祈り——カムイノミは長く続いた。山のカムイに、そしてこの木に宿るカムイに、木を切ることのゆるしを求め、祈りを捧げる。

敬蔵の口から発せられる言葉を聞き取ることはできない。しかし、その意味は、雅比古にもはっきりとわかった。

この木を切り倒すことをおゆるしください。心を込めて彫ります。最愛の孫娘の姿を彫ります。その姿にカムイも心洗われるでしょう。切られたことを良しとするでしょう。カムイの宿る木だからこそ、わたしの彫る孫娘の像は命を得るのです。

カムイノミを終えた敬蔵は斧《おの》をクルミの木の幹に打ちつけた。乾いた音が森に響く。斧を振り上げるたびに敬蔵の身体が膨らむ。筋肉が躍動する。一心不乱に斧を振るう敬蔵は美しかった。

「代わります」

敬蔵の息が上がってきたところで雅比古は声をかけた。敬蔵の顔が汗で濡れている。

斧を受け取り、心の中で祈りを捧げた。

敬蔵のため、悠のため、この木を切り倒すことをおゆるしください。

斧を振るった。木の幹に対して刃を垂直に当てないと斧は弾《はじ》かれる。腕が痺《しび》れる。そうならぬよう慎重に、しかし大胆に斧を振るう。

すぐに息が上がった。川湯に来て体力は増したが、敬蔵に比べれば子供も同然だ。あんなふうになれるのだろうか。強靭《きょうじん》な肉体と心を手に入れられるのだろうか。

かつてのアイヌはみな敬蔵と同じ強さを誇っていただろう。山や川や海で神々に祈りを捧げ、自分たちが食べる分だけの食料を調達し、自然と共に生きてきたのだ。強くなければ生きてはいけまい。自然に対する畏敬の念がなければそんな暮らしはできまい。

自分が最後だ——敬蔵は言った。

最後にしてはならない。自分が受け継ぐのだ。

「もういい」

敬蔵の声に我に返った。かなり刃が入り、クルミの木がかすかに傾いていた。斧を手にしたまま後ずさり、尻餅をついた。全身が汗まみれだ。腕や背中の筋肉が痙攣していた。

敬蔵が鋸で木を切りはじめた。刃がリズミカルに動き、おがくずが飛んだ。しばらくすると、敬蔵は鋸を動かす手を止め、クルミの木を手で押した。鈍い音を立てながら木が倒れた。敬蔵が目を閉じた。口から言葉が漏れてくる。感謝の言葉を捧げているのだ。

雅比古も目を閉じた。山の神、木の神に感謝の気持ちを捧げた。

祈りが終わると、鋸や鉈で木の枝を払い、幹を切りそろえた。

「飯にするか」

敬蔵が額の汗を拭いながら言った。雅比古はうなずき、ザックから握り飯と水筒を出した。

山に入って五日目。朝昼晩、白米と塩か味噌で腹を満たしてきた。最初のうちはもの足りず、四六時中腹が減っていた。今は握り飯をひとつ食べれば空腹感は消えるし、疲労もある程度回復する。

そのことを敬蔵に話したら「燃費が良くなったんだな」と言われた。

今の日本人は燃費が悪いことはなはだしいのだそうだ。

握り飯を食べ終わると、敬蔵が腰を上げた。

「さて、これを軽トラまで運ぶが、だいじょうぶか?」

「だいじょうぶです」

雅比古は答えた。

「昨日は泣き言ばかり口にしていた」

「今日はだいじょうぶなんです」

このクルミの木ならどんなに重くても気にはならない。敬蔵が一目惚れした木なのだ。敬蔵が心を込めて彫る木なのだ。重いわけがない。

敬蔵に手伝ってもらいながら木を背負った。それをロープで身体に括りつける。

重かった。心が折れそうになる。それでも歯を食いしばった。

「行くぞ」

敬蔵が歩きはじめた。背中に木を背負っているのは雅比古と同じだが、敬蔵はその他に、鉈や鋸を腰からぶら下げ、ライフルの入ったケースを肩にかけている。

雅比古はその後を追った。軽トラを停めているところまで、下りで二時間。木を軽トラに積んだ後で、他の荷物を回収するために戻って来なければならない。日没前にはベースキャンプにいなければならない。のんびりしている余裕はなかった。

相変わらず敬蔵の足は速い。まるで身ひとつで歩いているかのように軽やかに下っていく。雅比古はといえば、敬蔵の背中を見失わないようにするのがやっとだった。道なき道を進み、沢を渡り、また森の中を下っていく。敬蔵との距離は開く一方で、そのうち背中さえも見えなくなる。

だが、この五日間で、敬蔵の歩いた痕がわかるようになっていた。その痕を追ってひたすら下っていく。ロープが肩に食い込み、息が上がり、全身が火照っていた。やがて、吐き気にも襲われる。

休みたい。だが、休めばどうなるかは昨日の経験でわかっていた。再び歩き出すのに意思の力を総動員しなければならなくなるのだ。

敬蔵が立ち止まっているのが見えた。こちらに振り返り、掌を向けてきた。

動くなという合図だ。雅比古は足を止めた。

敬蔵が掌を返した。雅比古に手招きする。

できるだけ音を立てずにこっちへ来い。

疲弊した身体に鞭打ち、足音を殺して敬蔵のいるところへ移動した。

「どうしたんですか？」

雅比古は囁いた。敬蔵の返事はない。雅比古は敬蔵の視線を追った。

森の数メートル先に空間が広がっている。小さな沢が流れているのだ。その沢のほとりでなにかが動いていた。

「キタキツネの子供だ」

敬蔵が言った。雅比古は目を凝らした。二頭のキタキツネが取っ組み合って遊んでいる。上になり、下になり、離れ、逃げ、追いかけ、また上になったり下になったり。生命が弾けている。生きている喜びに満ち溢れている。

二頭ともこれ以上楽しくて嬉しいことはないと破顔していた。

キタキツネたちが生を謳歌《おうか》する姿は見飽きることがなかった。クルミの木の重ささえ忘れて見入ってしまう。

「笑ってますね」

呟くと、敬蔵がうなずいた。

「やつらはよく笑う。キタキツネも羆もエゾシカもみんな笑う。笑わないのは人間が近くにいる時だけだ」

敬蔵の木彫りの動物たちにも笑っているものが少なくない。

「動物は過去のことを悔やんだり、未来のことを恐れたりはしないんだ。その時その時を真剣に全力で生きている。遊ぶ時も全力だ。全力で走りまわって全力で笑う」

キタキツネたちの取っ組み合いが終わり、追いかけっこに変わった。逃げる方も追う方も全力疾走だった。そして、相変わらず笑っている。

「アイヌも昔はそうだったはずだ。その時その時を生きて、心が豊かだった。だが、今のアイヌは──」

敬蔵が言葉を飲みこんだ。キタキツネたちが追いかけっこをやめ、こちらを見つめている。次の瞬間、二頭は身を翻して森の中に消えていった。

「はんかくさい」

「ぼくのせいですか？」

敬蔵が頭を掻いた。

「違う。おれのせいだ。つい頭に血がのぼった。それでやつらに気づかれた。現役の猟師だった頃にはこんなことなかったんだがな」

「思わず頭に血がのぼるほど今のアイヌの生き方が腹立たしいんですか？」

「どうかな。昔は腹立たしく思っていた。今は……どうでもいい。時々頭に血がのぼることはあるが。おれはただ、悠にしあわせに生きて欲しい。アイヌでいることが嫌ならそれでいい。都会に出て、大勢の中に埋没して生きればいい。あいつが成人して自分で生活できるようになるまで、おれが面倒を見てやる」

「悠ちゃんは帰ってきますよ」

雅比古は言った。敬蔵の眉が吊り上がった。

「高校に行って大学にも行って、恋をして、もしかして都会で結婚するかもしれない。でも、悠ちゃんはいつか帰ってくる。そんな気がします」

「あんなにここを嫌ってるのに帰ってくるもんか」

「子供の時って、周りにあるものの大切さがわからないじゃないですか。それに、悠ちゃんは魂が綺麗すぎる気がするんですよ」

敬蔵は瞬きもせずに雅比古を見つめていた。

「都会で暮らしていると神経がすり減っていくタイプ。ぼくもそうです。同じ一族だからかな」

「おまえの言うとおりだとしても、悠が戻ってくるのはおれが死んだ後だろう」

「それでもいいじゃないですか」

敬蔵がゆっくりうなずいた。

「そうだな。おれが生きていようが死んでしまおうが、どうでもいい。悠がカムイたちのもとでの暮らしを選んでくれるなら、それでいい。さ、行くぞ」

「はい――

再び山を下った。キタキツネの兄弟に出会う前より足取りが軽くなっていた。

「個展が終わったら、今度は猟のいろはを教えてやる」

敬蔵が言った。

「本当ですか？」

「おれの知ってることは全部、教えてやる。その代わり、本当に悠がここに戻ってきたら……悠に息子ができたら、おまえがおれから教わったことをその子に教えてやってくれ」

「もちろんです」

敬蔵と共に沢を渡った。キタキツネたちの残り香が漂っているような気がした。

＊　＊　＊

敬蔵たちが山から下りてきた。珍しいことに、途中で日帰り温泉に寄ってきたという。

「もう、身体がくさすぎて限界」

まだ濡れたままの髪の毛を掻き分けながら尾崎が言った。山に入る前より、身体がひとまわり大きくなったような気がする。

切り出してきた木を軽トラから運び終えると、敬蔵はそのままアトリエにこもってしまった。

「お爺ちゃん、ご飯はどうするの？」

アトリエの外から声をかけた。

「食う」

返事は来たが、外へ出てくる様子はなかった。

「居ても立ってもいられないんだよ。凄く気に入った木を見つけたんだ。彫りたくてしょうがないんだと思う」

「尾崎さんもご飯食べていく？」

「いいの？」

「くたくたでしょ？　食べていけばいいよ。カレーになっちゃうけど」

尾崎が眉をひそめた。

「山にいる間、白米しか食べてないんだ。ラーメンとかそういうのが食べたいなあ。それから肉と野菜。がっつり食いたい」

「でも、肉は冷凍のエゾシカしかないけど」

「買いに行こうよ。どうせ敬蔵さんは木彫りに夢中だし、晩ご飯遅くなっても文句は言わないだろうからさ。しゃぶしゃぶにしよう。野菜と肉たっぷりのしゃぶしゃぶ食べて、締めに肉と野菜の出汁がたっぷりのスープでラーメン。どう？　金はぼくが出すから」

「わたしはかまわないけど……」

「じゃあ、行こう」

尾崎に急かされ、悠は車の助手席に乗った。尾崎は慣れたハンドル捌《さば》きで車を走らせた。町で一軒のスーパーに行くつもりなのだ。その横顔はいつにも増して明るかった。

中村と名乗った男の顔と元東電社長殺人事件の報道が頭の中でぐるぐると渦を巻いた。

もし、尾崎があの事件に関わっているのだとしたら、どうしてこうも明るく振舞えるのだろう。

人の死、それも殺人に対して心の痛みや苦しみを覚えない異常者とは思えない。

「どうしたの？　ぼくの顔になにかついてる？」

尾崎が言った。悠は慌てて首を振った。

「山の中でお爺ちゃんとなにかあったのかなと思って」

咄嗟に嘘をついた。

「どうして？」

「お爺ちゃんが山から下りてきてすぐに温泉に行くとか、アトリエにこもるとか今までなかったから」

「さっきも言っただろう？　無茶苦茶気に入った木を見つけたんだよ。それで敬蔵さんのテンションも上がってるんだ。温泉も最初は嫌がったけどさ、大事な作品を彫る前に身体を清めなきゃって言ったら、それもそうだなって」

尾崎が笑った。

スーパーに着くと、尾崎は呆れるぐらいの食品をカートに入れた。

「缶詰持っていったんだけど、匂いで羆が寄ってくるって脅されて、ずっと白米と味噌と塩だけで過ごしたんだ。昨日の夜は焼肉屋で腹一杯食べる夢を見ちゃったよ」

尾崎は牛肉はもちろん、豚やラムの薄切り肉もカートに放り込んだ。

「それもあるから、尾崎さんは絶対に途中で逃げ出すと思ってたんだ」

悠は言った。

「ぼくもそう思ってた。とにかく最初のうちは腹が減って腹が減って死にそうだったよ」

「でも、逃げ出さなかったんだね」

「うん。頑張った」

「どうして？」

悠は尾崎の顔を真っ直ぐ見つめた。尾崎が目を逸らす。

「どうしてそうまでしてお爺ちゃんの弟子になりたいの？　どうして木彫りがしたいの？」

尾崎はカートを押した。肉売り場からラーメンの生麺を売っているコーナーに移動する。

「やっぱり、しゃぶしゃぶの後の締めは太麺より細麺だよね？」

「ちゃんと質問に答えて」

「木彫りだけじゃないんだ」尾崎はラーメンの袋を手にしたまま答えた。「屈斜路湖周辺の山のこと、森のこと、川のこと、それから猟のこと。敬蔵さんの知ってることはすべて学びたいんだよ」

「どうして？　尾崎さんは和人なのに、アイヌの真似をしてなにが楽しいの？」

「ぼくは――」

「あら、尾崎君」

尾崎が口を開くのと同時に、尾崎の背後で声がした。エコミュージアムセンターの戸塚啓子だった。

「やっと山から下りてきたの？」

「ええ、ついさっき」

「なんだか逞しくなったような気がするなあ。悠ちゃん、こんにちは」

「こんにちは」

「受験勉強、頑張ってる？」

「はい」

「そう」戸塚啓子は微笑みながら尾崎に向き直った。「明日から仕事に出てこられる？」

「だいじょうぶですよ」

「大堀《おおほり》さんが夏風邪を引いて寝込んでるのよ。もう少しゆっくりしたいでしょうけど、お願いね」

「わかりました」

「ああ、それから、三日ぐらい前だったかな、知り合いっていう人が訪ねてきたわよ」

「知り合い？」

尾崎の瞼が痙攣した。

「ええ。名前は言わなかったけど、ここは尾崎雅比古の職場ですかって。ちょっと柔道でもやってそうな体格のいい男の人。尾崎君と同じ年頃ね。思い当たる人、いる？」

　尾崎がうなずいた。

「それで、そいつはどうしました？」

「休暇を取ってるって言ったら困った顔してたわね。連絡先を教えてくれないかって言われたけど、それはちょっとって断った。どういう知り合いなの？」

「多分、大学時代の友人だと思います。今年の夏、北海道を一周するから、寄れたら寄るって言ってましたから」

　悠は口の中に溜まった唾を飲みこんだ。いつの間にか緊張して、背中が強張っていた。

「そう。それじゃあ、もう次の目的地に向けて出発しちゃったわね」

「だと思います」

「じゃあ、失礼するわね。悠ちゃん、平野さんによろしく」

　戸塚啓子はにこやかに微笑んで去っていった。悠はその後ろ姿をいつまでも見つめていた。

「もしかして、敬蔵さんの家にも来た？」

　尾崎が訊いてきた。不意打ちだった。悠は慌てて首を振った。

「知らない。だれも来てないと思うよ」

「そう。ならいいんだけど……さ、会計済ませて帰ろう。お腹ペコペコだよ」

尾崎はカートを押して歩きはじめた。

「その友達、なんて名前？」

「ケンゴっていうんだけどね」

「名字は？」

尾崎の足が止まった。首を傾げて思案に耽《ふけ》っているような表情を浮かべている。

「忘れた」

「え？」

「昔から、ケンゴなんだ。会話をするにもメールでやりとりするにも、いつもケンゴ。向こうはぼくのことを雅比古。名字はなし。だから、忘れた。それにしてもまずいなあ、ケンゴの名字を思い出せないなんて。若年性健忘症かなあ」

尾崎は頭を掻いた。本気で言っているようにも思えたし、芝居のようにも思えた。

会計を済ませ、家に戻ると尾崎が食事の支度をはじめた。

「野菜切って鍋に入れて煮込むだけだから、悠ちゃん、勉強でもしてて。支度ができたら呼ぶから」

尾崎は鼻歌混じりで包丁を手に取った。

「うん。じゃあ、お願いするね」

悠はそそくさと自室に入った。すぐにスマホを手にし、検索をかけた。

〈東電元社長　殺人　容疑者〉

キーワードを打ち込み、検索ボタンをクリックする。

うろ覚えだった名前がすぐに見つかった。

中田健吾。

それが容疑者の名前だ。

尾崎を捜して訪ねてきた男は中村と名乗った。尾崎はエコミュージアムセンターを訪れた友人はケンゴだと言った。

中村ケンゴ——中田健吾。

偶然だろうか？

「そんなはずない」

悠は呟き、自分の声に驚いて胸を押さえた。

偶然であるはずがない。

尾崎がそんな凶悪な事件に関わっているはずがない。

いくつもの「そんなはずない」が頭の中で増殖していく。

台所からは尾崎の鼻歌が流れてくる。悠は息苦しさに耐えられなくなって、きつく目を閉じた。

＊＊＊

熊谷の死体が下流に流されていった。

「すぐに発見されちゃうよな」

樹が言った。

「じゃんけんで決めたんだ。しょうがないさ」

健吾が言った。

「じゃあ、ここで別れよう」

雅比古は言った。

「もう？」

樹が口を尖らせた。

「ここに長居したってしょうがないだろう」

「ファミレスでも行く？」

雅比古は首を振った。

「ここで別れた方がいい。だれも、他のふたりがどこへ行くか知らずにね。万一捕まったとしても、なにも知らなけりゃ、警察に話すこともない——

雅比古の言うとおりだ」

　健吾がうなずいた。

「それはわかってるけど、ちょっと寂しいじゃん。もしかしたら、二度と会えないかもしれないのに」

「二度と会わないよ。会うとしたら、それぞれの裁判で証人として出廷する時かな」

「まるで間違いなく逮捕されると信じてるみたいな口ぶりだな」

　雅比古は健吾に顔を向けた。

「逮捕されるさ。そうじゃなきゃ、いずれ自首する。こんなことをしてなにごともなかったかのように生きていくなんて、ぼくにはできない」

「じゃあ、これからすぐ自首しに行けばいいじゃん」

　樹が足もとの小石を拾って川面《かわも》に投げ入れた。

「言っただろう。やりたいことがあるんだ。いや、やらなきゃならないことがあるって言った方がいいかな。とにかく、それをやるまではできれば捕まりたくない」

「おれは捕まりたくない」

　樹が言った。投げた石が落ちた川面を睨んでいる。

「おれも、できれば捕まりたくない。殺しちまったのはおれだし……雅比古の言うとおり、どの面下げてのうのうと生きていくんだとは思うけど」

「気にするなよ。人それぞれだから。自首したとしても、君たちのことは絶対に口にしないから」

「黙秘したまんまだと、心証が悪くなって刑が重くなるんじゃないの？」

「かまわない」

直接自分で手を下したわけではなくても、人の命を奪ったのだ。どんな量刑を科されようとも受け入れるつもりだった。

「やらなきゃいけないことってなんだよ？」

健吾が訊いてきた。

「個人的なこと」

雅比古は答えた。あの木彫りの羆の意味を探るのだ。なぜ、母があんなにも大事にしていたのか。それを知らなければ自分は先へ進めない。確信めいた思いが芽生えていた。

「なんか羨ましいな」

樹が言った。小石をもう一度拾って投げた。

「羨ましい？」

「おれなんか、きっと逃げ回るだけで精一杯だ。オウム真理教のやつらみたいにさ、名前変えて、髪型変えて、着るものも変えて、どっかの田舎でじっと息を潜めて暮らすんだ」

「そうなるだろうね」

「海外にでも行くか」

健吾が言った。

「おれ、パスポート持ってないんだよね。今から作るのも、なんかやばそうじゃん。」

樹が首を振った。

健吾はパスポート持ってんの？」

健吾がうなずいた。

「いいなあ。犯罪人引渡条約だっけ？　あれを結んでない国に行けばいいんだもんな」

樹はいつにも増して饒舌《じょうぜつ》だった。不安を紛らわすために喋っている。

「いつまでも喋っていたってしょうがない。そろそろ行こう」

雅比古はふたりを促した。

「そうだな。ここにいても、人目につくだけだ。車はおれが処分する。それでいいか？」

「ああ。頼むよ」

「雅比古はどうするんだよ？」

「ぼくは電車にでも乗る」

「駅まで相当あるぜ」

「かまわない」

「じゃあ、おれも適当に歩いてバスか電車にのるよ」

樹が空を見上げた。分厚い雲が西から向かってきている。いずれ、雨が降るのだろう。

「じゃあ――」

雅比古は右手を突き出した。

「じゃあ――」

健吾が雅比古の手に自分の右手を重ねた。

「じゃあ――」

樹がその上に自分の右手を載せた。

「さよなら、健吾、樹」

「さよなら」

「さよなら」

手を戻し、ふたりに背を向けた。

「なあ、おれたち、本当に人を殺しちまったのかよ？」

樹の声が聞こえた。振り返らなかった。

「なんでこんなことになっちまったんだよ?」

鼻声だった。樹は泣いている。

雅比古は振り返った。

やはり、樹は泣いていた。健吾は無表情だった。

雅比古はふたりに手を振った。

26

かけた電話番号は使われていないという音声メッセージが流れてきた。

やはり健吾も持っていたスマホを捨てたのだ。今は新しいものを持っている。

どうやって自分の居場所を知ったのだろう——雅比古はスマホを手で弄《もてあそ》びながら首を捻《ひね》った。

健吾が雅比古と敬蔵の関係を知る手立てはない。雅比古自身、自分と敬蔵が血縁関係にあると確信できたのはこちらへ来てしばらく経ってからだった。

「まさか、ググったら出てきたとか、そんなことはないよな……」

尾崎雅比古で検索をかけてみた。

エコミュージアムセンターのホームページ内にあるスタッフ紹介というページに、雅比古の名前が出ていた。

「そういえばそうだったなあ」

雅比古は顔をしかめた。夏の観光シーズンがはじまったばかりの頃、若手のスタッフからHPのスタッフ紹介に載せてもいいかと訊かれたことがあったのだ。あの時はばたばたしていて、すぐに出かけなければならなかった。後で断ろうと思いながら曖昧にうなずいただけで済ませたのを覚えている。その後は仕事に忙殺されてそのことをすっかり失念してしまった。

他のスタッフは顔写真やプロフィールがついているが、雅比古は名前と年齢が記されているだけだった。

だが、雅彦ならいざ知らず、雅比古という名前は珍しい。名前が同じで年齢も同じとなれば、健吾には容易に推測がついただろう。

「馬鹿だな、おれって……」雅比古は嘆息した。「自分が警察から逃げてる身だってこともつい忘れちゃうんだよな」

雅比古は家を出て、隣家のドアをノックした。住んでいるのは谷川《たにがわ》という八十代の老人で、広い庭で家庭菜園をやっている。ときおり畑仕事を手伝っては新鮮な野菜を分けてもらっていた。

「畑仕事なら、今日はもう終わったよ」

谷川がドアを開けながら言った。

「ちょっとお尋ねしたいことがあって……何日か前、ぼくと同じ年頃の男が訪ねてきませんでしたか？　ちょっとごつい身体のやつなんですけど」

「柔道選手みたいなやつか？」

「そうです」

「来た、来た。尾崎君の昔なじみだって言っておったさ。礼儀正しい男で、確かに君の友達らしかったべ」

「それで、彼になにを話しました？」

「北海道旅行のついでにわざわざ川湯に立ち寄ったのに、君に会えんかもしれんと残念がっておったから、敬蔵んとこにいるかもしれんと教えてやった」

やはり、情報源は谷川だった。川湯は小さな町だ。町のだれかに旧友だと言って雅比古の家を尋ねれば、気のいい人間なら簡単に教えてくれるだろう。健吾はそうやって雅比古の家に辿り着き、谷川に敬蔵のことを聞いたのだ。

「なんかまずかったかい？」

「いえいえ。ぼくと敬蔵さんが山に入っている間に、そいつが敬蔵さんの家を訪ねてきたって聞いたもので、どうしてぼくが敬蔵さんに弟子入りしたことを知ったのかなって思ったもんで。それだけです。ありがとうございました」

「そんなに慌てないで」

踵を返そうとすると、谷川に呼び止められた。

「キュウリとトマト、持っていけ。そろそろシーズンも終わりだべさ」

「いつもありがとうございます」

両手では抱えきれないほどの野菜をもらって、雅比古は家に戻った。この量はひとりでは食べきれない。

敬蔵の家へ持っていこうと野菜の半分を車に積んで出発した。敬蔵の家に行く前に、あてもなく町中を走ってみる。

健吾が川湯を立ち去ったとは思えない。ひとりで逃げ回ることに疲れ、倦み、雅比古を訪ねてきたに違いないのだ。どこかで息を潜めているはずだ。

三十分ほど車を走らせてみたが、それらしき姿も車も見当たらなかった。それ以上捜すのは諦めて、敬蔵の家に向かった。

母屋に人の気配はなかった。悠は学習塾だろう。悠の成績なら志望校には問題なく受かると聞いていた。それでも不安に駆られるのはよくわかる。

若いというのは、不安に取り憑《つ》かれているのと同じだ。なにをするにも手探りで、見通しが利かない。

野菜を玄関に置き、雅比古は敬蔵のアトリエを訪ねた。

彫刻刀や鑿《のみ》を研ぐ音が聞こえてくる。そっとドアを開け、中に入った。途端に熱気が身体にまとわりついてきた。

道東はすでに初秋の衣をまとっている。朝晩は厚手の上着がなければ震えるほどだし、日中も半袖のシャツ一枚では心許《こころもと》ない。それなのに、アトリエの中は真夏のような暑さだった。それもそのはずで、ストーブにくべられた薪が赤々と燃えていた。

敬蔵は上半身裸になって、刃物を研いでいた。

「ストーブなんか焚いてなにをやってるんですか？」

雅比古は額に浮き出てきた汗を拭った。

「山から持ってきた木を乾燥させてるんだ。湿ったまま彫りはじめるとわやになるからな」

「それはわかりますけど、作業は外でやればいいじゃないですか」

「これも一種のカムイノミだ。汗を掻いて身体を浄化する」

「それもアイヌの伝統ですか？」

敬蔵が刃物を研ぐ手を止めた。雅比古に顔を向け、悪戯小僧のような笑みを浮かべた。

「これはおれが編み出したカムイノミだ」

「いつもやるんですか？」

「気合いを入れて彫る時は、必ずやる」

「ぼくはちょっと遠慮します。脱水症状にならないよう、気をつけてくださいよ」

逃げるようにアトリエを後にした。吹きつけてくる風が心地《ここち》よい。母屋に戻ろうとして足が止まった。雅比古の車の後ろに見慣れない車が停まっていた。白い軽自動車だ。

運転席に座っているのは健吾だった。別れた時より痩せ、口の周りが無精髭に覆われていた。

健吾が車を降りた。着ているTシャツは袖が伸びている。

「久しぶりだな、雅比古」

健吾が言った。

「この家を見張っていたのか？」

「おまえがいつ戻ってくるのかわからなかったからな。二十四時間見張ってたわけじゃないが……」

健吾がゆっくり近づいてくる。雅比古はアトリエに視線を送った。敬蔵が出てくる気配はなかった。刃研ぎに没頭しているのだ。

「ぼくになんの用だ？　もう会わないと約束しただろう」

「そんなことより、おまえ、馬鹿か？　本名をネットに載せたりしてよ。自分はここにいるぞって叫んでるようなもんじゃないか」

健吾が足を止めた。体臭が漂ってくる。山にこもっていた時の自分と同じだ。しばらく風呂に入っていないのだ。

「捕まってもかまわないから、そういうことも気にしない」

「おかげですぐにおまえを見つけることができたけどよ」

「ぼくを見つけてどうするつもりだったんだ？」

「樹が捕まった」

「知ってる」

「不安にならないのかよ？」

「言っただろう。ぼくは捕まってもかまわないんだ」

「おまえは殺してないからな」

健吾の顔が歪んだ。

「ぼくは健吾と同罪だよ。実際に手を下したかどうかなんか関係ない」

「裁判員や裁判官にすれば、殺したのはおれだ」

雅比古は肩をすくめた。確かに、健吾の言うとおりだ。雅比古が自分の思いを吐露したところで慰めにはならない。

「しばらくでいいから、おまえのところに泊めてくれないか」

健吾が言った。雅比古は首を振った。

「だめだ。早くここから立ち去ってくれ」

「もう所持金もほとんどないんだ」

雅比古はジーンズの尻ポケットから財布を抜いた。一万円札が一枚と小銭が入っている。

「いつか返してくれ」

健吾に金を渡そうとした。

「金が欲しいと言ったわけじゃない」

健吾は金を受け取らなかった。

「わかってる。でも、ぼくにできることはこれぐらいしかないんだ」

「一晩だけでもいい。泊めてくれよ」

雅比古は首を振った。

「いなくならないなら、警察を呼ぶぞ」

「おまえも捕まる—」

「かまわない」

健吾の目が細くなった。雅比古の表情を読んでいる。

「本気なのか？」

「本気だよ」

自分が何者なのか、なにをしたいのかを知ることができた。このまま逮捕されれば、敬蔵から教わることができなくなるが、それもまた運命だ。たとえ敬蔵がいなくなっても、困ることはない。自分の歩むべき道はわかっている。

「わかったよ。金をくれ。おれは消える」

健吾が差し出してきた手に、雅比古は金を載せた。

「すまない。周りの人たちに迷惑はかけたくないんだ」

「おまえはまだ名前も出てないしな。おれと樹は昔からつるんでたから……」

「ぼくひとりで逃げ回るつもりはないよ。いずれ、自首すると思う」

「変わったな、雅比古」

雅比古は微笑んだ。

「変わったというより、今までは本当の自分に気づいてなかったんだ」

「しあわせそうに見える。おまえが羨ましい」

健吾は首を振り、雅比古に背を向けた。

「罪を償ったら、ぼくはここに戻ってくる。その時は、健吾や樹が来たら好きなだけ泊めてやるよ」

雅比古はその背中に声をかけた。健吾は無言のまま軽自動車に乗り込んで走り去った。

＊　＊　＊

「尾崎さんがあの殺人事件に関わってるっていうの？」

沙耶が甲高い声を発し、自分で自分の口を押さえた。

「マジで？」

指の間から囁《ささや》くような声が漏れてくる。

「本当にそうなのかどうかはわからないけど……」

悠は顔をしかめた。

「でも、確かに怪しいよね」

頭の中のもやもやが晴れなくて、沙耶にこれまでの経緯を話したのだ。

「でしょ？」

「だけどさあ、ちらっとしか見たことないけど、尾崎さんって明るくて感じがいいてしょ？　人殺しに関わるようには思えないけど」

「そこが引っかかるんだよね」

　これまでに知ったことを考えると、尾崎があの事件に関わっている可能性は高いように思える。けれど、尾崎の人柄を考えるとそんなことはあり得ないと思えるのだ。

「だいたい、もしあの事件の犯人のひとりなら、こんなとこでのんびり働いてるなんてあり得なくない？」

「うん」

　沙耶の言うとおりだ。尾崎を訪ねてきたケンゴという男はいかにも逃亡者という風体だった。身体全体がなんとなく薄汚れ、無精髭が目立ち、くたびれている。名乗ったのも偽名だ。

　なのに、尾崎ときたら堂々と働いている。

「確か、殺されたのは元東電の社長だよね？　大震災の時の……尾崎さんって、反原発運動とかやってたのかな？」

　悠は首を振った。

「わかんない。川湯に来るまでのこと、あんまり知らないんだ」

「それでも、そういうことやりそうな人かどうかはわかるでしょ？」

「やってそうだし、やらなそう」

「真面目に訊いてるのに」

沙耶が唇を尖らせた。

「わたしだって真面目に答えてるんだよ、これでも」

ドアをノックする音がした。悠と沙耶は口を閉じた。

「沙耶、お茶が入ったわよ」

沙耶の母の声がした。

「どうぞ」

沙耶の母――恭子《きょうこ》が入ってきた。トレイに紅茶のセットとロールケーキが載っていた。

「いつもご馳走様です」

悠は恭子に頭を下げた。

「悠ちゃん、いつも美味しい美味しいっていって食べてくれるから、作り甲斐があるの。お代わりしたかったら遠慮なく言ってね」

恭子はトレイを置いて出ていった。悠はポットの紅茶をカップに注いだ。

「だけどさ――」沙耶がロールケーキを頬張りながら言った。「もし、尾崎さんがほんとに事件に関わってたら、悠とお爺ちゃん、やばいじゃん―

「やばいって？」

「犯人隠匿《いんとく》とか、なんか、そういう罪に問われちゃうんじゃないの？」

「それって、犯人だって知らなかったら別にいいんじゃないの？」

「でも、悠は疑ってるわけじゃん」

「まあ、そう言われたらそうだけど……」

我ながら歯切れが悪いと思う。そんなはずがない。尾崎はそんな人ではない。けれど、疑いを拭いきれない。

「あのさ、尾崎さんって、悠にとってどういう人？　悠だけじゃなくて、お爺ちゃんにとってもだけど」

悠は首を捻った。尾崎は自分にとってどういう存在なのだろう。目を閉じると、出会ってからの短い日々が思い出される。はじめは胡散臭《うさんくさ》いとしか思えなかった。今時、木彫り作家になりたいなんて、頭がおかしいに決まっている。

だが、日々尾崎と接していくうちに、そんな気持ちは消えてしまった。

雨の日には嫌な顔ひとつせず学校まで送り迎えしてくれる。滝霧を見るために何度も早起きしては摩周湖に通った。尾崎のおかげでここを離れる前に、自分の目で滝霧を見ることができたのだ。

「悠、人の話聞いてる？」

沙耶に肩をつつかれた。

「聞いてるよ。尾崎さんは、お兄ちゃんみたいな人かな」

沙耶の顔に笑みが浮かんだ。とても優しい笑みだった。

「お爺ちゃんにとっては？」

「きっと、息子みたいなんだと思う」

「だったら、尾崎さんは悠たちにとって家族の一員みたいなものだよね」

「うん」

「それなら、うじうじ考え込んでないで本人に直接訊いてみたら？」

「直《じか》に？」

沙耶がうなずいた。

「そうだよ。本当のお兄ちゃんだったら訊くんじゃない？」

実際に兄弟を持ったことがないからわからない。けれど、沙耶の言うことはもっとものような気がした。

「悠の勘違いならそれでいいし、もし、本当に事件に関わってたら、自首するよう説得しなきゃ」

「自首って……」

「罪を犯したなら償わなきゃ。ネットで見たら、あんな人、死んで当然だなんてこと書いている人たくさんいたけど、あの人にだって家族や友人がいて、悲しんでると思うんだよね」

「そうだよね」

そうだ。罪を犯したのなら償わなければ。

「家族なら、そうすべきだと思う」

「うん」

悠はロールケーキに口をつけた。甘いはずのケーキがしょっぱく感じられた。

27

悠が家の外で待っているのが見えた。雅比古は車のスピードを落とし、悠の真横に停めた。

「ごめん。ちょっと遅れちゃった」

助手席に乗り込んできた悠に謝る。ちょっとどころではない。寝坊して三十分も遅刻してしまったのだ。

「いいよ。気にしてないから。買い物に付き合わせるのこっちだし」

今日は日曜日だ。買い物をしたいから釧路まで付き合ってくれないかと悠から連絡があったのは一昨日のことだった。

「勉強はどう？　順調にいってる？」

雅比古は車を発進させた。

「あのさ、急に気が変わっちゃったんだけど」

「気が変わった？」

「釧路じゃなくて、知床に行ってみたいの」

雅比古は悠の横顔を見つめた。生真面目な表情が浮かんでいた。

「ぼくはかまわないけど……」

「よく考えたら、知床って行ったことないの。世界遺産でしょ？　一度見ておきたくて」

高校に入学したら、悠はここへは戻って来ない。高校を卒業したら、東京へ出るのだろう。そこで仕事を見つけ、恋をし、結婚して家庭を築く。二度と北海道には戻らない。そう思い定めている。

だが、いつか悠はここへ戻ってくる。

奇妙な確信があった。

「じゃあ、知床に行こう」

雅比古はステアリングを切った。道道を北上して、オホーツク海にぶつかったら国道を東へ進めばいいはずだ。順調に行けば、二時間ほどのドライブになる。

「勉強は順調だよ」

出発して五分ほど経った頃、悠が口を開いた。

「模試の点数もいいし、このままさぼらなかったら志望校合格は確実だって」

「釧路の高校？」

「釧路と帯広の公立校に願書を出すつもり。本当は札幌の高校に行きたいけど、下宿代とか高いから……」

悠が顔を伏せた。ゆるされるなら、東京の高校に行きたいに違いない。

「尾崎さんは高校受験の時どうだった？」

悠が話題を変えた。

「ぼくはのんびりしてたなあ。先生からはおまえならいい高校に行けるからもっと頑張れって言われたけど、勉強するのが嫌でね。地元の高校に行くことにしたんだ。願書さえ出せばだれでも入れるような高校。後になって大学に行こうと思った時に、ちゃんと勉強して違う高校に行ってればよかったかなって後悔したけどね」

「勉強、嫌いだったの？」

「国語や英語は好きだったよ。でも、理系がね。嫌で嫌でしょうがなかった。かけ算と割り算ができればそれでいいじゃんって」

「それ、わたしと一緒」悠が笑った。「数学者とか物理学者になるわけじゃないのに、なんでこんな難しいこと勉強しなきゃならないのって」

「そっか。悠ちゃんも文系か」

国道から道道に入った。しばらく進めば釧網《せんもう》本線の線路が見えてくるはずだ。海沿いの斜里《しゃり》町まで、道道は線路と平行するように延びている。

「知床に着くまで、ちょっと寝てもいい？」

「昨日も遅くまで勉強かい？　いいよ。着いたら起こしてあげる」

「おやすみなさい」

悠が目を閉じた。表情が子供のそれになる。大人になれば、悠は素敵な女性になるだろう。

雅比古はアクセルをゆるめて車のスピードを落とした。悠の眠りを妨げたくなかったのだ。

＊　＊　＊

車が停まった。尾崎が車を降りる気配がする。悠はうっすらと目を開けた。コンビニの看板が目についた。コンビニに入っていく尾崎の背中が見える。
悠は伸びをした。狸寝入《たぬきねい》りは身体が凝る。
事件のことを尾崎に問いたださなければ。けれど、どう切り出していいかわから
ず、一時間以上、寝たふりをしていたのだ。
腰が張っていた。車を降りて背筋を伸ばす。それでスイッチが入ったかのように
尿意に襲われた。悠はコンビニに入った。尾崎は買い物かごにミネラルウォーター
のペットボトルを入れていた。
「起きちゃった？」
「うん。トイレに行きたくて」
尾崎に笑いかけ、トイレに入る。用を足して出てくると、尾崎はお弁当が並んで
いる一角にいた。
「昼飯とかどうしようかと思って。ちょっとスマホで調べたんだけど、木道《もくどう》の遊歩
道があって、知床五湖とか見られるんだ。だったら、お握りとかお弁当持っていっ
て大自然の中で食べた方がいいんじゃないかな」
「お弁当、作ってきたよ」
悠は言った。尾崎の目が丸くなる。
「朝から釧路じゃなくて知床に行きたいって思ったの。だから、お弁当も作っちゃ

った」

「ぼくの分もあるの？」

「もちろん」

「よかった。余計な金使うところだったよ」

尾崎はかごの中に入れていたおにぎりを棚に戻した。かごには飲み物の他に袋菓子やチョコレートが入っていた。

「支払い済ませてくるから、先に車に戻ってて」

「うん」

悠はコンビニを出て辺りを見渡した。どうやら、斜里町にいるらしい。空気に潮の香りが混じっている。知床はすぐそこだ。

「ちゃんと言わなきゃ。ちゃんと訊かなきゃ」

呪文のように唱えながら、悠は車に乗り込んだ。

尾崎がコンビニから出てきた。レジ袋を後部座席に置いて運転席に座った。

「さ、行こうか。あと三十分ぐらいだよ」

尾崎はエンジンをかけ、車を発進させた。しばらくすると、前方に海が見えてきた。

オホーツク海だ。

「海見るの、久しぶり」

悠は呟くように言った。

「ぼくもだ。まあ、屈斜路湖も海みたいなものだけど」

「湖と海じゃ、波が違うもん」

「そりゃそうだけど……」

前方の信号が青から黄色に変わった。尾崎がブレーキを踏んだ。悠は窓の外を見る振りをしながら唇を噛んだ。

沙耶と交わしたやりとりが脳裏によみがえる。

訊かなきゃ。はっきりさせなきゃ。

「あのさ――」

悠は尾崎に顔を向けた。

「なに？」

「こないだ、尾崎さんを訪ねてきた人、中田健吾っていうんでしょ？」

車が蛇行した。尾崎の横顔が強張っている。

「元東電社長の殺人事件で指名手配されてる人でしょ？」

尾崎の返事はなかった。

「どうしてそんな人がわざわざ尾崎さんを訪ねてくるの？」

尾崎はハザードランプを点滅させて、車を路肩に停めた。大きく息を吐き出し、天井に顔を向けて目を閉じた。

「いつ、彼が指名手配されてる男だって気づいたの？」

尾崎が言った。

「ずっと変だなって思ってたの。釧路に一緒に行った時とか、ラジオでニュースが流れたら、尾崎さんの態度がおかしくなったり」

「それで、ぼくが殺人犯かもしれないって疑って悩んでたんだ」

悠は首を振った。

「尾崎さんが人殺しするような人じゃないことはわかってる」

尾崎が目を開けた。微笑んでいる。

「自首しようと思ってたんだ。でも、その前にどうしてもやっておきたいことがあってね」

「それってなに？」

「ぼくのルーツを知ること」

尾崎はウィンカーを点滅させた。背後を確認してから車を発進させる。

「ぼくの母は、大震災のあと、仮設住宅で亡くなったんだけどね、敬蔵さんの木彫りの羆を持ってて、大切にしてたんだ」

―お爺ちゃんの木彫りを？」

「そう。なんでだろうってずっと思ってた。母が北海道旅行をしたなんて話、聞いたこともなかったし。それから、機嫌のいい時なんかは、詩みたいなものをよく口にしてたんだ。銀の滴降る降るまわりに、金の滴降る降るまわりに……ってね」

「それって、神謡？」

「そう。こっちに来て知ったんだけど、アイヌの神謡。とにかく、どうして敬蔵さんの木彫りだったんだろうと思ってさ。木彫り作家は他にもいるのにね」

悠は胸に手を当てた。なぜだか、鼓動が速くなっている。

「こっちに来ていろいろ調べてわかった。ぼくの祖母は敬蔵さんの妹だったんだ」

「嘘……」

尾崎さんは悠たちにとって家族の一員みたいなものだよね――沙耶の声がよみがえった。

「自分の身体にアイヌの血が流れてるなんて、全然知らなかった。祖母は悠ちゃんや悠ちゃんのお母さんと一緒なんだ」

「どういう意味？」

「アイヌであることが嫌で、それを隠して生きてきた。でもきっと、母には本当のことを話してたんだと思う。それで、敬蔵さんの木彫りを手に入れたんだ」

口の中がからからに乾いていた。身体も火照っている。足もとの感覚が曖昧で頼りない。

夢を見ているかのようだ。

「ルーツがわかったんだから、さっさと自首すればよかったんだけど、欲が湧いてきてさ。もっとアイヌのことを知りたい。敬蔵さんから学びたいって。木彫りも覚えたいし、山の中でのアイヌの知恵を身につけたいと思ったんだ。敬蔵さんも言ってたけど、アイヌの習慣や文化はどんどん消えていく一方だから。せめて、ぼくが敬蔵さんの知識を受け継いで、それを次の世代に伝えていけたらな……まあ、身勝手な願望だけど」

ここから出ていきたい。アイヌのことを知らない人たちの世界で暮らしたい。ずっとそう願ってきた。なのに、尾崎は自分から飛び込んできたのだ。

涙がこぼれた。鼻の奥が熱い。

「嬉しいんだね」悠は口を開いた。「尾崎さんは自分がアイヌだってわかって嬉しいんだ。馬鹿みたい」

「そうだね。ぼくは馬鹿なんだ。だから、あんな事件に関わってしまったんだ。今ならよくわかる」

「そうじゃなくて……アイヌなんて、馬鹿にされて、いじめられて、差別されて、なんにもいいことなんかないんだから」

「ぼくは悠ちゃんみたいな辛い経験してないからね。いい気になってるだけかもしれない。でも、ぼくはアイヌとして生きていこうって決めたんだよ。ぼくの決断はぼくだけのものだ。悠ちゃんの決断は悠ちゃんのもの。だれもそれには口出しできない」

「お爺ちゃんも知ってるの？」

「こないだ、山の中で」

「どうしてわたしに黙ってたのよ」

「ぼくから話すから、敬蔵さんは黙っててくれってお願いしたんだよ」

敬蔵が死ねば、自分は天涯孤独になるのだと思っていた。それは嫌なことではなかった。敬蔵がいなくなり、東京で暮らすようになれば、悠がアイヌだと知る者はいなくなる。自由になれる。

だが、尾崎が現れた。又従兄《またいとこ》になるのだろうか？　とにかく、親戚だ。悠とアイヌを結びつける人間が現れたのだ。

憤《いきどお》るべきだった。尾崎を嫌うべきだった。なのに、そんな感情は湧いてこない。

逆に、尾崎と繋がりを持てたことを喜んでいる自分がいた。

「近いうちに自首する。本当は、敬蔵さんの渾身の作品ができるまでを見守りたかったんだけど、それじゃ身勝手すぎるからね。多分、十五年ぐらい刑務所に入れられると思う。罪を償ったらここに戻ってくるよ。敬蔵さんはまだ生きてるかな。もし亡くなってたとしても、ぼくはここに戻ってくる。もし、悠ちゃんが里帰りしたくなったら、ぼくがここにいる」

「戻らないよ。わたしはここから出ていくの。二度と戻らないの」

「だから、もし、って言っただろう」

前方の交差点で信号が変わった。車が減速し、停まった。尾崎がハンドルから手を離し、ジーンズに掌を擦《こす》りつけた。

「改めて自己紹介しよう。はじめまして。親戚の尾崎雅比古です。悠ちゃんの又従兄」

悠は差し出された尾崎の右手を見つめた。

「ほら、はじめましての握手」

尾崎に促されてその手を握った。

「はじめまして。悠です」

尾崎の手は温かかった。

＊　＊　＊

悠は口数が少なかった。

知床の雄大な景色を目の当たりにしても、滝霧を見た時のように目を輝かせることもない。

ひとり、物思いに沈んでいる。

雅比古は敢《あ》えて声をかけなかった。悠はまだ十五歳なのだ。新しく知った事実を飲みこむのに時間がかかって当たり前だった。

知床の自然には圧倒された。屈斜路湖周辺も雄大だが、知床のそれは人を拒む厳しさがあった。

「お腹すいた」

駐車場に戻ってくると、悠が口を開いた。

「そうだね。そろそろお昼にしようか」

目に止まったベンチに足を向け、雅比古は担いでいたザックを降ろした。中に、悠の作った弁当や飲み物が入っている。

ふたりでベンチに腰掛け、弁当を広げた。ごま塩をまぶしたご飯に唐揚げ、卵焼き、きんぴらゴボウと漬け物が付いている。

「ザンギ弁当だ」

雅比古は声をあげた。北海道では唐揚げのことをザンギと呼ぶ。

「鶏じゃなくてエゾシカの肉だけど」

「エゾシカのザンギ？　初めて食べるよ。いただきます」

雅比古はザンギを口に放り込んだ。肉にタレの味が染みこんで美味しかった。

「旨い」

「本当？」

「うん。めっちゃ旨いよ。悠ちゃんの手料理の中で一番旨い」

「それじゃ、普段のわたしの料理が美味しくないみたい」

悠が唇を尖らせた。いつもの悠に戻りつつある。

「普段の料理、手抜き感が漂ってるじゃない。これは本気の本気で作った感満載だね」

「確かに、腕によりをかけて作ったけど……」

悠が笑った。

この子は笑顔がなにより似合う——雅比古は思った。

会話は途切れたが違和感はなかった。悠が作った弁当を味わいながら食べる。そわたって心が満たされていくのだ。

兄弟が欲しい。幼い頃、よくそう思った。弟でも妹でもいいから欲しかった。一緒に遊んで、一緒に成長して、家族としての絆《きずな》を育んでいく。そんな相手がいれば人生はまた違った意味を持つだろう。

「悠ちゃんは、兄弟が欲しいって思ったことはない？」

弁当を食べ終えると、雅比古は悠に訊いた。

「昔は思わなかったけど、最近は思う」

「お兄ちゃん？　弟？」

悠が首を振った。

「優しいお姉ちゃんが欲しい。食事の支度も洗濯も掃除も、お姉ちゃんがやってくれるの」

「なんだよ、それ」

雅比古は笑った。

「ひとりっ子で不満なんかなかったんだ。でも、両親が事故で死んだ時は、だれかがいてくれたらいいのにって思った。お姉ちゃんでもお兄ちゃんでも弟でも妹でもいい。この悲しさと辛さを分かち合ってくれる人がいてくれたらって」

「それ、わかるなあ。ぼくも母が亡くなった時、同じ気持ちになった。天涯孤独っていいもんじゃないって思ってね。ぼくたちは又従兄妹だけど、悠のお兄ちゃんになってあげるよ」

雅比古は悠の名前を呼び捨てにした。心地よい響きだった。

「じゃあ、わたしは尾崎さんの妹になるの？」

「お兄ちゃんに向かって、尾崎さんっていうのなんか変だよ」

「でも……」

「雅比古さんとか」

「今までずっと尾崎さんって呼んできたんだから、照れくさい」

「ぼくは全然平気だよ、悠」

悠は顔を伏せ、食べ終えた弁当を片付けはじめた。

「ご馳走様でした」雅比古は悠に頭を下げた。「本当に美味しかった。ありがとう」

「自首する前に、ちゃんとしたご飯を作ってあげるから食べにきて。刑務所に入ったら、食べられなくなっちゃうんだから、わたしの手料理」

「刑務所に入らなくても、来年になったら悠の手料理は食べられなくなるよ」

「そうだね」

悠は急に不機嫌そうな表情を浮かべた。

「トイレに行ってくる」

そう言って腰を上げた。雅比古は悠が片づけた弁当箱をザックに入れた。

「車の中で待っててていいよ」悠が振り返った。「お兄ちゃん」

悠は顔を真っ赤にしてトイレに向かって駆けていった。

28

敬蔵は凄まじい勢いで木を彫っていた。呼吸をするのももどかしいというように鑿《のみ》をふるっている。丸太はすでに悠の輪郭を宿しはじめていた。

「すみません。しばらくここには来られなくなります」

雅比古は敬蔵の背中に声をかけた。

「しばらくってどれぐらいだ？」

敬蔵が木を彫りながら言った。

「十五年ぐらいですかね」

敬蔵の動きが止まった。

「十五年？」

敬蔵が振り返った。汗にまみれた顔で瞬きを繰り返している。

「刑務所に行くことになると思うので」

「なにをやった？」

「元東電社長が死んだ事件って知ってますか？」

「そういえば、そんな事件があったな」

「ぼくがやったんです。ぼくと仲間で」

敬蔵が鑿と木槌《きづち》を作業台の上に置いた。

「おまえが殺したのか？」

「殺したのはぼくじゃないけど、同罪です」

「なんでまた、そんなはんかくさい真似を……」

「だれかに責任を取らせたかったんですよ。母は、敬蔵さんの姪《めい》は、仮設住宅で死にました。あの震災や原発事故がなかったら、死ななかったかもしれない。母だけじゃない。そんな人が大勢いるんです。なのに、だれもなにもしないし、だれも責任を取ろうとしない」

敬蔵は近くにあった丸椅子を引き寄せ、腰をおろした。

「ウェン・アペの熱にやられたんだな」

「ウェン・アペ？」

「悪い火という意味の言葉だ。焚き火で熾す火も、原発の火もアペフチカムイの恵みだ」

雅比古はうなずいた。アペフチカムイとは火の神のことだ。アイヌにとってもっとも大切な神がアペフチカムイだと、山にこもっている間、敬蔵から聞かされていた。

「カムイからの恵みをどう使うかは人間次第だ。原発はウェン・アペ。人を狂わす悪い火だ。おまえもその火の熱にやられたんだ」

「……そうかもしれないですね」

「悪い行いに報いを与えるのはカムイの役目だ。人間がしていいことじゃない」

「今なら、わかります」

「人間にできるのは、ゆるして受け入れることだけだ。おまえのせいで死んだ人間のために祈ろう」

「はい」

敬蔵が目を閉じた。地を這うような低い声が発せられた。アイヌの祈りの言葉がアトリエに満ちていく。

雅比古も目を閉じた。敬蔵の言葉に耳を傾けながら祈り、懺悔《ざんげ》した。

そうだ。熊谷ひとりが悪いわけではない。あの男はたまたまあの時社長だったというだけだ。福島の原発は熊谷が建てたわけではない。地震と津波を熊谷が呼び寄せたわけでもない。

みな、原発で作られる電気を使っていたではないか。なにも考えず、恐ろしい未来に思いを馳《は》せることもなく、刹那的に使って使って使いまくっていた。

そのくせ、一旦壊滅的な事故が起こると、電力会社や政府を責め立てたのだ。自らの行いを省みることもなく。雅比古や樹や健吾のように、だれかに責任をなすりつけようと躍起になった。

だれのせいでもない。原発事故による未曾有《みぞう》の災いは日本人の責任なのだ。人類の責任なのだ。雅比古の責任であり、母の責任なのだ。

和人の世界しか知らない時は、それがわからなかった。アイヌの教えに接して、自分の責任に真正面から向き合うことができるようになった。

大いなる神よ、神々よ、無知だったぼくをおゆるしください。愚かなぼくをお救いください。健吾をおゆるしください。樹を救ってください。熊谷さんの魂に、熊谷さんのご遺族に安らぎをお与えください。

心の底から願い、祈った。

敬蔵の声が聞こえなくなっていた。目を開く。敬蔵の穏やかな眼差しが雅比古に向けられていた。

「本当に十五年も刑務所に入るのか？」

「多分、それぐらいじゃないかなと」

「じゃあ、おまえが出所する頃にはおれは死んでるな」

「長生きしてくださいよ。教わらなきゃならないこと、たくさんあるんですから」

敬蔵が振り返り、悠を彫っている木の表面を撫《な》でた。

「これを完成させたら、思い残すことはない」

「そんなこと言わないで」

「ここの土地をおまえに残す。悠にくれてやったら売り飛ばすかもしれんからな」

「悠はそんなことしませんよ」

敬蔵が目を剝いた。

「悠と言ったか？」

「はい」

「そうか。話したのか」

「受け入れてくれました。悠のためにも自首します」

「悠が帰って来られる場所を残しておきたいんだ」

「わかってます」

「本当に馬鹿なことをしおって」

「すみません」

「おまえにはいろいろ教えてやるつもりだったんだ」

「すみません」

「他に言うことはないのか」

「すみません」

敬蔵が苦笑した。

「はんかくさい男だな、おまえは」

「誉《ほ》め言葉だと受け取っておきます。できれば、悠の木彫りが完成するのを見届けたかったんですけど」

「これはだれにも売らん。ずっとこの家に置いておく。刑務所から出てきたら、おまえのものだ」

「ありがとうございます」

雅比古は深々と頭を下げた。

敬蔵のもとを訪ねてよかった。敬蔵に弟子入りしてよかった。敬蔵と血が繋がっていて、これほど嬉しいことはない。

頭を上げた。敬蔵は木槌と鑿を握って木に向かい合っていた。

＊　＊　＊

迷いに迷った挙げ句、献立はハンバーグに決めた。沙耶の家でごちそうになったハンバーグの味が忘れられなかったのだ。

しばらく会えなくなる大切な人にどうしても食べさせたいのだと言って、沙耶の母にレシピを教えてもらったのだ。

みじん切りにしたタマネギをよく炒め、あら熱を取っておく。合い挽き肉に塩胡椒をしてナツメグを加え、タマネギと一緒によく混ぜる。ほどよく混ざったら、細かく切り刻んだ牛脂とあらかじめ作っておいた寒天を手で握り潰したものと卵、牛乳でふやかしたパン粉を加えてさらに混ぜる。

寒天を入れるのがポイントなのだ。

すべての材料を混ぜ合わせたら、冷蔵庫で一晩寝かせる。生地が馴染んで成形しやすくなるのだと沙耶の母は言っていた。

付け合わせの野菜の下準備を済ませると、悠はスライスしたジャガイモを電子レンジにかけた。

尾崎には夕食は午後七時からだと伝えてある。敬蔵にも、六時には仕事を終えて風呂に入れと念を押してあった。

沙耶の母が書いてくれたレシピにもう一度目を通した。生地を整形したら、熱したフライパンで焼く。火加減は強めの中火で両面を一分少々。

ここで一旦ハンバーグを取りだすのがコツなのだ。スライスしたジャガイモやピーマン、トマトなどの野菜をフライパンに敷き詰め、野菜がひたひたになるまでコンソメスープを注ぐ。野菜の上にハンバーグを載せ、蓋をして火にかける。野菜と一緒にハンバーグを蒸し焼きにするのだ。そうすることでハンバーグがしっとり仕上がる。

火にかけるのは五分と少し。ハンバーグと野菜に火が通ったら取りだして、残った煮汁に赤ワイン、ケチャップ、ウスターソースを加えて煮詰めればソースもできあがる。

沙耶の家でこのハンバーグを食べた時のことを思いだした。

ふわふわでジューシーで、まるで本格的なレストランで食べているかのような味わいだった。

レンジが音を立てた。ジャガイモに火が通ったのだ。ジャガイモを並べた皿を取り出し、ラップを外した。

炊飯器はタイマーを七時にセットしてあるし、ビールは冷蔵庫で冷えている。お爺さんに飲ませてあげてと沙耶の母がくれた赤ワインもテーブルにある。コルク抜きが見つからなくて焦ったが、尾崎に持ってきてくれと頼んであった。

料理をはじめるにはまだ時間が早かった。尾崎には最高に美味しい状態で食べてもらいたい。

ふたりで知床に行ってから今日までの三日間、ずっと尾崎のことばかり考えていた。

知床からの帰りの車の中で、尾崎はなぜあんな事件を起こしてしまったのかを丁寧に話してくれた。

個人的な怒りと義憤に突き動かされていたのだと尾崎は言った。しかし、それは間違っていたとも尾崎は言った。

人は人を裁けない。原発の事故は東電のせいではなく、日本人全員に責任があるのだ。

敬蔵と多くの時間を共にしてそのことに気づいた。

昔のアイヌならすぐにそのことに気づき、義憤に駆られる前に、自らの過ちをゆるしてくれと神々に祈っただろう。怒る代わりに、犠牲者の魂に思いを馳せただろう。

そのことに気づいて、ぼくは救われた――尾崎は最後に、溜息を漏らすようにそう言った。

悠が忌み嫌っているアイヌの血に、尾崎は救われたのだ。

「わたしとお兄ちゃんは違うから」

悠は呟いた。

「だって、お兄ちゃんはいじめられたことも馬鹿にされたこともないでしょう?」

遠くでパトカーのサイレンが聞こえた。一台ではない。数台のパトカーがサイレンを鳴らしている。

「なんだろう? 火事か交通事故かな?」

悠はサンダルをつっかけて表に出た。サイレンが聞こえてくるのは町の北の方からだった。空を仰いでみたが煙は上がっていない。

家の中に戻ろうとして、悠は家の裏手の林のなかでなにかが動き回る音を耳にした。

ときおり、キタキツネが出ることはあるが、枯れ枝を踏み潰す音はもっと大きな生き物が立てる音だった。

「羆? まさかね……」

この辺りで羆が姿を現したことはない。ライフルの匂いに気づいて絶対に近寄らないのだと敬蔵も言っていた。

「なんだろう？　エゾシカかな？」

悠は裏手に回った。自然や動物に関しては、敬蔵の言葉を百パーセント信頼していた。敬蔵が来ないというなら、羆はここには来ないのだ。

裏庭は雑草が生い茂っている。かつては敬蔵が野菜を栽培していたらしいのだが、春先に一度、雑草を刈るだけで放置されている。裏庭の先が林になっていた。

枯れ枝を踏む足音がこちらに向かっていた。悠はスマホを手にとってカメラモードに切り替えた。エゾシカを間近で見たことはない。

「写真より動画がいいよね、やっぱり」

呟きながらスマホを目の前にかざした。動画での撮影をはじめる。次の瞬間、林からなにかが躍り出てきた。

エゾシカではなかった。人間だ。尾崎に会いに来た男――中田健吾だった。

「声を出すな」

悠に気づいた中田健吾が押し殺した声を放った。右腕を悠に向けた。その手には拳銃が握られていた。

足が竦み、スマホが手から転がり落ちた。中田健吾が裏庭の雑草を掻き分けながらこっちに駆けてくる。

逃げなくちゃ――頭でそう思っても、身体が言うことを聞かなかった。

「言うことを聞けば危害は加えない」

裏庭を横切ってきた中田健吾が言った。肩で息をしているが、悠に向けた拳銃はそのままだった。

パトカーのサイレンは中田健吾を追っていたのだ。中田健吾は見つかって、尾崎に助けを求めに来たのに違いない。

「雅比古は？」

中田健吾が言った。悠は首を振った。

「声に出して答えろ。雅比古はどこにいる？」

「きょ、今日は仕事で弟子屈に行くって……」

声が震えていた。

「くそ、こんな時にあの野郎。車はあるか？」

「軽トラなら」

「鍵は？」

「げ、玄関に……」

「来い」

右腕を摑まれ、後頭部に拳銃を押しつけられた。恐怖に喉が詰まりそうになる。

「ど、どこへ行くの？」

「いいから来るんだ。逃げようとしたら撃つからな」

中田健吾の目は吊り上がり、血走っていた。本気で撃つつもりなのが伝わってきた。

よろめきながら中田健吾に促されるまま玄関の方に移動した。母屋の向こうにアトリエが見える。中に敬蔵がいる。

声を出して助けを求めたかった。だが、拳銃は後頭部に押し当てられたままだった。

「絶対に声を出すなよ」中田健吾が言った。「軽トラの鍵は？」

「げ、玄関の靴箱の上……」

中田健吾が左手で玄関を開けた。靴箱の上に無造作に置かれた鍵を握った。

「乗るんだ」

軽トラの方に身体を押された。

「いや」

悠は首を振った。

有無を言わせぬ力でもう一度押された。従うしかなかった。悠が助手席に乗り込むと、中田健吾が運転席に回り込んだ。その間も、拳銃は悠に向けられていた。

運転席に座った中田健吾がエンジンをかけた。悠はアトリエに目をやった。敬蔵が出てくる気配はない。木彫りに没頭しているのだ。

軽トラが動き出した。

「お爺ちゃん――」

悠は叫んだ。

「黙れ。本当に撃つぞ」

銃を押しつけられた。悠は口を閉じ、顔を伏せ、泣いた。

29

六時半を少しまわっていた。七時からの晩餐には充分な余裕がある。悠を手伝うつもりで早めに仕事を切り上げたのだ。

エコミュージアムセンターの人間にはなにも話していない。突然、雅比古がいなくなれば多少の混乱が起こるだろう。それを最小限に留《とど》めようと、後任が仕事を把握しやすいよう書類をまとめていたのだ。

敬蔵の家の前に車を停めた。軽トラがない。

なにか食材が足りなくて、買い物にでも行かされてるのかな？」

独りごちながら車を降りた。

「こんばんは。お邪魔します」

返事も待たず、家に入った。敬蔵が居間の真ん中で立ち尽くしていた。

「どうしたんですか？」

「悠がおらん」

敬蔵が言った。確かに、居間にも台所にも悠の姿はなかった。

「今日は絶対に六時までに仕事を終えて風呂に入れときつく言われていたんだ。それで、六時前に作業を終えたんだが……悠がおらん。軽トラもなくなっている」

雅比古は台所を覗いた。下ごしらえをした食材があるだけだった。胸騒ぎがした。

夕方ぐらいから、町のあちこちでパトカーのサイレンが鳴り響いていた。健吾がまたこの町に戻って来たのかもしれない。

「軽トラもないって、おかしいですよね」

悠は運転ができない。

「なにか、変わったことはなかったですか？」

敬蔵が首を振った。

「作業に没頭していたからな……悠は料理にかかりきりだと思っていたし」

「ちょっと待っててください」

雅比古は外に出た。なにか見つからないかと家の周りをまわってみた。

裏庭の雑草が目に止まった。だれかが歩いて踏んだのか、雑草の一部が倒れて筋を作っていた。

地面に落ちているスマホが目に止まった。悠のスマホだった。胸が締めつけられ、呼吸をするのが苦しかった。スマホを拾い上げた手が震えていた。

スマホを落とす直前まで、悠は動画を撮っていたらしい。雅比古は動画ファイルを再生させた。

雑草が生い茂った裏庭をだれかが家に向かって走ってくる。

すぐにわかった。健吾だ。

『声を出すな』

動画の中の健吾が言った。健吾の右手には拳銃が握られていた。次の瞬間、画像が乱れた。悠がスマホを落としたのだ。

「健吾……馬鹿野郎」

雅比古は走って家の中に戻った。

「敬蔵さん、これを見てください」

敬蔵に動画を見せた。

「たれだ、こいつは？」

「ぼくの仲間です」

敬蔵の右の眉が吊り上がった。

「逃げ回るのに疲れて、ぼくを頼ってきたんです。でも、追い返しました。ここを離れたと思っていたんですけど……夕方ぐらいから、あちこちでパトカーのサイレンが聞こえてたんですよ。警察に見つかって、助けを求めてここに来たのかも……」

「こいつが悠を連れていったんだな」

「そうだと思います」

「危険なやつか？」

健吾は普段は温厚だが、頭に血がのぼると見境がつかなくなる。そのせいで人を殺《あや》めてしまったのだ。

「追いつめられているでしょうから、危険ですね」

「車を出す用意をしておけ」

敬蔵は雅比古を押しのけるようにして外に出て行った。

「なにをするつもりですか？」

慌てて追いかけたが、敬蔵は振り返りもせずにアトリエの中に入っていった。雅比古は車に乗り込み、エンジンをかけた。

自責の念が襲いかかってくる。

自分のせいだ。自分のせいで悠が危険な目に遭っている。とっとと自首すればよかったのだ。

アトリエから敬蔵が出てきた。ザックを背負い、革のケースに入ったライフルを抱えている。

「そんなものを持ち出してどうするつもりですか」

敬蔵は唇を一文字に結んだまま助手席に乗り込んできた。

「車を出せ。まず、駐在のところへ行く」

「駐在ですか？」

「とりあえず、悠がこの男に連れ去られたことを通報しないとならんべ」

「よかった」

「なにがだ？」

「だって、いきなりライフルを持ってくるから、なにをするつもりなんだろうって焦ってたんですよ。駐在さんに通報するだけなら、ライフルいらないじゃないですか」

「警察がちゃんと対処するなら警察に任せる。そうでないなら——」

「自分で悠を助けると言うんですか？」

「悠はおれの孫だ」

「知ってます」

「あれが死んだら、おれはどうしたらいい？」

「悠は死にません」

雅比古は強い口調で言った。

「そうだな。死んだりはしない」

敬蔵がうなずいた。雅比古は車のエンジンをかけて発進させた。

「確かに、サイレンの音が多いな」

敬蔵が言った。敬蔵の聴覚は山の獣のように発達している。

「警察はまだ健吾が敬蔵さんの軽トラを奪ったことを知らないはずです。闇雲に健吾を捜しているんでしょう。滅多に大事件なんて起こらない町だから慌ててるっていうのもあるだろうし」

「おれが知っているかぎり、交通事故や猟師の銃の暴発以外で人が死んだことはない」

「でしょうね」

駐在所が見えてきた。駐在の遠藤が電話でだれかと話している。電話に応じる仕種からして、相手は警察の上司のようだった。

「ここで停めて、おまえは車の中で待て」

敬蔵が言った。

「おまえが一緒だといろいろ説明がややこしくなる。悠を救うにはおまえの助けがいるから、まだ警察に捕まって欲しくはない」

「わかりました」

雅比古は路肩に車を停めた。

「悠のスマホを貸せ」

スマホを受け取ると、敬蔵はライフルを後部座席に置いて、車を降りた。駐在所まで駆けていく。遠藤に電話を中断させ、悠のスマホを見せている。遠藤の顔色が変わっていくのが遠目にもはっきりとわかった。

遠藤がまた受話器を耳に当て、なにかをまくし立てている。

その様子を見守りながら、雅比古は頭の中で屈斜路湖周辺の地図を広げた。

自分が健吾だったらどっちへ逃げようとするだろう?

幹線道路ではパトカーが走りまわっている。軽トラなら、農道や林道を走っていれば目立たない。

南へは向かわないだろう。弟子屈町をはじめ、釧路などの大きな町がある。いずれ、検問が敷かれるかもしれない。そんなところへ車で向かう勇気はないはずだ。

健吾は北に向かったに違いない。

「馬鹿だな、健吾」

雅比古は呟いた。

逃げ切れるはずがないのだ。樹が捕まった時点ですべての退路は断たれたのだし、罪は償わなくてはならない。

「自首しろよ、健吾。なにを足掻《あが》いてるんだ」

実際に人を殺してしまったのは健吾だ。だから、自分たちより罪の意識や恐怖が大きいのはわかる。しかし、罪に大小はない。

いつか、健吾もそのことに気づくだろう。気づく前に新たな罪を犯さないよう祈るしかなかった。

複数のサイレン音が近づいてきていた。やがて、三台のパトカーが駐在所の前に停まった。警察官たちが降りてきて、敬蔵を取り囲んだ。悠のスマホを見ているのだろう。

ひとりの警官がパトカーに戻り、無線を使いはじめた。

指示を出しているのか、指示を仰いでいるのか。その表情は引き攣《つ》っていて、緊迫感がもろに伝わってくる。

無線での会話が終わると、警官はまた駐在所に戻った。他の警官の肩を叩いて注意を促し、声をかけていく。

駐在に集まったのは六人の警官だったが、そのうちの四人が二台のパトカーに乗って慌ただしく立ち去っていった。

敬蔵が戻ってくる。

「なにかわかりました？」

敬蔵が助手席に腰をおろすのを待ちきれず、雅比古は聞いた。

「藻琴山近くの道道で、おれの軽トラを見たというやつがいるらしい。検問を張るとかなんとか、警官たちは意気込んでる」

藻琴山は屈斜路湖の北にある。やはり、健吾は北へ向かったのだ。

「行きますよね、藻琴山？」

敬蔵がうなずいた。雅比古はギアをドライブに入れ、アクセルを踏んだ。

「中田健吾というそうだな」

敬蔵が言った。雅比古はうなずいた。

「どんな男だ」

「元自衛官で、正義感の強い男です。ただ、今は自分を見失ってるんだろうなあ」

「悠に危害を加えると思うか？」

一基本的にそんなことはできないやつだけど、追いつめられたらなにをするかわかりません」

「どうして自首せんのだ？」

「元東電の社長を実際に殺してしまったのは健吾なんです。だから、捕まったら重い刑を受けると思っているし、恐怖心もぼくより強いんだと思いますね」

「おまえとは覚悟も違うんだろう。おまえは、罪を犯したものが取るべき道を知っている」

「敬蔵さんに教えてもらったんですよ」

雅比古は言った。敬蔵が鼻を鳴らした。

摩周国道と呼ばれる国道三九一号を北上すると、道道一〇二号とぶつかる交差点に出る。その交差点を左折して長い直線を走ると、やがて勾配がきつくなり、道が曲がりくねりはじめる。

「軽トラが目撃されたのはどの辺りなんですか？」

「展望駐車公園の辺りだそうだ」

「もうすぐですね」

展望駐車公園は道道脇、標高四三〇メートルの辺りに設置された駐車場兼公園だ。屈斜路湖と周辺の山々を望むことができる。

あちこちでパトカーのサイレン音が鳴っていた。逃走に使っている車両も警察に知られてしまったのだ。もう、どこにも逃げられない。

「携帯を貸してくれ」

敬蔵が言った。雅比古はスマホを敬蔵に手渡した。

「使い方、わかります？」

「電話ぐらいかけられる」

敬蔵は不器用な手つきでスマホを操作しはじめた。山にこもっている時や木を彫っている時とは別人のようだった。

「もしもし？　遠藤さんかい？　平野だが、その後、なにかわかったことはないかな？」

敬蔵が電話をかけた相手は駐在の遠藤だった。

「……ということは、藻琴山に向かったのか？」

敬蔵の声に力がこもった。車では逃げられない。ならば、健吾は車を捨てる。山の中に分け入って活路を開こうとするだろう。

そんなものはどこにもないというのに。

「わかった。勝手な真似はせんよ。ただ、孫のことが心配でな。また、なにかわかったら報せてくれ」

敬蔵が電話を切った。

「藻琴山の登山道の入口近くにおれの軽トラが乗り捨てられているらしい」

やはり、健吾は山に分け入ったのだ。

「悠は？」

敬蔵が首を振った。

夜の闇が深まっている。明かりもなしに山へ入り、登山道から外れたら簡単に遭難してしまうだろう。

「元自衛官だと言ったな？　陸自か？」

「そうです。陸上自衛官でした」

「なら、少しは山のことを知っているかもしれんな」

敬蔵は腕を組み、ヘッドライトに切り裂かれる闇をじっと見つめた。

30

「くそ」

中田健吾がステアリングを叩いた。苛立ちが横顔に刻まれている。

あちこちでパトカーのサイレンが鳴り響いている。最初は摩周国道を南に向かって走っていた。サイレンが近づいてくるたびに軽トラの進む方向を変え、結局はまた川湯に戻り、今は北に向かっているのだ。

北の方ではサイレンは聞こえなかった。

「パトカーに見つかったら、こんな軽トラじゃ逃げ切れないと思いますけど……」

悠は口を開いた。次の瞬間には、言葉を発したことを後悔した。中田健吾にきつい目で睨まれたからだ。

「この道はどこに行く道だ？」

「小清水町に出て、その先はオホーツク海です。オホーツク海を左に行ったら網走《あばしり》で、右なら斜里町かな？」

自分で車を運転しないので、道路と町の位置関係がよくわからなかった。

「脇道はあるか？」

「いくつかあると思いますけど……ごめんなさい。よくわからないんです」

「これで調べろ」

中田健吾は自分のスマホを放ってよこした。悠のものと同じ機種だった。地図アプリを立ち上げ、屈斜路湖周辺を表示させた。

「もう少し行くと、道道一〇二号とぶつかる交差点に出ます。藻琴山の方に行く道てす。他に……他の脇道はずっと先まで行かないとないみたい」

「こんなにだだっ広いところなのに、国道が一本しか通ってないのか」

「逆に広すぎるんだと思います」

言葉にしてから、しまったと思って口を閉じた。中田健吾は唇を噛んで前を見つめていた。

西の空が茜《あかね》色に染まっていた。東の空は夕闇に飲みこまれようとしていた。

「藻琴山っていうのはどういう山なんだ?」

藻琴山には去年の課外授業でクラス全員で登ったことがあった。

「標高千メートルの山です。標高七五〇メートルぐらいのところに登山道の入口があって、山頂までは一時間ぐらいかな。登山道は確かもうひとつあって、そっちは山頂まで三十分ぐらいだって聞いてます」

「その山の向こうはどうなってる?」

「原生林っていうか、森が広がってるだけです」

「町はないのか?」

「美幌《びほろ》町があると思うけど……かなり遠いですよ。歩くのは無理。道もないし」

道道とぶつかる交差点が見えてきた。中田健吾がウィンカーを点滅させた。後方からサイレンが聞こえてくる。

「本気で藻琴山に行くつもり？」

中田健吾が悠を見た。寂しそうな目だった。

「他に行くところがない。君には申し訳ないと思っている。でも、もう少し付き合ってくれ」

中田健吾は車を左折させた。

「雅比古は本気で木彫りをやっているのか？」

道道に入ると中田健吾が訊いてきた。

「はい。本気です」

「なんだって木彫りなんか……しかも、警察に追われてるっていうのに」

「アイヌの血が流れてるからです」

「なんだって？」

軽トラが蛇行した。中田健吾がステアリングを操って修正する。他の車は見当たらなかった。

「尾崎さんはわたしの又従兄なんです。祖父の妹の孫」

「そんなこと、あいつから聞いたこともない」

「こっちに来てからわかったんです。っていうか、こっちに確かめに来たのかな」

「雅比古にアイヌの血が……」

「尾崎さん、明日自首するんです。今夜は、自首する前にみんなでご飯食べようって言ってたんだけど。献立はハンバーグなんだけど、友達のお母さんのレシピですごく美味しいんです。赤ワインとかも用意して、お爺ちゃんも仕事を早く切り上げて……」

ハンバーグは支度の途中だった。敬蔵は出しっぱなしになっている食材に気づくだろうか。ちゃんと冷蔵庫にしまってくれるだろうか。せっかくいい肉を奮発したのに、だめにしてしまうのは勿体《もったい》ない。

「すまなかったな。本当に申し訳ない。こんなことになるなんて、おれも思ってなかった」

「中田さんは自首するつもりはないんですか？」

中田健吾はかぶりを振った。

「一生逃げ続けるんですか？」

「雅比古はおれより罪が軽いんだ。だから、自首しようなんて思えるのさ」

そうか。東電の元社長を殺してしまったのは中田健吾なのだ。尾崎はそこにいただけだ。

真っ直ぐだった道が左にカーブを描きはじめた。この先はちょっとした峠道で、もうしばらく走ると藻琴山展望駐車公園が見えてくる。

「この先で道が二手に分かれていて、右に行くと小清水町まで続いてて、さっきの国道とぶつかります」

悠は中田健吾のスマホに視線を落とした。

「左に行くと、途中に藻琴山登山道に入る道があって、登山道に入らず真っ直ぐ行くと知床国道っていうのにぶつかります。そのまま道道を進んで行くと網走の方に向かうことになって、国道を左折すると美幌とか北見《きたみ》の方に行くみたいです」

展望駐車公園が見えてきた。対向車線を、こちらとそっくりな軽トラが走ってくる。

「藻琴山は見晴らしがいいのかな」

中田健吾が言った。

「あ、はい。めっちゃ綺麗です。まさか、登るんですか？　まずいですよ。これから夜で真っ暗になるし、羆もいるし」

「懐中電灯はあるし、羆対策なら拳銃がある」

「で、でも、こっちの夜は半端なく暗いんですよ。都会の人には想像できないぐらい――」

「知ってるよ。自衛隊で山中訓練とかよくやらされたからな」

「自衛官なんですか？―

二元　だけとな　登山道は険しいのか?」

「遊歩道が整備されてます。途中、ちょっとだけ険しいところはあるけど」

　夕闇が勢いを増して広がっていた。薄暮の時間だ。それもすぐに終わり、完全な夜がやって来る。

「あそこだな」

　中田健吾が目をすがめた。ハイランド小清水725を示す標識が立っている。

「ハイランド小清水って?」

「登山道の入口にあるレストハウスです」

「まだ営業してるか?」

「暗くなる前にしまってるはずです」

「わかった」

　軽トラが道道から林道へ入っていく。木々の生い茂る林道は一足早く夜に支配されていた。林道の両脇は濃密な闇に覆われ、軽トラのヘッドライトがなければなにも見えない。

　胸が締めつけられるような感覚が襲ってきた。中田健吾は本当に藻琴山に登るつもりなのだろうか。自分も連れていくつもりだろうか。

　自分から積極的に山に登ったことはない。だが、敬蔵から山の恐ろしさは充分に聞かされていた。

敬蔵はなにをしているのだろう。尾崎はどうしただろう。料理の下ごしらえの途中で姿を消した自分になにかが起きたと気づいてくれているだろうか。警察に通報してくれただろうか。自分を捜してくれているだろうか。

「本当に暗いな」

「だから言ったじゃないですか」

林道は坂になっている。坂を登り切った先がハイランド小清水725だ。725は標高七二五メートルを意味すると教わった。

レストハウスの建物は明かりも消えて、薄暮の空にシルエットを浮かび上がらせていた。人の気配もない。観光客が激減するこの時期は、早めに閉館してしまうこともあると聞いていた。

中田健吾は軽トラを駐車場の奥へ進ませ、エンジンを切った。屈斜路湖と周りの山々や森が見下ろせる。

「綺麗だな」

中田健吾の言うとおり、薄暮の底に沈む屈斜路湖の湖面に、西の空の、かすかに残る茜色が映りこんでいた。

九月になれば紅葉がはじまる。屈斜路湖を取り囲む山や森が赤く染まる姿はきっと壮観だろう。川湯を離れる前に、是が非でも見ておきたい。

もっと前に見に来ればよかったのだ。どうして自分はこんなにも豊かな自然から目を背けていたのだろう。自分の殻に閉じこもって、周りに目を向けようともしなかった。

クラスメートの棘《とげ》のある言葉も、陰険ないじめも、目の前に広がる大自然の前では色褪《いろあ》せる。

それに気づいたのは滝霧を見たときだ。あれは涙が出るほど美しかった。言葉を失った。人間はなんてちっぽけなんだろうと思った。

人間も大自然の一部なのだ。滝霧も、紅葉も、雪景色も、満天の星も、自分の一部だ。そこに目を向ければ、それに身を委ねれば、癒される。

大自然にとっては、和人もアイヌも関係ない。

敬蔵は知っているのだ。昔のアイヌはみんな知っていたのだ。山や森や川や湖や海は神様たちの棲《す》むところ。人間は神様たちからの恩恵で生きている。神様を敬い、感謝の気持ちを忘れずにいれば、幸せに生きていける。

尾崎がいなければ滝霧を見に行くこともなかっただろう。滝霧を見なければ、こんな気持ちになることもなかった。

尾崎が川湯に来てくれて、本当によかった。

薄暮が夜の闇に飲みこまれていく。空にはまだらな雲がかかっていた。月も出ておらず星明かりもあまり期待できない。かすかに赤い西の空が黒く染まったら、本当の夜がやって来る。

神様たちの時間だ。人間は家にいておとなしくしていなければならない。山に分け入るなどもってのほかだ。敬蔵のように山を知り尽くし、神様たちへの畏敬の念を持ち続ける人間だけが立ち入りをゆるされる。

「どんどん暗くなっていくな」

中田健吾が呟いた。

「もっと暗くなりますよ。田舎の夜は噎《む》せるぐらい濃密なんです」

「一応、米軍が使っているフラッシュライトなんだけどな」

中田健吾は運転席の足もとに置いていたリュックから細長い懐中電灯を取りだした。スイッチを入れると、まばゆい光を放った。

「こう暗いと、この光量でも心許ないな」

車の外に向けられた光線は駐車場を照らしたが、圧倒的な闇の前では頼りなかった。

「やめましょうよ」

悠は縋《すが》るように言った。中田健吾が唇を噛んだ。

「祖父は猟師で、山に詳しいんです。装備も充分じゃないのに、夜の山に入っていくなんて絶対にしません」

「おれだって夜の山が危険だってことぐらいわかってる」

中田健吾が明かりを消した。一瞬、なにも見えなくなり、呼吸が苦しくなった。闇に押し潰されそうな錯覚を覚えたのだ。

闇に目が慣れてくるのを待った。中田健吾の横顔がぼんやりと見える。

中田健吾は辛そうだった。

「殺すつもりなんかなかったんだ」

突然、中田健吾が口を開いた。

「逃げようとしたから、ちょっと殴って静かにさせるつもりだった」

「中田さんは人殺しには見えません」

悠は自分の言葉に驚いた。まるで、自分ではないだれかが勝手に悠の口を動かしているかのようだった。

「事故だったんですよね」

「そうだ。あれは事故だ」

「でも、人が死んだことは事実です。償わなきゃ」

「雅比古は自首して罪を償うつもりでいるんだよな」

悠はうなずいた。

「雅比古みたいになれたらな……」

中田健吾は迷っているようだった。捕まりたくないという気持ちと自責の念の間で揺れ動いている。

「なれますよ」

悠は言った。相変わらず、自分ではないだれかが喋っているような感覚があった。

「尾崎さんだって、最初から今みたいじゃなかったんです。自分のルーツを知って、お爺ちゃんと山にこもって。それで、生まれ変われたんじゃないかな」

「おれは――」

中田健吾が言葉を途中で飲みこんだ。暗闇に目を据え、なにかに聞き耳を立てている。

悠にも聞こえた。車のエンジン音だ。林道をこちらに向かっている。酔狂な観光客以外、こんな時間にここへやって来る人間などいない。

「警察か……」

中田健吾が腰から拳銃を抜いた。

「行くぞ」

声が緊迫感を帯びていた。顔つきも変わっていた。

迷いが消えたのだ。逃げられるところまで逃げる――中田健吾の横顔はそう語っていた。

「行くって、無茶ですよ」

「黙ってついてくるんだ。いいな？」

中田健吾が軽トラを降り、懐中電灯を点《つ》けた。リュックを背負いながら銃口を振って、車から降りるよう悠を促した。

「わたし、サンダルだし……」

悠は言った。

「早く降りろ」

中田健吾の口調には有無を言わせぬ響きがあった。

悠は溜息を押し殺した。

だいじょうぶ。お爺ちゃんとお兄ちゃんが助けに来てくれるから。

そう。敬蔵と尾崎がこちらに向かっているはずだ。ふたりが来てくれるなら、わたしはだいじょうぶ。

悠は意を決して軽トラを降りた。

31

パトカーが二台、敬蔵の軽トラを挟み込むようにして停まっていた。車を降りた敬蔵がそっちに向かっていく。じっとしていられれず、雅比古もその後を追った。

「だれだ？」

敬蔵に気づいた警官のひとりが懐中電灯の明かりをこちらに向けた。

「平野と言います。孫が犯人の人質になってるんだが」

警官たちの緊張が解けた。

「どうも、藻琴山に向かったようです。まだエンジンが温かいので、ここを立ち去ってからそんなに時間は経ってないと思いますが」

「なんで早く捜しに行かんのですか」

敬蔵の剣幕に警官たちがたじろいだ。

「ご心配はわかりますが、犯人は拳銃を所持しているという情報もありますし、夜の山です。捜索する態勢をちゃんとしてからじゃないと危険ですから」

年配の警官が敬蔵に言った。

一ここは我々警察に任せて、平野さんはお帰りください。お孫さんは必ず、無事に保護します」

敬蔵が鼻を鳴らした。

「夜の山を怖がる人間になにができるか」

捨て台詞を残して踵を返す。

「行くぞ」

「行くってどこに？」

「銀嶺荘《ぎんれいそう》の方の登山口だ」

藻琴山にはふたつの登山道がある。ひとつはここ、ハイランド小清水から行く道で、もうひとつは銀嶺荘と呼ばれる山小屋から行く道になる。

「ここから山に入ろうとしてもあいつらに止められるだろう。おまわりたちが集まってくる前なら、あっちから山に入れる」

「ふたりを追うんですね」

「元自衛官といっても、ここらの山のことはなにも知るまい。羆に出くわすかもしれんし、早く悠を助け出したい。一緒に来いとは言わんが……」

「行きますよ、もちろん。当たり前じゃないですか」

車に乗り込むと、道道に引き返した。銀嶺荘へは道道をさらに北に走ったところから林道へ入っていくことになる。

複数のサイレンの音がこちらに向かっていた。雅比古はアクセルを踏んだ。急がなければ、警官たちが押し寄せてきて山に入れなくなる。

銀嶺荘に到着すると、敬蔵がザックからヘッドランプを取りだして装着した。雅比古も自分のものを装着する。山に入るのに必要なものは車に積みっぱなしにしてあった。

「水もあります」

ペットボトルの水を敬蔵に渡し、自分の分をザックのサイドポケットに押し込んだ。

敬蔵はライフルをケースから出して装弾していた。

「おまえはこれを持っていろ」

敬蔵から渡されたのは鉈《なた》だった。使い込まれた鉈の柄が手にしっくりと馴染んだが、その重さに雅比古は生唾を飲みこんだ。

万が一の時はこれで健吾に挑むのか。

雅比古はかぶりを振った。自分にはそんなことはできない。やらない。

これは護身用なのだ。健吾に対して使うのではなく、羆に出くわしてしまった時に身を守る。

「準備はいいか？」

敬蔵の声に、雅比古は額に装着したヘッドランプのスイッチを入れた。ＬＥＤの明かりが闇を貫いて地面を照らす。明るさは充分だった。

敬蔵が歩き出した。

「まず、山頂まで行って、ハイランド小清水の方に下っていくぞ」

ハイランド小清水から登るのとは違い、銀嶺荘からの登山は山頂まで三十分ほどの短いルートだ。健吾が山頂を目指しているのなら下りのどこかで鉢合わせるはずだ。

黙々と登山道を登った。敬蔵の脚は速い。ついていくのがやっとで、すぐに呼吸が乱れはじめた。

ふたりで山にこもっていた時も、これほどのペースで歩いたことはない。あの時の敬蔵は雅比古を気遣っていたのだ。ひとりなら、獣のように森の中を行き来するのだろう。

歯を食いしばって登った。山頂まで二十分もかからなかった。標準コースタイムの半分だ。歩くというより小走りで駆けていた。

「まだ登って来てはいないな」

ハイランド小清水へと続く下り道を見ながら敬蔵が言った。

「こっちへは来ないんじゃないですか」

雅比古は答えた。藻琴山の山腹には、ふたつの登山道の他に、いくつかの遊歩道が設けられている。登山が目的ではないのだから、健吾が遊歩道を進んでいる可能性が高い。あるいは警察の追跡をかわそうと、道を外れてしまった可能性もある。森の中を歩いているとしたら、羆と遭遇する確率は跳ね上がる。

悠の顔が脳裏をよぎった。どれほど心細く、どれほど怖がっているか。

「すぐに助けに行くから」

雅比古は呟いた。敬蔵がいるのだ。山を知り尽くしたアイヌが孫を助けようと全能力を傾けているのだ。必ず悠を見つけるはずだ。

敬蔵が走るように下りはじめた。ヘッドランプが照らす地面に目を凝らしながら、雅比古も駆け下りた。なにごともなければ、四十分ほどでハイランド小清水に辿り着く。だが、このペースなら三十分もかからないだろう。

下りはじめて五分ほど経過したところで屛風岩《びょうぶいわ》と呼ばれる岩の塊が見えてきた。敬蔵の速度が落ち、屛風岩の手前で完全に脚を止めた。

「ちょっと待ってろ」

敬蔵は屛風岩に取りついてよじ登った。敬蔵のヘッドランプが消えた。岩の上から山腹を見おろしているようだった。

「こっち側の山腹にはまだいないな」

ヘッドランプを点けた敬蔵が岩からおりてきた。

「やっぱり、登山道から外れると思いますか？」

「逃げるつもりならそうするだろう。登山道や遊歩道を歩いている限り、捕まるのは時間の問題だ」

「でも、そんな馬鹿なこと――」

「やらないか。そういう男か？」

雅比古は首を振った。追いつめられたらなにをするかわからない。だからこそ健吾は無謀にも軽トラを乗り捨てて藻琴山に入ったのだ。

「行くぞ」

敬蔵がまた駆けだした。屏風岩から一キロほど下ったところに登山道と遊歩道の分岐がある。そこまで一気に駆け下るつもりだろう。

石に足を取られながら、なんとか敬蔵に食らいついていった。敬蔵の足腰の強さとバランス感覚は人間離れしている。重心が常に安定していて、雅比古のように石に足を取られてもバランスが崩れないのだ。

「何歳になったんでしたっけ？」

舌を巻くしかなかった。敬蔵のようになりたいと思うこと自体がおこがましい。

子供の時から山と共に生きてきた人間だけが敬蔵のようになれるのだ。

すぐに分岐に辿り着いた。真っ直ぐ下っていけばハイランド小清水。左に折れれば望岳台遊歩道だ。遊歩道は二キロ半ほどの長さで、他のふたつの遊歩道と繋がっている。

敬蔵は分岐で立ち止まると前後左右に鋭い視線を走らせた。

ここから登山道の入口までは三百メートルほどだ。耳を澄ませば、警官たちの声がかすかに聞こえてきた。

「ここだ」

敬蔵が言った。登山道の右側の藪《やぶ》に目を凝らしている。

「わかるか?」

雅比古はうなずいた。雑草が踏み倒された跡がある。だれかが登山道を外れて森の奥に分け入ったのだ。痕跡はまだ新しかった。健吾と悠のものに違いない。

藪の向こうはダケカンバの森だ。

「馬鹿野郎」

思わず言葉が出た。

愚かなことはやめて、罪を償え。それしかおまえにできることはないんだ、健吾。

どうしてそれがわからない?

敬蔵が登山道を外れて藪を踏んでいく。雅比古もそれに従った。登山道とは違い、敬蔵の足取りは慎重だった。森の気配に神経を尖らせ、健吾と悠の痕跡を辿りながら歩いている。

人の手の入らない森には野生の匂いが充満していた。

「二、三日前にこの辺りをキムンカムイが通ったな」

森に分け入ってしばらくすると、敬蔵が言った。キムンカムイは山の神、つまり、羆のことだ。

「本当ですか?」

「匂いでわかる」

敬蔵の言葉に、雅比古は鼻をひくつかせた。微《かす》かな獣臭は嗅ぎ取れる。だが、それが羆のものなのか、エゾシカやキタキツネのものなのかまではわからない。敬蔵が羆だというなら、それは羆なのだ。

「だいじょうぶですかね?」

羆の生息域に足を踏み入れたのだと知った途端、恐怖が喉元までせり上がってきた。

敬蔵がいる。敬蔵なら羆とも対峙《たいじ》できる。

何度も自分に言い聞かせながら敬蔵の背中を追った。

ふいに敬蔵が立ち止まった。雅比古は敬蔵にぶつかりそうになってたたらを踏んだ。

「急に立ち止まらないでくださいよ」

敬蔵が腰を屈めてなにかを拾い上げた。

「なんですか？」

「悠のサンダルだ」

敬蔵が手にしているサンダルには見覚えがある。確かに悠のものだった。

「サンダルで山に入ったのか……」

悠を心配する気持ちと同時に、健吾に対する憤りが強まっていく。

無茶をするにもほどがある。

「おまえの友達は普段、どんな靴を履いている？」

「編み上げのブーツですね。ほら、よく兵士が履いているようなやつです」

「登山用の靴じゃないことに変わりはないな」

「悠、だいじょうぶでしょうか？　裸足《はだし》でこんな山の中を歩き回されて」

「だいじょうぶなわけがない」

敬蔵は悠のサンダルをザックのサイドポケットに押し込んだ。

「そんなに遠くはない。サンダルはまだほんのり温かかった。急いで見つけよう」

「はい」

雅比古はうなずいた。

32

「もたもたするな」

中田健吾が苛立たしげに振り返った。

「サンダルなんです。これ以上速くは歩けませんよ。真っ暗だし……」

悠は言った。中田健吾の舌打ちが聞こえてくる。

「できるだけ急ぐんだ」

中田健吾が足もとを照らしてくれた。その明かりを頼りに歩いていく。サンダルが何度も脱げそうになった。

「この先はどうなってるんだ？」

悠が追いつくと、中田健吾が口を開いた。

「もうちょっと行くと分岐があって、真っ直ぐ行くと山頂、右に入っていくと遊歩道だったと思う」

「遊歩道はどこに続いている？」

「行ったことないからよくわからないけど、登山する前にみた案内図だと、他の遊歩道と繋がってたみたいな……キャンプ場に行く遊歩道だとか、もうひとつの登山道に繋がる遊歩道だとか」

「つまり、この山腹をぐるぐるまわることになるんだな」

「だと思うけど……」

中田健吾が暗くなった山肌を見上げた。輪郭が曖昧なその顔には焦燥感が張りついている。

懐中電灯の明かりを頼りに登山道を進んだ。米軍御用達のライトは確かに明るいのかもしれないが、照らされる範囲が狭すぎる。数歩進んでは石に躓《つまず》き、小さな悲鳴を上げるはめになる。

今頃は、敬蔵や尾崎と一緒にハンバーグを食べているはずだった。沙耶の母から教わったレシピ通りに作り上げたハンバーグにふたりは舌鼓を打っただろう。悠の料理の腕を大袈裟《おおげさ》に誉めただろう。ワインやビールのグラスも進み、敬蔵の口元も緩んで楽しい団らんになったはずだ。尾崎が刑務所に入る前に、最高の夕餉《ゆうげ》になったはずだ。

それが、今はサンダルで登山道を歩いている。自らに降りかかってきた不運を呪っても現実は変わらない。

尾崎なら、しょうがないなと笑ってすませるような気がした。怖くても、石にぶつけた指先が痛んでも、「そういうもんだよね」と笑い飛ばすのだ。

尾崎にはなれない。でも、尾崎を見ならうことならできそうな気がした。

無理矢理笑顔を作って歩いた。

こんなのどうってことはない。両親の死を知らされた時の方が辛かった。初めてアイヌだということでいじめられた時の方が苦しかった。

中田健吾が足を止めた。分岐にさしかかったのだ。

中田健吾は懐中電灯で登山道と遊歩道の方角を交互に照らした。

「やっぱりだめだな」

懐中電灯の明かりが登山道の外に向けられた。藪の向こうに鬱蒼とした森が広がっている。

「そっちはだめです」

悠は思わず口を開いた。

「山の中は本当に危険なんです」

「わかってる。だが、他に選択肢がない」

腕を摑まれた。

「行くぞ」

「ちょ、ちょっと待ってください――」

中田健吾は無造作に登山道の外に足を踏み出した。腕を摑む力は強く、悠には抗《あらが》う術《すべ》がなかった。中田健吾が藪を踏みしだいていく。低木の枝や葉が剝き出しの皮膚に当たる。暗くてわからないが、あちこちに擦り傷ができているのだろう。痛むところが増えていく一方だった。

「もっとゆっくり歩いてください。お願いです」

悠は懇願した。だが、中田健吾の歩みは変わらなかった。闇の中をどんどん進んでいく。

右の爪先がなにかに引っかかってサンダルが脱げた。

「待って。本当に待って。サンダルが――」

中田健吾はかまわず先に進んでいく。足の裏に小枝かなにかが刺さって悠は悲鳴を上げた。

尾崎のようにはなれない。この痛みを笑い飛ばすことなどできない。

悠はその場にしゃがみ込み、泣いた。いつの間にか、腕を摑む力が消えていた。

「面倒くせえな」

中田健吾が悠を見おろしていた。懐中電灯で悠の右足を照らしている。

「これを背負え」

中田健吾がザックをおろし、悠に摑ませた。

「足が痛いんです。こんなの背負えません」

「いいから背負うんだ。嫌ならここに置いていくぞ」

悠は振り返った。闇に覆われて登山道がどっちにあるのかもわからない。ここで置き去りにされたら朝まで動けないだろう。その間に羆が接近してきたら為《な》す術がない。

泣きべそを搔きながらザックを背負った。なにが入っているのか、ザックは腹立たしいぐらい重かった。どうしてこんなものを背負わなければならないのだろう。

「おぶされ」

中田健吾が悠に背を向けて腰を屈めた。

「え?」

「その足じゃ歩けないだろう。おぶってやる」

「で、でも……」

「早くしろ。本当に置いていくぞ」

中田健吾の剣幕に背中を押され、悠は渋々その背中にしがみついた。

「しっかり摑まってろよ」

中田健吾が立ち上がった。背中は広く、悠の両脚を抱える腕は力強かった。

「悪いと思ってるんだよ。だけど、どうしようもない」

中田健吾は無愛想に言って、歩き出した。

「せめてスニーカーぐらい履かせてやればよかったよな」

「本当に悪いと思ってるなら、もうこんなことやめましょうよ。尾崎さんと一緒に自首すればいいんです」

足の痛みが悠を大胆にさせた。

「雅比古は自首するって言ってたよな。あいつならそうするだろう。でも、おれは……」

いつの間にか藪を抜けて森の中に入っていた。あちこちから獣臭が漂ってくる。

「樹って仲間がいた。頭はいいんだが、ちょっと抜けたところがあって、捕まっちまった。あの馬鹿」

森の濃密な空気に中田健吾が怯えている。背中越しにそれが伝わってきた。恐怖を紛らわすために、中田健吾は雄弁になっている。

「あいつが捕まらなかったら、おれは北海道になんか来なかった」

「北海道には尾崎さんに会うために来たんですか？」

「そうだ。ひとりだと心細くてな。一緒に逃げるか、匿《かくま》ってもらおうと思ったんだ。

情けない。なのに、雅比古ときたら、日焼けしてるし身体つきも逞しくなってるし、木彫りだとかわけのわからないことを言うし……逃亡者があんなんでいいのかよ」

「本当ですよね。なんかおかしいんです、尾崎さんって」

「おかしすぎる。あんなやつ、仲間にするんじゃなかった」

口元がほころんだ。みんな、尾崎のことをふざけたやつだと思うのだ。出会った頃の悠もそうだった。尾崎の態度が腹立たしくて仕方がなかった。

中田健吾の言葉が途切れた。喋りすぎたと後悔しているかのように黙々と歩いている。

「あの、どっちに向かってるかわかってます？」

「西に向かってる」

中田健吾が左手をかざした。液晶の文字盤が光っていた。

「この時計のコンパスは信頼できるんだ」

「西に向かってどうするんですか？」

「歩き続けていれば、いつか道に出るだろう」

「食料も水もないのに？　道に出るまで何日かかると思ってるんですか？」

中田健吾は答えなかった。自分が間違ったことをしているのはわかっているのだ。

「羆だってうじゃうじゃいるんですよ。これから秋にかけて、冬眠のためにたくさん食べなきゃならないから、この時期の羆は危険だってお爺ちゃんも言ってるし――」

「それでも、行くしかない」

中田健吾の声は頑なな響きを伴っていた。自殺行為だということがわかっていてどうして引き返せないのだろう。どうしてこうまで頑迷なのだろう。悠は徒労感に押し潰されそうになった。

「尾崎さんは確かに変わった人だけど、自分が間違ってると思うことは絶対にしないと思います」

悠は呟くように言った。

「原発のことで頭に来て、それで自分が正しいと思うことをやって人が死んだ。あの時は正しいと思ったけど、やっぱり間違っていた。そう思ったから尾崎さんは自首するんです。中田さんは、自分は間違ったことをしてないって思ってるんですか？」

中田健吾の歩みが遅くなり、やがて足が止まった。

「だれもやらないなら、おれがやってやる。そう思ってた。だれかに責任を取らせなきゃ。被災した人たちが憐《あわ》れすぎる……」

中田健吾の声は闇に溶けて消えた。

—あの時の東電の社長は確かに間違ったことをしてたかもしれないけど、だけど、その人にだって家族はいます。大切な人がいるはずなんです。その人たちは被災者と同じように悲しんでいると思いません？」

尾崎ならそう考えるだろう。そう思ったことを口にした。敬蔵が時々口にするアイヌの考えを口にした。

「アイヌのお爺ちゃんがよく言うんです。人の罪を罰するのは神様の仕事。人にできるのはゆるすことだけだって」

ゆるそう。自分を置いて逝ってしまった両親をゆるそう。頑固で恐ろしかった敬蔵をゆるそう。自分をいじめたクラスメートたちをゆるそう。だだをこね続けていた自分をゆるし、自分を受け入れるのだ。

「ゆるす、か」

中田健吾が言った。

「おれはゆるされるかな？」

「わたしは中田さんをゆるします」

中田健吾が微笑むのがわかった。

「そうか。おれをゆるしてくれるのか」

「ゆるします」

「ありがとう」

中田健吾が身体の向きを変えた。

「帰ろう。きっと、あの駐車場はパトカーで満車になってる。雅比古と一緒に自首したいところだけど、おれだけ先に捕まるな」

「尾崎さんもすぐに自首します。今夜、うちでお食事会をやって、明日、自首する予定だったんですから」

「その食事会もおれがぶち壊しにしたんだな。すまない。本当にすまなかった」

中田健吾が歩きはじめた。次の瞬間、猛烈な獣臭が鼻をついた。

「動かないで」

悠は囁くように言った。エゾシカやキタキツネの匂いは何度も嗅いだことがある。だが、今鼻腔《びこう》に流れ込んで来ている獣臭はそんな生やさしいものではなかった。

中田健吾も異様な雰囲気に気づいたようだった。足を止め、振り返る。

「なんだ、これ？」

「多分、羆です。どこか、近くにいると思う……」

言い終えると、悠は背中から下り、深く息を吸い込んだ。それだけで噎せそうになる。

思い出すのだ。もし、羆に遭遇したらどうしろと敬蔵は言っていた？

死んだふりなど論外だ。逃げてもいけない。その場でじっと動かず、恐怖を押し殺す。そして、羆や大自然に対する畏敬の念を相手に投げかけろ。

「そんなの無理だよ……」

森の奥でなにかが移動する音がした。少しずつこちらに近づいてくる。膝から力が抜けそうになるのをこらえるのが精一杯だった。

中田健吾が両手で銃を握った。音のする方に目を凝らしている。

「撃っちゃだめです」

悠は言った。敬蔵の言葉が脳裏によみがえっていた。

「撃つなら一発で仕留めないとだめなんです。手負いの羆は凶暴になって手がつけられないって」

「だからって、黙ってやられるわけにもいかないだろう」

中田健吾の声は震えていた。

「本当に羆なのか？」

「わかりません。でも……」

「わかった。おれがあいつの気を引くから、君は逃げろ」

夜目《よめ》にも中田健吾の顔が汗でびっしょり濡れているのがわかった。

「一緒に逃げた方がいいです。こんなに暗いし、拳銃でなんて無理です。うちのお爺ちゃんはライフルで羆を撃つんですよ。それでも、急所を外したら死なないって……」

「これしかないんだからしょうがない。さあ、逃げろ」

中田健吾に促されたが、足が動かなかった。森の向こうの葉ずれの音はもうかなり近くで聞こえるようになっていた。

「なにをしてるんだ？」

「足が動かないんです」

「くそ」

中田健吾が振り返った。素速く寄ってくると、悠を抱きかかえて走り出した。

同時に葉ずれの音がやんだ。代わりに、唸り声が響いた。

悠は目を閉じ、中田健吾にしがみついた。

だめだ。間に合わない。羆は走るのも滅法速いと敬蔵が言っていた。ただでさえ走る速度が違うのに、悠を抱きかかえていては必ず追いつかれる。

獣臭がさらに強まった。枯れ枝を踏み砕く音がすぐそこに迫っている。

「ちきしょう」

中田健吾が足を止めた。身体の向きが変わったと思った途端、耳をつんざくような轟音《ごうおん》が立て続けに鳴り響いた。

中田健吾が銃を撃ったのだ。

咆哮《ほうこう》が轟《とどろ》いた。中田健吾が尻餅をついた。悠は目を開けた。数メートル先に羆がいた。血走ってぎらついた目が悠と中田健吾を睨んでいた。

「お爺ちゃん、助けて」

悠は叫んだ。

33

銃声が立て続けに響いた。五発。そう遠くはない。

「羆に出くわしたか……」

敬蔵の足がさらに早まった。ついていくだけで息が上がる。敬蔵は歩きながらケースを肩から外し、ライフルを取りだした。

「ライフルの撃ち方は教えてあったか？」

「ライフル？　触ったこともありませんよ」

「おれは老眼で、この暗さじゃまともに狙うこともできん。おまえが撃て」

「撃てって、なにを？」

「羆だ。さっきの銃声で手負いになっていたら、仕留めるほかにない」

「無茶言わないでくださいよ。ライフルなんて一度も撃ったことのない人間に、羆を仕留めろだなんて」

「おれが教えてやる。おれの言うとおりにやればいい」

雅比古は空を仰いだ。星々の頼りない明かりは森の奥までは届かない。ヘッドランプの明かりだけが頼りだった。

「お爺ちゃん、助けて」

敬蔵の足が止まった。悠の叫び声だった。

敬蔵が声の響いた方角に顔を向けた。ヘッドランプの明かりが夜の闇と同化した木々を照らした。

「見えるか？」

敬蔵が囁いた。雅比古は目をすがめた。ダケカンバの低い森の向こうに羆のようなシルエットが浮かび上がっていた。悠たちの姿は確認できない。

「キムンカムイが怒っている」敬蔵が言った。「弾が当たったんだな。手負いだ」

「手負いの羆は厄介だって、言ってませんでしたっけ？」

「拳銃で羆に立ち向かおうなんて、馬鹿のすることだ。持て」敬蔵がライフルを押しつけてきた。「弾は入れてあるから、引き金には指をかけるな」

雅比古はライフルを受け取った。愚痴をこぼしている暇はない。やらなければ悠の命が危うくなる。

「右膝を地面につけ。左膝は立てる。銃を構えたら、左の肘を太股の上に置いて銃をしっかりと支えるんだ」

敬蔵の指示に従ったが、なんだかしっくりこなかった。

「銃の台尻に頰を押しつけろ。しっかりとだ」

「どうやって狙いをつけるんですか？」

敬蔵のライフルにはスコープがついていなかった。

「銃口を羆に真っ直ぐ向けて、高さを調節するんだ。心臓の辺りを狙え」

「そんなんで当たるんですか？」

「当たる。絶対に悠を助けると祈って撃てば当たる」

「祈る？」

「そう。悠を助けてくれと祈り、キムンカムイに申し訳ありませんと祈る。そうすれば弾は当たる。祈りが本物なら、カムイたちがおまえの祈りに応えてくれる」

雅比古は銃身を羆のシルエットに向けた。

「おまえは素人だ。まともに狙ったって当たるわけがない。だったら祈れ。心の底から祈れ」

雅比古は祈った。

山の神々よ、悠をお助けください。

キムンカムイよ、あなたの聖地に土足で踏み入った挙げ句に命を奪う愚かな人間をおゆるしください。

「引き金に指をかけて息を止めろ。引き金は引くんじゃない。そっと静かに絞り込むんだ。いいな？」

「はい」

「キムンカムイ、こっちだ。こっちだ！」

突如、敬蔵が叫んだ。腹の底から吐き出された声が森に響いた。

動きかけていた羆のシルエットが止まった。敬蔵が激しく身体を動かしている。ヘッドランプの明かりを揺らして羆の気を引こうとしているのだ。敬蔵の意図したように、羆がゆっくりとこちらに向き直った。

「キムンカムイ、おれはここだ。森を荒らしたのはおれだ」

敬蔵がまた叫んだ。羆の咆哮が返ってきた。凄まじい音量に、森全体が揺れたかのような錯覚を覚えた。

「羆は速い。一発で仕留めろ」

敬蔵が言った。雅比古は祈りながらうなずいた。

「来い　キムンカムイ」

敬蔵が怒鳴った。羆のシルエットがこちらに向かって動き出した。右肩に痛みが走り、雅比古は引き金を引いた。凄まじい音と衝撃が襲ってきた。右肩に痛みが走り、バランスを崩して地面に転がった。すぐに身体を起こす。羆のシルエットが突進してくる。

外したのだ。

「くそ」

新しい弾を込めて撃たなくては。だが、どうやればいいのかわからなかった。教わっていない。銃の機関部にレバーのようなものがついていた。そのレバーを引いた。薬莢《やっきょう》が弾き出された。

羆との距離はもう十メートルもなかった。

ライフルを構え、狙う暇もなく撃った。羆は怯《ひる》まなかった。また外してしまったのだ。

もう一度レバーに手をかけた。羆が突進してくる。焦りと恐怖のせいで、レバーをうまく操作できなかった。

「なにやってんだよ、馬鹿野郎」

自分を罵り、なんとかレバーを引いた。羆の唸り声がすぐそばでした。羆は目の前に迫っていた。

撃つのは間に合わない。襲われる。

そう思った瞬間、敬蔵が羆に飛びかかった。右手に握った鉈が雅比古のヘッドランプの明かりを受けて鈍く光った。

「敬蔵さん」

雅比古は悲鳴に似た声をあげた。いくらなんでも無茶だ。

羆が前脚を振った。その前脚が風を切る音が耳に届いた。それだけで吹き飛ばされてしまいそうだった。

敬蔵が地面に転がって羆の攻撃をよけた。

「頭を狙え。撃て」

敬蔵の声に慌てて銃を構えた。羆は敬蔵を捕まえようと背を丸めた。

撃った。手応えがあった。羆がよろめいた。

羆がゆっくり向きを変えた。頭部の右半分が血まみれになっている。雅比古を睨む左の目の奥で憤怒の炎が燃えていた。

「すみません、キムンカムイ。こうするしかなかったんです」

雅比古は言った。

羆の唇がめくれ上がった。牙が剥き出しになる。両方の前脚を振り上げ、雅比古に向かってきた。

ここで死ぬのも仕方がない。もう、撃つ気はなかった。羆が悪いわけではないのだ。彼はただ、突然の闖入者《ちんにゅうしゃ》に驚き、自分の身を守ろうとしただけだ。それに、あの傷ではそう長くは保《も》たないだろう。

もう撃たない。充分だ。これ以上カムイの聖域を穢《けが》したくはない。これで悠が助かるのなら、自分は死んでもかまわない。

羆がまたよろめいた。斜めに歩いて立ち止まり、そのまま崩れ落ちるようにして倒れた。

死んだのだ。

雅比古は溜めていた息を吐き出した。這うようにして羆に近づき、体に触れた。羆は温かかった。

「本当にごめん」

目を閉じて羆のために祈った。

「敬蔵さん」

敬蔵の気配がない。立ち上がって周囲に明かりを投げかける。

「お爺ちゃん！」

森の奥で悠の声が響いた。敬蔵は悠のもとへ向かったのだ。

雅比古も後を追った。藪をかき分け、木々の間を縫って進む。

敬蔵に抱きついている悠が見えた。その横で健吾が地面に尻をつき、呆然としている。

「悠、だいじょうぶか。怪我《けが》は？」

悠が首を振った。なにかを言っているようだったが、涙声で聞き取れない。

「健吾、おまえは？」

「おれはだいじょうぶだ」

健吾が答えた。鼻声だった。目が赤い。

「すまん、雅比古。あの子を大変な目に遭わせるところだった。こんなつもりじゃなかったんだ。こんなつもりじゃ……」

「一緒に警察に行こう」

雅比古は言った。自分でも驚くほど穏やかな声だった。

「ああ、そうだな」

そう言うと、健吾は顔を歪めた。声を張り上げて泣きはじめた。

「お爺ちゃん、どこに行くの？」

悠の声に振り返る。敬蔵が羆の死体がある方へ歩いていく。

「キムンカムイをちゃんと送ってやらんとならん」

敬蔵が言った。まだ右手に鉈を握っている。悠がその後を追っていった。

「行こう」雅比古は健吾を促した。「健吾も見てみるといい」

「なにがはじまるんだ？」

「アイヌの儀式だよ。羆を――山の神様をあの世に送ってあげるんだ、きっと」

確か、その儀式はイオマンテと呼ぶのではなかっただろうか。敬蔵はイオマンテをして鎮魂しようとしているのだ。

悠が敬蔵の作業を離れたところで見守っていた。敬蔵は死体にかがみ込んでいる。体のあちこちを鉈で切っていた。

「なにをしてるんです？」

「血抜きだ。血を抜かなきゃ、生臭くて食えたもんじゃなくなる」

「食べるんですか？」

「食べる。毛皮も大切に使わせてもらう。そうした方がキムンカムイも喜ぶんだ」

敬蔵は話しながら作業を続けた。血の匂いが辺りに漂いはじめた。

「イオマンテをするんですよね？」

「違う。カムイ・ホプニレだ」

敬蔵が言った。

「カムイ・ホプニレ？」

「イオマンテは、里で育てた羆を送る時の祭だ。こうやって、山で殺したキムンカムイを送る儀式がカムイ・ホプニレだ。おれのザックの中にイナウとカップ酒が入っている。持ってきてくれ」

イナウというのはアイヌの祭具だ。神道の御幣《ごへい》に似ているが、一本の木の棒から削り出す。御幣と違うのは、カムイへの供物として捧げるということだった。

敬蔵のザックはダケカンバの下に転がっていた。中からイナウとカップ酒を取りだした。

「いつもイナウを持ち歩いてるんですか？」

「山に入る時はな。どこかで適当な木の枝か岩を探してこい。このキムンカムイの枕になるようなやつだ」

「はい」

イナウとカップ酒を地面に置き、雅比古はヘッドランプで辺りを照らした。岩を見つけた。車のタイヤほどの大きさで、ひとりでは持ち運べそうになかった。

「健吾、手伝ってくれ」

健吾は目を丸くして敬蔵の作業に見入っていた。

「あ、ああ」

ふたりで岩を抱え、羆の頭部の横に運んだ。

一本当なら頭を切り離すんだが、もうすぐ警察が来るだろう。その前に終わらせんとな。手を貸せ」

健吾と三人で羆の上半身を持ち上げ、頭を岩の上に載せた。敬蔵がイナウを捧げ、アイヌの言葉を口にしながら羆の頭部に酒をかけた。

雅比古は胸の前で手を合わせ、目を閉じた。自分なりの言葉で羆の魂のために祈った。

敬蔵の祈りの声に、悠の声が重なった。悠が口にしているのは日本語だった。雅比古と同じように、自分の言葉で祈っている。

どれぐらい経っただろう。いつの間にか、敬蔵の祈りが終わっていた。

こちらに向かってくる不作法な足音が聞こえた。警官たちだろう。

「こっちだ」敬蔵が叫んだ。「人質になっていた孫娘と犯人も一緒だ。犯人は抵抗するつもりはないみたいだぞ。へっぴり腰で歩いてないで早く来い」

敬蔵の声は、朗々と響く。

「本当ですか？」

声が返ってきた。

「ああ、本当だ。自首するそうだ」

雅比古は健吾を見た。健吾が拳銃を渡してきた。

「最初から自首してればよかったんだよな」

健吾が言った。

「うん。そうすべきだった。ぼくも健吾も樹も」

「最後にいいものを見せてもらった。なんていうか、敬虔《けいけん》な気持ちになれた。おれも、あいつのために祈るよ」

殺してしまった元東電の社長のために祈ると健吾は言っている。

「ぼくも、健吾と彼のために祈るよ」

「おれのため？」

「そう。樹のためにも祈ろう。犯した罪がゆるされますようにって」

健吾がうなずいた。

警官たちの足音が近づいてくる。雅比古は拳銃を地面に置き、ライフルを敬蔵に渡した。

「ぼくが羆を撃ったってわかったら、後々面倒なことになるんですよね？」

「そうだな。おれが撃ったことにしておこう。それにしても下手くそだったな」

「だって、撃ったことなんかないって言ったでしょう」

ダケカンバの向こうに警官たちが姿を現した。おそるおそるこちらに近づいてくる。

たいじょうぶだと言ってるだろう。根性無しどもめ。早くこっちに来て、孫娘とキムンカムイを下におろすのを手伝え」

「キムンカムイ?」

「羆だ。でかすぎて、ひとりやふたりの力じゃ運べん」

敬蔵の屈託のない声に疑心が吹き飛んだのか、警官たちの足取りが軽くなった。

「中田健吾はどこですか?」

「おれはここにいる」

健吾が両手を掲げて前に進み出た。警官が三人、健吾を取り囲み、手錠をかけた。

「拳銃はここです」

雅比古は地面を指差した。

「そのまま。触らないで」

警官の言葉にうなずき、両手を前に突き出した。

「それから、ぼくは中田健吾の共犯者です。尾崎雅比古。東電の元社長を拉致して、死んだ現場にもいました」

警官たちがどよめいた。

「自首します。逮捕してください」

「本当か? 本当に共犯者?」

「そうです。ぼくと中田健吾、それに毛利樹の三人であの事件を引き起こしました」

「そういうことなら……」

警官がひとり、近づいてきた。雅比古の右手を取り、手錠をかける。

「お兄ちゃん」

悠の声に振り返った。悠は唇を噛んでいた。

「罪を償ったら、ぼくは川湯に帰ってくる。その気になったら遊びにおいで」

悠が何度もうなずいた。

「さあ、行くぞ」

警官に背中を押され、雅比古は足を踏み出した。

頭の奥で、敬蔵が唱えたカムイ・ホプニレの祈りの言葉が響いている。

34

「はんかくさいこと言うな」

敬蔵の声が駐車場に響いた。

一だから、あそこは犯行現場だから、死体も証拠になるかもしれないから移すわけにはいかないんだって」

警官が困り果てたような顔で敬蔵に応じた。

「ありがたく毛皮を使わせてもらって、肉を食べて、それでキムンカムイも喜んであの世へ行ってくれるんだ」

「アイヌの風習はわかるけど、これは規則なんだから」

敬蔵の肩の筋肉が盛りあがった。

「お爺ちゃん」

悠は敬蔵と警官の間に割って入った。

「特別な事情があるんだから、キムンカムイもわかってくれるよ」

敬蔵の張りつめた表情がかすかに緩んだ。

「そうか？」

「わたしも後でお爺ちゃんと一緒にキムンカムイのためにお祈りするから。それでゆるしてくれるよ」

敬蔵は羆の死体を見、また悠を見た。

「お兄ちゃんが連れていかれちゃう」

尾崎を乗せたパトカーが発進しようとしていた。悠は敬蔵の手を握り、パトカーに向かって駆けた。

「お兄ちゃん」

後部座席の窓を叩き、中を覗きこんだ。尾崎が微笑んだ。

怪我はない？——尾崎はそう言っていた。

悠は首を振った。

「わたしはだいじょうぶ。だいじょうぶだから。お爺ちゃんも一緒だし。ほら」

悠は敬蔵を振り返った。また車内に視線を戻す。

尾崎は微笑んだままだ。畏れも不安もない。尾崎はただ現実を受け入れ、罪を償おうとしている。

「さあ、どいて」

警官に促され、悠は後ずさった。パトカーが動き出す。心臓を鷲《わし》づかみにされたような痛みが胸を襲った。

「お兄ちゃん……」

パトカーに向かって右腕を伸ばす。だが、パトカーは徐々に加速して遠ざかっていった。

「あいつはだいじょうぶだ」

敬蔵が言った。

「うん」

悠は右腕を伸ばしたままうなずいた。最後に、もう一度だけ尾崎に触れたかったのだ。

「帰るか」

「お爺ちゃん、はんかくさい」

「おれがはんかくさい？」

「事情聴取とかあるでしょ。これから警察につれて行かれるんだよ」

「そうなのか？」

敬蔵が傍らにいた警官に訊いた。

「はい。弟子屈署に来ていただくことになります」

「この子はまだ中学生だ。明日じゃいかんのか？」

「大きな怪我もないようですし、できれば今夜中に。お爺さんもです」

「おれの名前は平野敬蔵だ」

敬蔵が眉を吊り上げた。悠以外の人間に「お爺さん」と呼ばれたことなどないのだ。

「行こうよ。わたし、平気だから」

悠は敬蔵の袖を引いた。

「警察署からご自宅まではお送りします。平野さんの軽トラも証拠品扱いで、しばらく警察の方で預かる形になりますから」

「車がないと困る」

「できるだけ早くお返しするようにします」

敬蔵と一緒にパトカーの後部座席に乗った。

「お爺ちゃん、ありがとう」悠は敬蔵の手を握った。「お爺ちゃんとお兄ちゃんが絶対に助けに来てくれると思ってたんだ。だから、そんなに怖くなかった」

「おまえはおれの孫だ。助けに行くのは当然だ」

「それでも、ありがとうなの」

敬蔵が手を握り返してきた。敬蔵の手はかさついていたが、温かかった。

＊　＊　＊

クラスは事件の話題で持ちきりだった。好奇心に満ちたいくつもの目が悠に集まっている。

悠はその視線を無視した。

いつものように席につき、いつものように教科書とノートを広げた。

それ以上はなにも起こらず、淡々と時間が進んでいった。

クラスメートたちが動き出したのは昼休みになってからだった。

「平野、人質になったんだって？」

無遠慮な声を投げかけてきたのは佐々木《ささき》という男子生徒だった。その声が合図だったとでもいうように、他の生徒たちも悠の周りに集まってきた。

「なんで人質なんかになったんだよ」

佐々木の声と表情には嘲《あざけ》りの色が含まれている。悠はまず佐々木を睨み、それから他の生徒たちに視線を移した。

みなが怯む。以前の悠ならこんな時はうつむくだけだった。

「なんだよ、その目は」

「邪魔だからどっか行って」

悠は言った。言葉が尻すぼみになることも、声が震えることもなかった。

毅然《きぜん》としていればいいのだ。自分らしくあるだけでいい。アイヌだとか和人だとかは関係ない。

「アイヌのくせに」

佐々木が言った。

「アイヌだからなによ」

　悠は静かに言った。佐々木は面食らっているようだった。

「そうよ。アイヌだからなんだって言うのよ。あんたたちみたいに弱い者いじめするやつらなんて、アイヌだとか和人だとか言う前に、最低の人間じゃない」

　沙耶がやって来て、悠と佐々木の間に立った。

「アイヌの味方すんのかよ、おまえ」

「するわよ。悠はわたしの大切な友達だもの」

　沙耶は両手を腰に当て、佐々木に向かって顔を突き出した。

「ぐだぐだ言ってないでどっか行けって言ってんの。そんなこともわかんないぐらい頭が悪いわけ？」

　佐々木の頬が紅潮した。両手で拳を握っている。沙耶に殴りかかるつもりかもしれない——そう思ったら、勝手に体が動いた。

「殴るならわたしを殴りなさいよ」

　沙耶を押しのけて佐々木の前に進み出た。

「ほら、殴りなさいよ。拳銃を持った男に人質にされて、羆と出くわして危うく死にかけたの。あんたに殴られるぐらい屁でもないから、早く殴りなさいよ」

　佐々木は唇を嚙み、悠に背中を向けた。

「つまんねえの—

捨て台詞を残し、教室から出ていく。他の生徒たちもばつの悪そうな表情を浮かべて散っていった。

「ありがとう、沙耶」

悠は礼を言った。

「びっくりした」

沙耶が目を丸くしていた。

「なにが？」

「あいつを怒鳴りつけて追い払うなんて、わたしの知ってる悠じゃないみたい。いつもだったらうつむいて、こそこそ逃げるじゃない」

「さっき言ったでしょ。銃を突きつけられて、羆にも襲われそうになったの。あれに比べたら、怖いものなんてなくなっちゃった」

「いいね、いいね」

「今度はなに？」

「悠はね、笑顔が似合うの。なのに、学校じゃほとんど笑わなかったでしょ」

「そうかな？」

「そうよ。ね、人質になった時の話、もっと詳しく教えて」

沙耶は嬉しそうだった。悠が嬉しいと、沙耶も嬉しいのだ。

そんな単純なことに、悠は初めて気づいた。

＊　＊　＊

晩ご飯の支度をしていると、敬蔵が台所に入ってきた。

「アトリエにいたんじゃなかったっけ？　お腹減っちゃった？　もうちょっと待ってくれる？　あと二十分ぐらいでできるから」

「ちょっと来い」

悠は包丁でネギを刻む手を止めた。敬蔵の声がいつもとは違う。

「どうしたの？」

「完成したんだ。真っ先におまえに見せたい」

「わかった」

素っ気なく答えたが、胸は高鳴っていた。布巾《ふきん》で濡れた手を拭い、サンダルをつっかけて敬蔵の後を追った。

アトリエの戸は開け放たれていた。敬蔵は戸口に立ったままで中に入ろうとはしなかった。

「入れ」

敬蔵に促され、中に入った。作業台の上に置かれた木彫りに目が釘付けになった。中学校の制服を着た自分が夢見るように微笑んでいる。右肩にはシマフクロウがとまり、足もとでエゾリスが二匹、戯れている。

木彫りの自分は屈斜路湖の畔《ほとり》に立っているのだ――唐突にそう思った。自分の目の前には湖が広がっている。空には鳥が舞い、湖を囲む森や山で動物たちが生を謳歌している。木には彫られていない光景がまざまざと脳裏に浮かぶのだ。

「お爺ちゃん、凄い」

悠は言った。自分には木彫りのことはわからない。けれど、これは敬蔵の最高傑作に違いなかった。

「これは個展には出すが、だれにも売らない。おまえに持っていてもらいたい。ここから出ていっても、だれかと結婚しても、ずっとこれを――」

「そうする」

悠は言った。敬蔵の言葉にこれほど素直に応じられたのは初めてだった。

「気に入ったか？」

「うん。とっても。本当にありがとう」

悠は敬蔵に向き直り、頭を下げた。

「なんで礼を言う。はんかくさい」

敬蔵が目を丸くした。照れているのだ。

「今まで、本当にごめんなさい。嫌だっていう気持ちばっかりで、お爺ちゃんとちゃんと向き合おうとしなかった」

「それはおれも同じだ。孫がいるのは嬉しいが、一緒に暮らすのは面倒くさい。ずっとそう思っていた。あれが来て、おれの知らないおまえのことをいろいろ教えてくれた。それで、おれもいくらか変わった」

「あれって、お兄ちゃんのこと？」

敬蔵がうなずいた。悠は笑った。

「わたしはね、お兄ちゃんからアイヌのことや、この辺りの自然のことを教わった。お兄ちゃんはよそ者なのに。おかげで、ここのことが好きになったかな」

「あれは変わったやつだからな」

尾崎は東京へ移送され、拘置所で裁判の始まる時を待っている。こちらにいる間に何度も面会に行ったが、まるで獄中にいることなど気にもしていないという素振りで微笑んでいた。

「何年ぐらいの判決になるのかな？」

「知り合いに聞いてみたが、五、六年じゃないかということだった」

「わたしの成人式に間に合うかもしれない——

「だといいな」

「それに、お爺ちゃんもまだ生きてる」

「それはわからんぞ。ここのところ、体が思うように動かん。いつ、あの世からお呼びがかかってもおかしくはない」

「そんなのだめ」

悠は敬蔵の右手に自分の腕を絡めた。

「お兄ちゃんが刑務所で、お爺ちゃんが死んじゃったら、わたし、ひとりぼっちだよ。お兄ちゃんが出所するまで死んじゃだめ」

「ひとりぼっちはいやか?」

「うん」

「なら、あれが出てくるまで頑張ってみるか」

敬蔵が微笑んだ。その笑みを見て、悠は思った。

わたしたち、本当の家族になったんだ。お兄ちゃんが、わたしたちを家族にしてくれたんだ。

「ねえ、お爺ちゃん、お願いがあるの」

悠は敬蔵の目を見つめた。

「なんだ?」

「あのね……」

悠はくすりと笑い、敬蔵に頼みたいことを細かく語った。

35

ディーゼル列車が平原を進んでいく。懐かしい景色が車外に広がり、雅比古は目を細めた。青空の下、春の太陽に照らされる大地は五年前となにひとつ変わってはいない。

列車が速度を落とし、美留和《びるわ》駅のホームで停まった。いよいよ、次が川湯温泉駅だ。

胸が高鳴るのを止めることができなかった。

雅比古は上着の内ポケットから封筒を取りだした。五日前、刑務所に届いた悠からの手紙だ。拘置所にいる時から、月に一度、必ず悠は手紙を書いてくれた。

『お兄ちゃん、いよいよだね。わたしもお爺ちゃんもわくわくしています。刑務所までお迎えに行けないのは残念だけど、お兄ちゃんはそんなこと気にしないよね。二十歳になったわたしを見てびっくりするなよ！

羽田から釧路までの航空券と釧路から川湯温泉までの列車の切符を同封しておきます。わたしからの出所祝い。このために、冬はとってもしばれるスキー場で頑張ってバイトしたんだから。

絶対乗り遅れないでね。お爺ちゃんが駅まで迎えに行くから。わたしは、出所祝いパーティの準備があるので迎えには行きません。いじけないでね。

会えるのが楽しみ。本当に楽しみ。出所まであと数日だからって気を抜かないで、体に気をつけてください。

悠』

可愛らしいイラストの描かれた便箋の間に、写真が一葉《いちよう》挟まっていた。

成人式の時の悠の写真だ。髪を結い、化粧をし、振り袖を着ている。内気だった少女は、向日葵《ひまわり》のように輝く女性へと変貌を遂げていた。

「これじゃあ、男どもが放っておかないな」

雅比古は呟いた。

「それにしても、あっという間だったな……」

裁判は一審で終わった。雅比古は控訴しなかったのだ。健吾もそうだったと聞いている。樹だけが高裁まで争った。

健吾が懲役十二年で最も重い刑を科せられた。それでも、殺人ではなく、傷害致死と認められたからその程度の判決で済んだのだ。雅比古も樹も健吾の裁判に弁護側の証人として出廷し、あれは事故だったと証言した。樹は懲役四年。雅比古は五年。雅比古の方が量刑が重いのは、川湯に滞在していたのを逃亡を図ったと見なされたからだ。

国選弁護人は控訴を勧めたが、雅比古は首を横に振った。罪を償うために刑務所に入るのだ。年数は関係ない。

日中は与えられた作業に集中し、夜は本を読み、寝る前には必ず祈った。すべてをゆるせる人間になりたいと祈った。

それだけで、あっという間に月日は流れた。出所の日が近づいてやっと、刑務所の外の世界への憧憬が芽生えたのだ。

悠に会いたい。敬蔵に会いたい。屈斜路湖周辺の大自然が恋しい。

列車が駅を出た。川湯温泉駅には十分ほどで到着する。網棚に置いていたスーツケースを足もとに移した。小ぶりなスーツケースに、雅比古の持つすべてが収まっている。

自分は身軽だ――雅比古は思った。

これ以上ものを増やさないようにしよう。その日生きていくのに必要なもの以外は手にしない。ただただ一日一日を精一杯生きていくのだ。

かつて、アイヌの民がそうしていたように。

目を窓の外に向ける。線路の左を、摩周国道と呼ばれる国道三九一号が併走していた。悠を助手席に乗せ、何度も走った道だ。

敬蔵に会うために川湯へ行き、自分のルーツを知り、自分の進むべき道を知った。短い間だったが、ここへ来たことですべてが変わったのだ。

また、列車の速度が落ちた。雅比古は腰を上げ、スーツケースを持って車両を出た。デッキに立って到着を待った。

川湯温泉駅が見えてくる。ホームに、男がひとり立っていた。

敬蔵だった。

五年前より痩せている。皺も深くなっているようだ。だが、昔と変わらず背筋はぴんと伸び、眼光も鋭いままだ。

列車がゆっくり停止した。ドアが開き、温泉街特有の匂いが鼻腔に流れ込んでくる。

列車を降りる乗客は雅比古だけだった。

敬蔵が手を振っていた。

「敬蔵さん」

スーツケースを引っ張りながら、駆け寄った。

「出所、おめでとう」

敬蔵が言った。

「ありがとうございます。よかった。敬蔵さんがまだ矍鑠《かくしゃく》としていて」

「なんでだ？」

「約束したでしょう、五年前に。敬蔵さんの知ってること、全部教えてもらうって」

「そうだったかな……体の方はまだぴんぴんしてるんだが、最近、頭の方がどうもな」

「いいんですいいんです。もしぼけたとしてもぼくが面倒を見ますから。さ、行きましょう。早く悠に会いたい」

駅舎を出、駐車場に停めてある敬蔵の軽トラに乗り込んだ。

「新車じゃないですか、この軽トラ」

軽トラの内部はまだ新車の匂いが色濃く残っていた。

「あの個展をやって以来、おれの木彫りのファンが増えてな。それなりに売れるようになった」

「そうなんだ。いいなあ」

敬蔵の木彫りはもっと知られて、もっと評価されるべきだ。我がことのように嬉しかった。

「じゃあ、ぼくは働かないで住み込みの弟子ってことでいいですかね」

「はんかくさいこと言うな。自分で食う分は自分で稼げ」

敬蔵は怒鳴りながらエンジンを掛けた。

「やっと敬蔵さんらしくなってきた」

「生意気なことを抜かしやがって」

軽トラが発進する。見慣れた町並みが窓の外を流れていく。

「悠、綺麗になりましたね」

雅比古は窓の外に目を向けたまま口を開いた。

「ああ。札幌じゃ、男に言い寄られて大変らしい」

悠は二年前、北海道大学に合格し、今は札幌でひとり暮らしをしている。

「農学部だそうじゃないですか」

「ああ。卒業したらこっちに戻ってきて農業をやるんだと」

「本当ですか？」

そんなこと、手紙には一言も書いていなかった。

「中学の時、仲のよかった子がいるだろう。内地から来た和人の子だ」

「ええ」

「その子の両親が農園をやってるんだが、まず、そこを手伝うと言っている」

「悠が農家になるんですか……あれほどこの辺りを嫌っていたのに」

「おまえのおかげだ」

敬蔵の声はいつもより低かった。

「なんですか、いきなり」

「あの夜から、酒は一滴も口にしていない。悠から聞いてるか？」

雅比古は首を振った。

「悠がおれを受け入れてくれたんだ。おれも、祖父らしく振る舞わなきゃな。酒を飲むとそうもいかなくなる。だから、飲むのをやめた」

「だから、ぼくが出所するまで長生きできたんですね」

「そういうことだ」

軽トラは国道を南下していく。やがて、敬蔵の家が見えてきた。

「なにも変わってませんね。木彫りが売れるようになったんなら、改築でも改修でもすればいいのに」

「コンスタントに売れるわけじゃないし、悠に仕送りもしなきゃならん。余分な金はないんだ」

「それじゃあやっぱり、ぼくは働かなきゃ――

ーエコミュージアムセンターは、歓迎するって言ってたぞ」

「マジですか？　みんなを騙《だま》してたんですよ、ぼく」

「おまえは真面目に働くし、人柄がいいんだそうだ」

「まあ、それはそうでしょうけど」

「おれに言わせれば、謙虚さが足りんがな」

敬蔵がウィンカーを点滅させた。軽トラは国道から敬蔵の家へと続く脇道に入った。昨日、雨でも降ったのだろう。砂利道のところどころに水たまりができている。

「初めてここに来た時のこと、今でもありありと覚えてます」

「おれはおまえと会った時のことはよく覚えておらん。変なやつが来たなと思ったのは覚えているが……」

軽トラが停まった。

「ほれ、早く降りろ。悠が待ち侘《わ》びている。荷物はおれが家に入れておく」

「はい」

雅比古は車を降りた。上着の裾や袖を伸ばし、玄関を開けた。美味しそうな匂いが漂ってくる。

ハンバーグだ。あの夜、食べるはずだった。悠がもう一度、自分のためにハンバーグを焼いてくれるのだ。

「ただいま」

雅比古は言った。

「お帰りなさい」

悠の声が返ってきた。五年前よりずっと大人びた声だった。

「なんだよ。玄関まで出迎えてくれないの？」

「今、手が離せないの。早く上がって」

雅比古は舌打ちを押し殺し、靴を脱いだ。居間に入ったところで足が止まった。

いや、全身が凍りついた。

中央に、敬蔵の木彫りが飾られていた。人が三人、食卓を囲んでいる木彫りだ。

敬蔵に悠、そして雅比古。アイヌの民族衣装に身を包んだ三人が、昔のアイヌがそうしていたように床に置かれた小さなテーブルを囲み、山の幸や海の幸に舌鼓を打っている。

敬蔵が刻んだのは家族の肖像であり、愛であり、幸せだ。

見ているだけで胸にこみ上げてくるものがあった。

母さん、ぼくは見つけたよ。間違ったことを何度も繰り返し、それでも、見つけた。ぼくのいるべき場所を見つけたんだ。

「驚いた？」

悠が台所から出てきた。

「あ、泣いてる」

そう言われて、自分が泣いていることに気づいた。

「わたしがお爺ちゃんに彫ってって頼んだの。お願いしたのは五年前なのに、できたのは先週」

「ありがとう」

雅比古は涙を拭った。

「お兄ちゃんが一番喜んでくれる出所祝いはこれかなと思って」

「それと、ハンバーグ」

「ワインも、五年前に用意したのが残ってるの」

「敬蔵さんの前で飲むのは悪いから遠慮する」

「お爺ちゃんならだいじょうぶよ」

雅比古は悠を手招きした。

「なに？」

「いいからおいで」

不審げな顔で近づいてきた悠を、雅比古は抱きしめた。

「ただいま」

もう一度言った。

「お帰りなさい」

悠が言った。

敬蔵と悠がいてくれるおかげで、自分の人生は満ち足りる。

雅比古は確信を得た。

（了）

解説

唯川《ゆいかわ》恵《けい》（作家）

舞台は北海道屈斜路の田舎町《いなかまち》。春の雨が降る午後、中学生の悠の元に背の高い瘦せた男が訪ねて来る。その見知らぬ男は悠の祖父、かつては猟師で今はアイヌの木彫り作家である敬蔵と話したいという。戸惑う悠。物語は不穏な気配を孕《はら》みつつも、まさに春の雨のように寂々《じゃくじゃく》と始まる。

アイヌという文字を見た時、少し緊張した。北海道生まれの馳さんにとって、北海道を書く上でアイヌは避けられないテーマだという信念があったに違いない。しかし、アイヌに関して私が知っていることなどたかが知れている。

北海道の先住民であること。美しい文様《もんよう》があしらわれた装束と、独特の言語を持つこと。アイヌにとっての神（カムイ）は、太陽や月、風や雨や川や海、動物植物など、すべてのものに宿るという民族特有の思想があること。

こんなシーンがある。木彫りのために気に入った木を求めて、敬蔵は何日も山に入る。そこが私有林だろうと頓着しない。しかし地主にとってはたまったものではない。何度苦情を述べても繰り返す敬蔵に腹を据えかねて、地主は警察に訴える。

敬蔵の言い分はこうである。

——この辺の山はみんな、元々アイヌのものだった。

忘れてならないのは、明治新政府にアイヌの土地は日本の領土として没収された事実である。それによって、伝統的な文化が消失の危機を迎えてしまった。

アイヌに強い誇りを持つ敬蔵は、更に怒りを込めて言う。

「自分が日本人だと思ったことはない。どうしてかというと、日本という国に、大事にしてもらったことが一度もないからだ」「(中略)和人全員からいじめられ、虐げられ、搾取されてきた。死んだアイヌも大勢いる」

どんなに時を経ようとも、和人もアイヌも同じ日本人である、という考え方に敬蔵は辿《たど》り着けないのももっともだろう。

敬蔵は腕のいいアイヌ彫りの職人であるが、酒飲みで暴力的な男でもあった。それが原因で娘にも妹にも逃げられている。どんな理由があろうと、鬱憤をぶつけられた方は堪《たま》らない。けれども読み進めるうちに、印象は変わってゆく。敬蔵の心に負った傷がどれほど深いものであるかが理解できるようになるからだ。

敬蔵と年齢が近い私は、当時の風潮を容易《たやす》く想像することができる。アイヌばかりではない、宗教、人種、性差、障害、病、境遇などに対して、さまざまな差別が陰湿に存在していた。

あの頃は――もちろん私も含めてだが――人々の意識は未熟だった。いや無知であったと言った方がいいかもしれない。もっと言えば、自分を守る手段として利用していたとも言える。差別を受けた者の苦しみは、受けた者にしかわからない。残酷な現実は敬蔵をそこまで追い詰めたのだ。

そんな敬蔵の孫娘である悠は十五歳、とても聡明な女の子だ。敬蔵と違い、自分の身体《からだ》に流れるアイヌの血を疎ましく思っている。時代は変わっても、差別は嫌がらせやいじめに姿を変え、今も容赦なく蔓延《まんえん》している。同級生に心ない言葉を投げ付けられたこともある悠は、早くこの町から出て、アイヌなど気にせず自由に生きたいと願っている。

馳さんは、そんな悠の思いを、ベッド下に忍ばせたスーツケースを引っ張り出し、荷物を詰めたり取り出したりする作業で表現している。このエピソードはとても秀逸だと思う。アイヌから解放されたいという悠の切々たる思いが実によく伝わって来る。

そして、敬蔵を訪ねて来た雅比古。彼は自分の出自を求めてアイヌに辿り着く。

雅比古はある罪を背負っている。

勝手な思い込みだが、罪を背負う男を描く時、いかにも翳《かげ》のある、無口で孤独なタイプにすることが多いように思う。しかし馳さんはまったく違う描き方をしている。雅比古は素直で明るく誰にでも好かれる好青年だ。

いや、そうは書いても仮面であって、やがて虚無的な男としての本性を現してくるに違いない、と想像していたのだが、雅比古の爽やかさは最後まで変わらない。その意図が理解できたのは終盤近くになってからである。その落差があるからこそ、雅比古が抱えるやり場のない憤りがいっそう身につまされる。まさしく馳さんの狙い通りだったのではないだろうか。

そして、アイヌだけでなく東日本大震災における原発問題についても、馳さんは自身の思いを明確に押し出している。それは原発に対する不信感や反発を持ちながらも、電気に頼り切った生活を手放せないという矛盾に対する、多くの人が抱える蟠《わだかま》りにも繋《つな》がってゆく。どんなに時を経ようとも、忘れてはいけない事実がある。それはその時代を生きた者が背負っていかなければならないのだ、と。

このように本作品は重いテーマを扱ってはいるが、どこか開放的にも感じるのは、やはり舞台が北海道だからだろう。とにかく自然の描写の細やかさが素晴らしい。

摩周湖の滝霧《たきぎり》、夕日を浴びて金色に輝くイソツツジの花々。敬蔵と入る川湯近くの山。悠が連れられて彷徨《さまよ》う山中の緊迫感。羆《ひぐま》の気配。シマフクロウや猛禽《もうきん》類、エゾシカの躍動。キタキツネの愛らしさ。丁寧で的確に描かれたシーンが輝きを発している。それらがよりいっそう物語を厚みのあるものにしている。

馳さんの初期の頃の作品においても、描写には迫力があった。どんなに太陽が降り注いでいても闇の気配が漂い、喧噪《けんそう》の中にも絶望のような沈黙があった。それも読者を魅了する要因だったが、今回のこの対照的な自然の豊かさや動物たちの生命力溢《あふ》れた描写に触れて、改めてその筆力に唸《うな》らされた。

そして自然と対峙《たいじ》してゆくうちに、だんだんと物語に登場するのは男でも女でも、老いも若さもないとわかってくる。そこに存在するのはひとりの人間、ひとつの魂だ。だからこそ、読後、無垢《むく》な感動に満たされるのだろう。

終盤にこんな文言が書かれている。

「人の罪を罰するのは神様の仕事、人にできるのはゆるすことだけ」

胸を衝《つ》かれた読者は多いのではないだろうか。私もまさしくそのひとりである。更に加えさせてもらうと、刑を終えて、小ぶりのスーツケースひとつで出所した雅比古が胸の中で呟《つぶや》く言葉がある。

――これ以上ものを増やさないようにしよう。その日生きていくのに必要なもの以外は手にしない。ただただ一日一日を精一杯生きていくのだ。かつて、アイヌの民がそうしていたように。

気付いたら目尻が濡《ぬ》れていた。

さて、少し個人的な話を。

馳さんといえば、金髪にサングラス、元新宿ゴールデン街の住人、年も離れていて、私との接点などあるはずもないと思っていた。ところが互いに軽井沢《かるいざわ》に移住し、偶然にご近所同士になった。以来、夫婦同士で食事をする仲である。

馳さんの素顔を知るようになって、イメージとの違いに驚かされたことはたくさんある。まず料理上手なこと。それからよく笑うこと。周りへの気遣いが行き届いていること。派手そうに見えて実は地道な努力を惜しまないこと。何より、犬たちへの愛情の深さには感動すら覚える。

気付けば付き合いもすっかり長くなり、時には一緒に泊りがけの山登りにまで出掛けている。いい関係を築かせてもらっていると思う。年月が経《た》って、馳さんの表情には穏やかさと余裕が加わった。先輩面するようで失礼この上ないが、いい年のとり方をして来たなぁと思う。

2020年7月15日、嬉《うれ》しい報《しら》せが入った。馳さんの『少年と犬』が第163回直木賞を受賞したのである。デビューから二十四年、七回目のノミネートだった。

今更ながらだが、デビュー作『不夜城』は衝撃的な作品だった。新宿歌舞伎町《かぶきちょう》に暗躍する中国人マフィアの抗争に巻き込まれてゆくストーリーで、暴力、謀略、金、憎悪、狂気に満ち、多くの読者を虜《とりこ》にした。映画も大ヒットし、一躍文壇で注目される存在となった。私も夢中で読んだ。その手のジャンルに疎い私でも、今まで読んだノワール小説とは一線を画していることが伝わって来た。『不夜城』はベストセラーになり、第18回吉川英治文学新人賞、第15回日本冒険小説協会大賞を受賞する。あの時、綺羅星《きらぼし》のごとく現れた馳星周に、同世代の作家たちは動揺したはずである。凄《すご》い奴《やつ》が出てきた、と。

以来、暗黒小説の旗手となり、次々と絶望的な作品を送り出して来た。それは読者が望んだことであり、出版社の意向もあっただろう。しかし馳さんは一つ所に留《とど》まる作家ではなかった。それから歴史小説や青春小説、自伝的小説、コメディタッチの小説など、常に読者の意表を突く作品を送り出している。

あるインタビューで馳さんがこう答えていた。

「本当に申し訳ないけれど、読者のことを考えて小説を書いたことはない」

これからも、馳さんはジャンルなど関係なしに、書きたい小説を書き続けてゆくだろう。次はどんな作品に出会えるのか、楽しみでならない。

二〇一七年九月実業之日本社刊

本作品はフィクションです。実在の人物、団体、事件とは一切関係ありません。（編集部）

実業之日本社文庫　最新刊

赤川次郎
忘れられた花嫁
結婚式直前に花嫁が失踪。控室では、その花嫁が着るはずだったウエディングドレスを着て見知らぬ女性が死んでいた!? 事件の真相に女子大生の明子が迫る!
あ1 20

天野千尋
ミセス・ノイズィ
「騒音」をめぐって隣人同士の対立が激化、SNSで炎上する様をコミカルかつシニカルに描き、各界著名人が絶賛する話題の映画を、監督自らノベライズ!
あ25 1

風野真知雄
葛飾北斎殺人事件　歴史探偵・月村弘平の事件簿
天才絵師・葛飾北斎ゆかりの場所で相次いで死体が発見された。名画が謎を呼ぶ連続殺人の真相は!? ご先祖が八丁堀同心の歴史探偵・月村弘平が解き明かす!
か1 9

近衛龍春
奥州戦国に相馬《そうま》奔《はし》る
政宗にも、家康にも、大津波にも負けない! 戦国時代を駆け抜け、故郷を再び立ち直らせた、みちのくの名門・相馬家の不屈の戦いを描く歴史巨編!
こ6 1

渋沢秀雄
父　渋沢栄一
江戸から昭和へと四つの時代を駆け抜けた経済人、渋沢栄一。息子の視点から描かれる彼の素顔とは? 多くの功績を残した栄一の生涯を俯瞰する、随一の伝記。
し7 1

鳴海　章
相勤者　浅草機動捜査隊
東京下町にある老舗暴力団の若き三代目は老人介護ビジネスに参入していたが、そこには裏の目的が!? ベテラン刑事・辰見が立ち向かう事件とは!?
な2 12

実業之日本社文庫　好評既刊

貫井徳郎
微笑む人
エリート銀行員が妻子を殺害。事件の真実を小説家が追うが……。理解できない犯罪の怖さを描く、ミステリーの常識を超えた衝撃作。（解説・末國善己）
ぬ11

東野圭吾
恋のゴンドラ
広太は合コンで知り合った桃美とスノボ旅行へ。ところがゴンドラに同乗してきたのは、同棲中の婚約者だった！　真冬のゲレンデを舞台に起きる愛憎劇！
ひ14

東山彰良
ファミリー・レストラン
一度入ったら二度と出られない……瀟洒なレストランで殺人ゲームが始まる!?　鬼才が贈る驚愕度三ツ星のホラーサスペンス！（解説・池上冬樹）
ひ61

深町秋生
死は望むところ
神奈川県の山中で女刑事らが殲滅された。急襲したのは、武装犯罪組織・栄グループ。警視庁特捜隊は仲間を殺戮され、復讐を期す。血まみれの暗黒警察小説！
ふ51

唯川　恵
男の見極め術　21章
21タイプの嫌いな男について書き放った鮮烈エッセイ集。人生を身軽にする、永遠の恋愛バイブル。（解説・大久保佳代子）
ゆ11

実業之日本社文庫 は111

神《かむい》の涙《なみだ》

2020年12月15日　初版第1刷発行
2021年9月25日　初版第4刷発行

著　者　馳《はせ》 星周《せいしゅう》

発行者　岩野裕一
発行所　株式会社実業之日本社
〒107-0062　東京都港区南青山 5-4-30
CoSTUME NATIONAL Aoyama Complex 2F
電話 [編集]03(6809)0473 [販売]03(6809)0495
ホームページ　https://www.j-n.co.jp/
ＤＴＰ　ラッシュ
印刷所　大日本印刷株式会社
製本所　大日本印刷株式会社

フォーマットデザイン　鈴木正道(Suzuki Design)

ISBN978-4-408-55635-2（第二文芸）